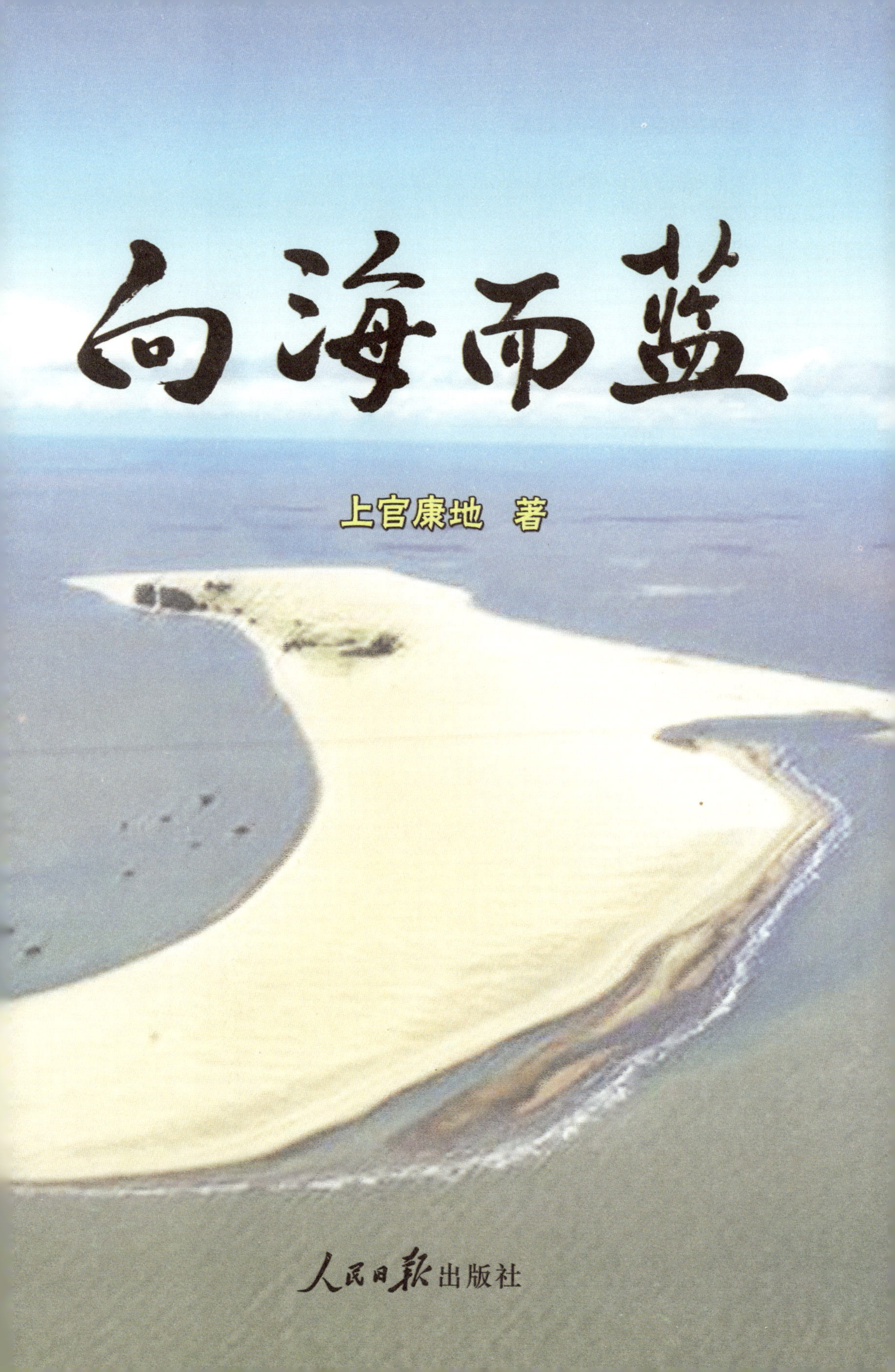

向海而蓝

上官康地 著

人民日报出版社

图书在版编目（CIP）数据

向海而蓝 / 上官康地著 . —北京：人民日报出版社，2019.6（2021.1 重印）
ISBN 978-7-5115-5933-3

I. ①向… Ⅱ . ①上… Ⅲ . ①散文集—中国—当代 Ⅳ . ① I267

中国版本图书馆 CIP 数据核字 (2019) 第 058077 号

书　　名：向海而蓝
XIANGHAI ERLAN
著　　者：上官康地

出 版 人：刘华新
责任编辑：张炜煜　贾若莹
装帧设计：阮全勇

出版发行：人民日报出版社
社　　址：北京金台西路 2 号
邮政编码：100733
发行热线：（010）65369509 65369512 65363531 65363528
邮购热线：（010）65369530 65363527
编辑热线：（010）65369509 65369514
网　　址：www.peopledailypress.com
经　　销：新华书店
印　　刷：三河市嵩川印刷有限公司
法律顾问：北京科宇律师事务所 010-83622312

开　　本：710mm×1000mm　1/16
字　　数：211 千字
印　　张：19.5
版　　次：2019 年 6 月第 1 版
印　　次：2021 年 1 月第 2 次印刷

书　　号：ISBN 978-7-5115-5933-3
定　　价：68.00 元

第七届冰心散文奖

作品：《携春而行》

作者：黄康生

中国散文学会

2016年6月 中国 兴隆

第七届冰心散文奖
颁奖典礼
（2014——□□年度）

中国散文学会
中共兴隆县委
2016年6月

张抗抗副主席与作者在一起

情倾那片深蓝的海

——黄康生散文集《向海而蓝》序

张抗抗

2016年夏天，第七届“冰心散文奖”在河北兴隆举行颁奖礼。我与黄康生（上官康地）同是获奖者。由于他来自广东湛江，而我的祖籍是广东新会，自然对这位壮硕的“同乡”多了一点关注。今年得知他将要出版一部新的散文集，为他高兴。他嘱我写序，我没有推辞的理由。

这部散文集是黄康生近年来的新作集锦，大多是他生活工作中亲历亲见的真实情景、所遇所闻的真实感受。黄康生写作很勤奋，像一艘出海后不停歇的打鱼船，捕捞了那么多珍奇的“生猛海鲜”，上岸后慷慨地展示给大家。

湛江是一座因海而生，因海而长，因海而幸福的城市。城里有海，海在城中，陆海一体。在这座城市任何一角落，都可走向大海；在城市的任何一个方位，都可闻到大海的气息。黄康生生活在广东湛江，天天与海在一起，天天与海打交道。大海给他生命、给他灵感、给他信仰和力量；大海使他聪慧、使他豁达、使他宽广。黄康生为海动情，情寄大海，因海而歌，将饱蘸情感的笔触伸入到大海的最深处，激情抒写，醉心吟唱。

黄康生曾在湛江担任多年新闻记者，对海边的一切事物了然于心。他以一位观察者的身份和视角，记录了他眼里的大海，以及大海边人们的生活和事业：如诗如画的十里港湾彻夜通明的璀璨灯火，钻井平台上的采油工人感人至深的亲情故事；东海岛钢铁厂日日夜夜热火朝天的奋战场面；绵延两千公里的悠长海岸线，海边村庄村民与海豚、与白鹭和睦相处的经历……这海，这岛，这港湾，这一个个耕海者、弄海人普通而又不平凡的故事，通过黄康生诗性语言的描述，变得清新而瑰丽，生动而丰满，坦荡而辽阔。《沸腾之岛》《湛江深呼吸》《海岸线，延绵两千公里》《琼州海峡“分水线”》《战略定力熔铁成钢》《十里港湾十里灯火》《拔海而起》《北部湾的星月》《出海打鱼》《海豚归来》等作品，都散发出浓郁的“海味”。

《强台风》并非是纯粹的文化散文，但也值得一读。该文记述了湛江抗击超强台风“威马逊”的日日夜夜。面对地动山摇的风灾，湛江人民众志成城，决战决胜，交出了零伤亡的答卷，创造了飓风中的传奇。他没有简单记述湛江抗击强台风“威马逊”的全过程。而是以此为引线，回溯了湛江人千百年来抗击台风的历史，特别选取近年来湛江抗击强台风“莎莉”的场景，展现大自然的威严以及人的顽强意志。其言其文，铿锵顿挫，酣畅淋漓；其景其情，历历在目，惊心动魄。文中还引用了大量数据、历史典故、人物事件和场面，使其更有说服力和感染力。

《战略定力熔铁成钢》详细描写了宝钢湛江钢铁厂一号高炉点火的情景，然后回叙了当年钢铁厂定点东海岛的由来。深情细致地描写了湛江历史上难度最大的征地搬迁；浓墨重彩地记叙了来自祖国大江南北的万名建设铁军，在东海岛上战酷暑，斗台风，通过两年多艰苦努力，将一座现代化的钢城屹立在东海岛上的感人故事。文中充满动感的语言、短促有力的排比句，让人如临其境，如闻其声，如见其景。

翻开书稿，浓浓乡情和生活气息扑面而来。也许是他生长在乡村，对乡村、对乡民怀有一种特别深厚的感情。也许是他当记者时间够长，有较多时间走村入户、踏足田间地头，清新的“乡土味”是他散文的又一特色。他的乡土题材散文，展现给读者的是一幅幅新时代新气象的乡村民俗风情画。《年例》《村村锣鼓声脆》《牛车接亲》《蛙鸣何处》《坡正湾里白鹭飞》《拜神》《鳌头老家》《里坡鸟欢啼》等，以文学的笔法和清新生动的语言，将粤西乡村的民风民情、新人新事描述得妙趣横生、引人入胜。注重人物的刻画，县长、镇长、村长、普通村民、父亲、母亲，是行走在他散文中的一个个栩栩如生的有血有肉的人物，通过人物的言行举止和心理活动等描写，从一个个侧面折射出乡村巨变、时代发展、社会进步，以及海湾的生态保护，人与候鸟、白海豚和谐共处的美好情景。

黄康生的散文文体丰富多变，既有敏锐的新闻性、质朴的纪实性，又有生动的可读性。黄康生进行了“人物散文”“小说体散文”“抒情散文”等多种尝试，如今已渐入佳境。

“文章合为时而著，歌诗合为事而作”，一千多年前，唐朝大诗人白居易就提倡通过创作文章和诗歌来咏写时事，使文学作品关注时政，反映世间人情。时至今日，“文章合为时而著”的观点仍然适用。黄康生正是这样一位有担当的作家，一位合时利民的自觉者。他的散文与时代同步，跳动着鲜明的时代脉搏，散溢着浓烈的生活气息，这也是时代赋予作家的职责和使命。

愿北部湾深蓝色大海的滋养，使黄康生的散文成为文学的一片美丽海湾。

2018年12月6日

（作者系中国作家协会副主席，全国著名作家，“全国优秀短篇小说奖”“优秀中篇小说奖”“庄重文文学奖”“鲁迅文学奖”“冰心散文奖”获得者）

SONGCONGOD

目录

倾听城市的声音

一个人独处时，我不由打量起湛江——这座美丽的海湾城市，聆听城市的时光声音，倾听城市拔节生长的声响。

湛江城市虽然不大，但储满了城市声音。小贩的叫卖声、船夫的吆喝声、轮船的汽笛声、海鸥的鸣叫声、秧苗的拔节声等都曾伴随着城市成长，也隐藏在城市记忆深处，稍稍拨弄，便荡漾开来。

徘徊于赤坎古巷，我仿佛听到孩提时常听到“回家吃饭啦”的叫唤声。那时，孩子大多是放养的，下课铃声一响起，男孩女孩便撒腿跑出校门，找一块空地跳皮筋、抽陀螺、打弹珠，不亦乐乎。个别胆大的孩子还跑到郊外，奔草垛，躲墙角，捉迷藏，追逐嬉戏，不忍归去。

“常记溪亭日暮，沉醉不知归路。”日

落时分，大人们就会站在家门口，扯着嗓子喊孩子的小名：“某某某，回家吃饭啦！”听到甜蜜的呼唤，孩子们一溜烟似的跑回家，脚步急促而细碎，一步一步地将暮色收拢。

尽管岁月已经远去，但那饱蘸幸福味道的温情叫唤声仍刻在古巷的记忆里。

古巷深深深几许。站在巷与巷的拐弯处，我隐隐约约听到了老湛江独有的市声：“虾酱蟛蜞汁。”“香油簸箕炊。”“五香南乳花生。”

在我的记忆深处，叫卖“五香南乳花生”的是一草帽老头。草帽老头虽然年迈，身子骨却很硬朗，挑着一箩筐的五香南乳花生走起路来仍十分稳健。每次听见街坊呼叫，他总会用独特的“吴川普通话”应答：“哟，来喽！”

草帽老头头发乱蓬蓬的，背有点驼。他自称有独家秘方，说自产的花生是用南乳酱水、猪骨汤汁浸泡，晾干，然后加入八角、果皮等一起煮熟，烘干，才装瓶出厂的。草帽老头究竟有没有独家秘方，街坊无从知晓，但他自产的花生确实有股浓郁的南乳味。当年，我曾花4分钱买了大半瓶南乳花生，吃进去，酥脆得连舌头都想往下吞，味道好极了！尽管草帽老头已杳如黄鹤，但我至今仍忘不了他叫卖南乳花生的神情，忘不了南乳花生香脆的味道。

岁月流转，时光飞逝。这些最本土、最真切的记忆，曾散发着岁月芬芳、时光味道的吆喝声已随风飘远。

城市自觉不自觉地收录这些远去的吆喝声。然而，当城市推开另一扇窗时，窗台又滋长了另一种吆喝声：“收购旧电视机旧洗衣机喽——”“收购旧电冰箱旧消毒柜喽——”这些真正来自市井的吆喝声，带着生活的韵律，带着城市的体温，厚重而悠扬。

从我记事起，小巷的吆喝声就从未间断过。长长的小巷，弥漫着浓浓的烟火味，小生意人在走街串巷，小狗儿在打滚，翻地，咬尾巴。

随着改革开放进程的加速，港城湛江又飘荡起一种新的吆喝："收瓶加气——收瓶加气。"那时，"收瓶加气"的吆喝声常常把住宅小区叫醒。常到我们小区吆喝的是一位北方汉子。他中等个子，身板结实，肤色黝黑。他那"收瓶加气"吆喝声带着浓浓的北方口音，清脆而嘹亮。他起得早，跑得勤，曾创下一天送出三十六瓶气的纪录。他常骑一辆机动三轮车，车上放着一个煤气罐和一个电子秤。有时收到熟客的气瓶，也偷偷进行瓶对瓶互倒液化气。他一只手拧住瓶口，一只手晃动气瓶，"嗤嗤"的加气声飘得很远。

城市在远去的声音中发育，也在声音的变奏中不断前行。不知从何时起，城市的上空又响起了飞机、火车、汽车的轰鸣声；挖土机、压路机、打桩机的轰隆声；商场、市场、广场的高音喇叭声。这些声音可以让人们感受到城市的生长。

我很喜欢在雨夜静心倾听城市向上拔节的声响。在这座城市住久了，感情也自然深了。面对这座"来了就不想走"的城市，我不再满足于用耳朵来聆听，更尝试着用心来倾听。我觉得，用心倾听，不仅仅是对城市的一种尊重，更是对自己的一种尊重。《荀子·劝学》有云："蚓无爪牙之利，筋骨之强，上食埃土，下饮黄泉，用心一也。"用心方能听清心音呀！

一个温暖的午后，我在寸金路与木棉树不期而遇。寸金路两旁的木棉树，高大挺拔，主干粗壮，树冠如盖。我伫立树下，凝望木棉树，它出奇的高大，缀在深褐色枝丫上的花蕾，红如火，艳如霞，在半空中流淌着旺盛的生命力。微风过处，木棉树盎然地盛放。仿佛“轰”的一声，木棉树就吐出了一团团木棉花。那如碗般大小的花朵，开得红红火火，开得轰轰烈烈，简直就是枝丫间喷出的火焰，如此艳射赤浆，如此热烈奔放，犹如一阕豪放的宋词，给人们带来了一份跃动的惊喜。少顷，满街尽是一树树浓重艳红的火焰。

带着木棉花火一样的热情，我从赤坎走向霞山。路上，一辆辆小汽车呼啸而过，车轮和地面摩擦时发出的“吱吱吱”声不绝于耳。打开车窗，大海的呼吸声、小河的淌水声、翠鸟的鸣叫声、秧苗的拔节声、船笛声飘了进来。船笛声时而激越、时而低沉、时而雄壮，凝结着历史的烟云，叙述着光阴的故事，也弥漫着时代的气息。

（原载2017年2月18日《人民日报》）

人民日报

RENMIN RIBAO

人民网网址：http://www.people.com.cn

2017年2月

18

星期六

丁酉年正月廿二

人民日报社出版

国内统一连续出版物号

CN 11-0065

代号1-1

今日12版

副刊 12 2017年2月18日 星期六

故乡的河

声音

大别山幽兰

大地

倾听城市的声音

半日闲谭

同题有乾坤

倾听城市的声音

站起来的村庄

白银古树枝繁叶茂，苍劲挺拔。

在湛江，有村庄的地方必有古树，有古树的地方必有村庄。

柴埠就是一条深藏在古树里的小村庄。柴埠村，村子不大，但树却很多。

村庄的四面，远远近近，高高低低都是树。槟榔、赤兰、酸墨、白银等随意而自然地生长在村庄的各个角落，或庭前屋后，或路边井旁，或院中巷尾。这些树，自种下的那一刻起，就一直站在“原点”，默默地守护着村子。这些树，自植下的第一天起，就一直用树干、用绿叶、用枝条给乡亲报告春天的消息。

村子很安静。我小心翼翼地走着，忽然传来狗叫声。惊恐之际，一幢老房子背后缓缓走出一位八旬老人。他中等个子，脸色红润，一边喝住狗，一边从容地看着我们。老人曾当过村长，村里人都称他为老村长，看其精气神，便知日子过得舒心。老村长没有问我们从何处来，只是热情地邀我们进房抽烟、喝茶。房子红砖灰瓦，屋前有水井，井水清澈见底。井边装着小水泵，井旁长着一棵百年古樟树和些许小草。古樟树遮隐着冉冉春光，弥漫着草木清香。老村长告诉我们，古樟树是祖辈种下来的。三百多年来，这棵古樟树蕴含着家风，记录着乡愁，是家里不可或缺的重要成员。

老村长是一个健谈的人，他说柴埠村古树多、寿星多、读书人多。老村长坐在古樟树下，左手按弦，右手运弓，拉起二胡，曲调悠扬。一阵风来，古樟树发出沙沙的声响。

“古树是村里的魂。”老村长眉宇间露出一丝喜色：“村民世世代代都不敢砍伐古树，这是祖先留下的遗训。”

至于祖先何时留下保护树木的遗训、为何留下此遗训，老村长也说不出个所以然来。老人拉着二胡，眼睛半眯着，嘴角浮起一丝淡淡的微笑。

我们随老人来到村子的南坡。一抵南坡，眼前一亮！小小的南坡竟“私藏”着一大片原始生态林。超过一百一十亩的原生态森林，犹如一把绿色巨伞耸立在天地间。据说，这片树林的树龄已经超过三百年了。老村长告诉我们：三百多年来，树木一直在守护村子，村民也一直在守护树木。三百多年来，柴埠村从没发生过砍伐树木的事件。在柴埠村村民的心中，古树不仅拴着村子的魂，还拴着村子的未来。

村里还专门立规树约，禁止任何人砍伐古树。20世纪60年代，有人想砍伐古树修建路桥，村里的老人全体出动，以死相拼，古树才得以完好保存至今。

“名园易得，古树难求。”前年，村子修路时，就有两棵三百多年的古树处在规划红线内，考虑到古树迁移很难成活，村里最后决定绕道，避开古树。

“有古树，村庄才有灵气。有古树，村子才有说不完的故事呀！”说起树，老村长满怀深情。

但究竟是先有村，还是先有树，老村长却无法说清。但有一点老村长却非常清楚：“老树、老人、老房子是村中‘三宝’，全都要‘孝敬’！”

踏着春色，我们走进原始次生林。林子入口处有一镜池塘，池塘上建有风雨亭。风雨亭顶部，开一方天窗，引一米阳光，藏一棵赤兰。赤兰树正穿过天窗，骄傲地向上生长。

浓密的原始次生林里，银杏树苍劲挺拔，铁力树枝繁叶茂，香樟树高大粗壮，榕树冠盖如云。头顶，疏漏的阳光在起伏的树林间跳跃。脚下，青藤青苔在诉说着岁月沧桑。

古树的脖子上全悬挂着“古树名木”的标牌，可一眼读懂每一棵古树的树名、别名、拉丁名、科属、树龄及保护级别。据说，村里已为这些古树建立了详细的档案资料，纳入计算机管理。老村长说：“它们就像村里人一样，有户口。”

走进密林深处，灌木丛生，横柯上蔽，荆棘藤蔓，浓荫匝地。不时有成群的鸟从林梢掠过，叫声悦耳，却不知它们飞向了何方。在森林的拐角处，有一棵白银古树苍劲挺拔，饱满而又坚实的躯干，给人一种强烈的沧桑之感。

老村长告诉我们，这白银古树曾遭到白蚁侵蚀。村民发现后，即到县里购回白蚁粉，喷药驱虫。喷洒白蚁粉时，村民又发现古树身上还长着一条近八厘米长的青褐色毛虫。于是，村民又请来农林专家为其动手术，开刀取虫。老村长还告诉我们，这棵白银古树曾遭受过数十次强台风袭击，但它在风中倒又在风中生，演绎了不死的传奇。

阳光从缝叶之间洒下来，形成明亮的光柱。不知为什么，我一站在白银古树下，心里就有一种莫名的悸动，我不由自主地伸手去抚摸那烙着岁月伤痕的树皮和树枝，试图从中探寻出树的秘密。德国作家赫尔曼·黑塞说："树木是神物。谁能同它们交谈，谁能倾听它们的语言，谁就能获悉真理。"我能听懂树的语言吗？我仔细端详这棵有镇村之宝之称的古树，其树高约六米，直径约二十四厘米，估计树龄在三百年以上。站在树底下，我轻轻地闭上双眼，慢慢地吸气、吐气……

老村长说，这几年，有很多树贩子进村买树，但都遭到村民拒绝。前年，一名树贩子相中这棵白银古树，开出三十万元的收购价，但没有一名村民同意。

"先生态，后生意。"老村长说，"生态底线就是生命底线。"

"三十万不卖一棵'白银'"的故事也不胫而走。老村长告诉我们，村里有一位青壮劳力到深圳一家著名企业应聘，面试时说到自己是柴埠人时，总经理就果断录取了。原因竟是，总经理曾到过他们村，听过"三十万不卖一棵'白银'"的故事，知道村里崇儒重义，尊师敬树。

"哈哈哈"，老村长爽朗的笑声在风中飘荡。

此刻，高耸的树叶随风飒飒作响。老村长说，树能让村子站起来！

（原载2016年8月27日《人民日报》）

人民日报

RENMIN RIBAO

2016年8月

27

星期六

丙申年七月廿五

人民日报社出版

国内统一连续出版物号 CN 11-0065

代号1-1

第24885期

今日12版

人民网网址：http://www.people.com.cn

副刊 12 2016年8月27日 星期六

唢呐声声思君长

站起来的村庄

半日闲谭

信里风物远

大地

桥的随想

大地漫笔

红岩（中国画） 钱松喦

雷州半岛雷滚滚

雷州半岛雷多，半岛雷州多雷。

雷州半岛一年四季都在打雷。年平均雷暴日数达九十天，高的年份突破二百天。即使在冬季，仍可闻雷的霹雳声。地方志记载："海郡多风，而雷为甚。飔风发，风震地动，万籁惊号。"

雷州半岛古时乃"千里赤地，垌无一青"的苦旱之地，"三天无雨成小旱，七天无雨成大旱"，旱魔一直死死掐住百姓的脖子。有雷才有雨，半岛先民天天求雷、盼雷。

雷州半岛处处都烙上了雷的印记，还形成了独一无二的"雷神文化"。信步在半岛的红土地上，四处都可见祭雷的祠堂，到处都可听到有关雷神的千年传说。相传雷神脸赤如猴，足如鹰爪，背插双翅，具有替天行道、惩罚邪恶之职。雷神分阴雷和阳雷。阳雷神专责百姓生息、民计民生，如打雷下雨、滋润大地、清新空气、造福百姓等；而阴雷神，则专惩蛇蝎之人，且法力无边。据说，阴雷神每天都在记载蛇蝎之人的恶行，累积至“上限”时，即突发闪电将其击毙。

雷州半岛的雷来无影，去无踪。时而温顺，时而狂暴；时而紧贴地面，时而蹿上天空；时而化作蛟龙，时而变成灵蛇。雷州半岛的雷来时变，去时险。它常以雷霆万钧之势、摧枯拉朽之力、风驰电掣之速袭击红土大地，人如被其击中，轻则表皮剥落、皮肉出血，重则内脏破裂、生命危殆。树木如被击中，轻则树身开裂、树干烧焦，重则拦腰折断、枯萎而死。

雷州半岛的雷脾气爆发时，不知击毁多少工业设施，不知摧毁多少民房民宅，也不知掠走多少人畜性命。生活在“雷区”的半岛儿女对雷的脾气爆发和瞬间震慑很难忘怀，对雷暴造成的灾难也很难从记忆深处抹去。但半岛居民并不因此而恐雷，半岛儿女对雷始终怀有特殊的感情。

很多人都说，雷州半岛是雷火炼成的。半岛如果没有雷，会很寂寞。雷如果没有半岛，也会很孤单。半岛因雷而生动，雷因半岛而鲜活。半岛儿女喜于以雷为伴。行走在敬雷的千年路上，他们又不失时机地竖起避雷针，科学地避雷、防雷。

千年雷雨，万里雷鸣。千百年来，雷一直没有离开过雷州半岛的春夏秋冬。

雷州半岛的春雷来得比较早。惊蛰未到，春雷就从大陆最南端滚来。“咻、咻、咻”，春雷像条条浑身带火的赤练蛇在云端疾走，狂窜，翻滚。“咔嚓嚓——”“赤练蛇”夹着白光，凌空炸响。枝丫状的闪电划破天空，炸开乌云，炸裂风谷。闪电的蓝光急遽驰过，咔嚓的巨雷随之轰响，暴雨随即倾泻而下，那雨越下越大，天地间像挂着无比宽大的珠帘，迷蒙蒙一片。东西洋田上、螺岗岭边、灯楼角旁，都飞溅起白茫茫的水花。坑洼的红地、寂静的山坡也蓬然松开，欣然染绿。

“一夕轻雷落万丝，霁光浮瓦碧参差。”春雷滚过，万物复苏，天地气象为之一新。春蚕在破茧，紫燕在呢喃，小溪在歌唱。踏着清新的春色，农人戴上草帽，荷上锄头走向田野；小孩光着腚子，夹着渔网跳进江河；山羊涌出圈门，撒蹄奔向山坡；野鸽扑腾翅膀，缀着绯红，飞向菠萝园；松鼠翘起尾巴，披上“貂裘”，箭一般蹿进甘蔗林。难怪有人说，春雨、田野、山羊、野鸽、松鼠、农人的纯自然组合，是对春雷的最好注解。

雷州半岛的夏雷来得比较猛。一进入夏季，水桶粗的巨大雷电就频频在半岛上空炸响。“轰、轰、轰”，夏雷像雄浑不羁的野马在天空嘶叫，狂奔，翻飞。

半岛的夏天说变就变，夏雷说来就来。天空刚刚还是烈日炎炎，转眼就乌云密布，狂风大作。雷随风动，风随雷走。霎时，天空燃起青色的火焰，聚起了紫色的雷海。雷海中，一道道粗大的雷电时而蹿出，时而隐匿。天云放电，夏雷张牙舞爪，向天咆哮，一时烫成树枝状，一时滚成圆球形，一时烙成长蛇状。风中有雷，雷中有风，雷电与狂风剧烈碰撞，形成强大的地空闪流。“咔嚓咔嚓……轰……”夏雷突然挥出锯齿形的闪电，撕破昏暗的天，闪亮黑色的地。紧接着轰隆一声巨响，夏雷以摧枯拉朽、震撼寰宇般的磅礴气势直刺大地。那可怕而又猛烈的霹雳巨响，震天动地，震慑心魄。整座城市似乎都被包裹在雷电之中。闪电越来越猛，雷越打越烈，风越刮越狂，霎时，雷电铺天盖地，像是万千雷霆在炸响，又像是无尽的山脉在崩裂。满城尽是排山倒海的雷！

风累了，雷困了，雨住了，云也散了。雷电过后，天湛蓝，海湛蓝，空气格外清新，天地也格外清爽。

雷州半岛的秋雷来得比较沉。白露刚到，秋雷便压着低沉的嗓子，穿透层层的云海，从那遥远的天际传来。那响声似崇山峻岭中的虎啸龙吟，由远而近，由弱到强，声震百里。2013年的那个秋天，远方的天空，忽然吐出一片耀眼的光，接着响起了沉沉的雷声。“嘎啦啦”，伴着一道惊蛇似的蓝绿色的光芒，一串沉雷当空炸开。半岛上空顿时雷鸣电闪、雷雨交加。“啪——”“村霸”“狗头金”家的“豪宅”被雷电击中，屋内的电视机当即被击成“哑巴”。“豪宅”门前的黄花梨木也被强烈的闪电所击，树身从中开裂，树皮全被扒光。很多村民欣闻雷电击中“狗头金”的“豪宅”，都欢呼雀跃。据说，“狗头金”平时横行乡里，自从谋到村委会主任之位后，便变本加厉，强取豪夺。村民们还说，“狗头金”“豪宅”刚落成的那一年，也遭遇了雷击。

雷州半岛的冬雷来得比较闷。立冬过后，冬雷仍在半岛上空怒吼。冬雷滚来时，极像老狼发出撕裂的呐喊，沉闷的哀嚎。

很多人都说，雷州半岛的雷最多、最险、最铿锵、最激昂，也最震撼。响雷兆丰年，在雷声中长大的半岛儿女对雷始终有一种特殊的感情：雷最能滤清大气混浊，最能洗涤山河污秽。

“无日不雷之境”，雷电滚过，大地为之一新，山河为之一振。

（原载2015年9月19日《人民日报》）

人民日报

RENMIN RIBAO

人民网网址：http://www.people.com.cn

2015年9月

19

星期六

人民日报社出版

国内统一连续出版物号

今日12版

副刊 12 2015年9月19日 星期六

人民日报

故事

天骄

雷州半岛雷滚滚

读人的学问

大地

大地漫笔

油条尖儿

沸腾之岛

大海在咆哮，东海岛在沸腾，我的血液在燃烧。

一踏上东海岛这片蓬勃的热土，我的心脉就与东海岛一起跳动，一起偾张！

钻机在飞旋，挖掘机在挥臂，打桩机在轰鸣。隆隆的打桩声唤醒了沉睡千年的东海岛。整座海岛铁蹄生风，铁流滚滚，处处晃动着建设者的身影，处处飘荡着奉献者的歌声。宝钢湛江钢铁、冠豪高新拔地而起；岛东大道、岛南大道破土而出，鉴江供水枢纽工程、220千伏电网工程穿江而来；东海岛铁路、东海岛港区闻风而动；红树林、防风林迎风而长。曾经的一片红土荒丘，如今已是气象万千。

站在蔚律港龙门塔吊下，我似乎听到了万马嘶鸣的声响，感受到了万马奔腾的千钧之力。码头旁停泊着一艘澳大利亚籍巨轮，艳阳下高大的龙门塔吊正在繁忙地装卸货物。重重叠叠的海浪呼啸着、咆哮着，猛烈地拍打着巨轮，飞溅出雪白的浪花。

“力拔山兮气盖世。”踏着天际滚动的波涛，一万多名来自天南地北的“钢铁侠”在蔚律港岸边卷起“工业浪潮”——他们正在十二平方公里多的玄武岩台地上锻造湛江钢铁引擎。“一、二、三……”嘹亮的号子声响彻南海之滨。“三、二、一……”急促的号子声摇撼东山之土。踏浪前行，我钻进宝钢湛江钢铁“梦工厂”。工地上，几十台挖掘机在“张牙舞爪”，几百台打桩机在“穿肠破肚”，上千台装载机在“飞沙走石”，上万名“钢铁侠”在“翻江倒海”。沸腾了，沸腾了，东海岛沸腾了。穿行在沸腾的工地上，我的心也沸腾了。我想，东海岛的澎湃动力，就来自湛江内心的沸腾。

站在小山包观景台上，我的心在飘，血在烧。举目眺望，一幅万马奔腾、金石齐鸣的万人大会战图景直扑眼帘。烧结、焦炉、炼铁、炼钢、连铸、热轧、厚板、冷轧等几大主体工程自西向东隆起。

三十万吨散货码头雄踞北面，卸船机翘首屹立，传送皮带盘亘蜿蜒。四根一百一十米高的烟囱耸立，像四把利剑，直刺云天。五千零五十立方米的一号高炉顶封中区，二号高炉塔吊南部，全球运行中的十三座五千立方米以上高炉，此处占其二。两座绿色的“蒙古包”横锁西线，像威武的勇士，镇守着钢铁基地的“西大门”。

“工地天天都在变化，工程天天都在长高。”“钢铁侠”口中的一句话，让这座由火山喷发而成的海岛充满神话色彩。“湛江一号工程，广东产业结构调整龙头项目，这座承载着诸多时代性的评注和未来使命的绿色钢厂，已累计完成投资二百多亿元。总重三十万吨的钢结构和机电设备安装将在半年内全部完成。今年6月将点燃‘第一把火’，今年9月将产出‘第一块钢’。”“钢铁侠”总指挥掷地有声，“环境就是民生，蓝天也是幸福。我们将投入八十亿元的资金、使用一百一十六项先进成熟的节能环保技术，将湛钢打造成世界效率最高的绿色钢厂。”

在东海岛深入生活的时间里，我每天心潮澎湃，惊喜异常。湛江钢铁自备电厂气势恢宏。高耸入云的烟囱与巨型的锅炉互为东西，遥相呼应。厂房内机声隆隆，马达飞转，橘黄色火焰闪烁跳跃。多台计算机的屏幕上曲线交织，实时记录着自备电厂的点点滴滴。“火焰稳定正常，油燃烧器投用正常——”四位“钢铁侠”正在监控设备运转。当监测到油罐罐顶的温度稍微升高时，“钢铁侠”马上喷水降温。隆隆运转的蒸汽轮机和发电机组被包裹得严严实实，听不到噪声，看不到黑烟，一切运转正常。“钢铁侠”说：“自备电厂一号机组锅炉已一次点火成功，并保持了零伤亡的安全纪录。现在我们二十四小时盯守，确保六月底正式并网发电。”

炼钢三百五十吨转炉如同宝塔般矗立在天空中。转炉“胸膛”

上刻着“攻坚克难，勇于担当”几个鲜红大字。十多米高的转炉平台上，人声鼎沸，人影绰绰。身穿蓝色工装，手握工具仪表，头戴黄色安全帽的“钢铁侠”蜷曲在逼仄的钢铁管线上，或铺轨，或垫枕，或拼轴，现场热火朝天。湛江钢铁“第一黑”手持铁锤在转炉上“高空行走”。

“钢是在烈火与骤冷中铸造而成的。只有这样它才能坚硬，什么都不惧怕，我们这一代人也是在这样的斗争中、在艰苦的考验中锻炼出来的，并且学会了在困难面前不屈服、不颓废。”“第一黑”文化不高，但对保尔·柯察金却特别熟悉。“第一黑”有着火一样的性格。他曾是奋战在“火焰山”边的英雄，三十年前就参加了宝钢“大会战”，如今，再次披挂上阵转战湛江。刚上东海岛时，看到岛上一片荒芜，他的眼泪便“唰唰”地流了下来。可一转身，他却又笑了，一直笑到今天：“东海岛的大海太美了，空气太好了，海鱼太鲜了！”

"第一黑"说:"钢铁似乎和我有种说不清道不明的关系,白天,我是钢铁;晚上,钢铁是我。"

"我们湛江钢铁有一种创业精神叫'使命必达'。""第一黑"记得,几年前,接管雨水收集池项目时就立下了"军令状":工程必须如期实现通水。

湛江钢铁雨水收集池容量达一百二十万立方米,建设时期,"第一黑"每天都要钻到池底测量,挖沙,铺石,浇灌。那时正值炎夏,阳光直直地照射在海岛上。十二平方公里多的钢铁建设工地顿时变成了"大蒸笼",酷热难耐。收集池池底更是黄沙飞扬,热浪冲天。"第一黑"一进入池底就汗流浃背,耳朵、眼睛、鼻子、嘴巴全灌满黄沙,像遭遇了一场沙尘暴。但"第一黑"每天都坚持在池底站三个多小时,从没喊过累。后来,工程受台风、海潮、暴雨袭击,工期受阻。暴风雨一过,"第一黑"就冲进池底浇灌,并与捣固工人一起快装、快跑、快卸,日夜三班不停地捣固,确保工程按节点蓄水。

如今,池内碧波荡漾,鱼翔浅底;池外野花烂漫,野草摇曳。"野芳发而幽香,佳木秀而繁阴",那野草一丛丛、一簇簇;那秋枫树、盆架子树一棵棵、一排排,皆散发着绿意,蓬勃着生命。伴随着阵阵警铃声响,巨大的吊罐轰鸣着从头顶快速滑过;伴随着滚滚涛声,巨大的动力管网从空中飞架东西。遥望惊涛拍岸的码头,抚摸高耸的钢架,我顿感热血沸腾,豪情万丈。

当我在高炉与高塔之间穿行时,天空突然电闪雷鸣,大雨滂沱。一马平川的东海岛在风雨中激荡澎湃。疾风劲雨中,"钢铁侠"们仍在坚持施工。铁臂长长舞风雨,钢材成吨吊苍穹。怒吼的钻机把古老的海岛摇撼,轰鸣的塔吊把沉睡的海岛叩醒。汽笛声、金石声、呼喊声，声声动地；人浪、声浪、海浪，浪浪滔天。行走在这个万人大会战、万马齐奔腾的现场，我仿佛置身于波澜壮阔的沸腾的海洋。在这个激越的鼓点咚咚炸响的地方，我真正读懂了什么是钢铁力量，什么是中国力量。

大道朝阳，使命必达。从东海岛的沸腾生活中，我们看到了人民创造历史的豪迈激情，找到了文艺创作的新鲜营养。

（原载2015年4月8日《人民日报》）

人民日报

RENMIN RIBAO

人民网网址：http://www.people.com.cn

2015年4月

8

星期三

乙未年二月二十

人民日报社出版

副刊 24 2015年4月8日 星期三

深入生活 扎根人民

沸腾之岛

开栏的话

咆哮的大渡河

夜拜归有光

世说心语

乡居

作品

拈花记

橘子红了

沸腾之岛

琼州海峡『分水线』

琼州海峡在眼前，小灯楼角在眼里。

灯楼角地方不大，但占尽地利。它横扼琼州海峡之咽喉，自古就是中国黄金海道交通要冲。灯楼角的历史很厚重，名字、叫法也很多，有人叫“极南”，有人叫“极地”，还有人叫滘尾角、南望角、难忘角。这些名字听起来很土，但很亲切。

灯楼角没有楼只有塔。塔有旧塔新塔。旧塔为法国殖民者所建，遗址尚存。新塔呈六角菱形，塔身蓝白色。塔身前有纪念碑，铭刻60年前的半岛风雷。1950年3月，解放军就是在塔前誓师，横渡海峡，直取海南，打响了解放宝岛的第一枪。灯塔因此而成了渡琼作战的首发地。塔顶装有高亮度标灯、全天候应答雷达。那束“滘尾祥光”照亮了历史，照亮了琼州海峡，也照亮了北部湾。

登塔俯瞰，但见灯楼角状如犄角，自北向南楔入琼州海峡。楼角与大海的相接处，竖立着一块雕刻有“分水线”三个红色大字的大青石。青石旁有情侣在照相，有渔姑在刨螺，欢笑的声浪传得很远。

角尖上，漂浮着一片“柳叶沙洲”。沙洲两头尖，中间大。来自琼州海峡的潮水和来自北部湾的潮水在沙洲上激情碰撞，形成一条波涛澎湃的白色分水线。分水线左蓝右黄，泾渭分明。这就是北部湾与琼州海峡的分水线，也是全国独一无二的海上分水线。

浪逐浪，潮叠潮，风推潮高，两股奔腾汹涌的潮水从不同方向迅疾地涌来，猛烈地撞在一起，飞溅出奇特的“十字”排浪。“排浪”翻腾十里，声若巨雷。

分水线既神秘又神奇。它每天向世人展示的身姿都不一样。它每天的“身形”都会随潮水、海风的变化而变化。

灯塔鼓满海风，海风鼓满渔船。趁风吹东南，潮水高涨，我们跳上小舢板，“突突突”地向“柳叶沙洲”驶去。伫立船头，南海的碧波、琼州海峡的细浪、北部湾的急流尽收眼底，半岛渔姑的姑娘歌也从云霞间传入耳鼓。小舢板在波光粼粼的海平面上滑行，身随船漂，感觉恰似飞鸿凌波，鱼翔浅水，奇妙无比。小舢板迎风犁浪，惊起两行水鸟。转入沙洲嘴处，海面突然刮起一阵狂风，卷起了巨浪。旋涡中的小舢板，时而波峰，时而波谷，时而逐流于海平面。我们打心眼里发怵，牢牢地扣住船舷。撑船的“海佬”奋力划桨，左冲右突，竟然穿越了巨浪区。驶抵“柳叶沙洲”尾处，狂风突然停了，巨浪也息了，大海又恢复了平静。

沙洲像柳叶，似金簪，如海马，沙如银积，光彩激射。我们弃舟登岸，但见沙洲上布满了玲珑奇巧的海贝和千姿百态的红珊瑚，沙洲前方就是无边无际的蔚蓝。静立沙洲上，我们听到了沙子发出的奇妙的声响，看到了两水交织成分水线的神奇，见到了两水互拍成“十字”浪的雄壮。

两水拍沙洲。琼州海峡的海潮从东来，北部湾的海潮从西来。风推浪，浪逐风，两股海潮与海风交织在一起，犹如闷雷似的滚来。霎时间，潮峰从眼前呼啸闪过，在“柳叶”洲头激情相碰。两股潮在相碰的瞬间，激起一股“十字”浪，高达数丈，浪花飞溅，煞是壮观。两股潮水交汇时，像一对兄弟交叉拥抱，合二为一。

风从海上吹来，浩浩荡荡。沙洲“形”随风动，“身”随浪走。在沙洲上，我们目睹了“柳叶沙洲”在风中变大、在潮里变小。琼州海峡半年潮西，半年潮东。分水的“柳叶沙洲”也会随海潮的变化而左右摆动，东挪西走，当地人称之为“鲤鱼摆尾”，视之为吉祥之兆。

“柳叶沙洲”两边水流相对，水色相异，水温也相差较大。分水线以东白浪滔天，分水线以西风平浪静。我们坐在礁石上，将脚伸向两片海，突感一脚热一脚冷。一问方知，这与洋流和季风有很大关系。冬季，东北季风吹动海水沿着逆时针方向转动，北部湾海面温度约20摄氏度；夏季，西南季风推动海水形成一个方向相反的环流，北部湾海水温度升高至30摄氏度。而南海是中国海区最暖和的海洋，温差小，一整年表层海水温度都在25摄氏度到28摄氏度。

一脚踏两海，一脚热一脚冷。我们惊呼神奇：“真有点像海上‘中英街’，一片海两重天哦。”

我们脱鞋赤脚在沙洲上漫步，但分不清是在北部湾的海中走，还是在琼州海峡的海中走。虽然时值初冬，但我们一点不觉得冷。

温暖的风吹绿了冬季的琼州海峡，吹暖了冬季的“柳叶沙洲”。那股激浊扬清的海潮也像是从海里、从天上、从地下、从风中一起涌来，激情冲刷着这片“柳叶沙洲”。在沙洲上凝望着一碧万顷的南中国海，我们听到了横扫九州的滚滚春雷。

沙洲闪耀着光芒，浪花跳动着快乐。在“柳叶沙洲”举目远眺，但见峡北白帆点点，沙鸥翔集；峡中千帆竞发、百舸争流；峡南高楼林立，一派繁华。近景、中景、远景构成了一幅“海市蜃楼”般的迷人美景！

其实，最美风景不在远方，而在心上。内心有景，就处处是景呀！

海边的天气说变就变。一朵大乌云飘来，天空就下起了雨。风雨过后，天边又突然泛出一道绚丽的彩虹，像是一座巨型的拱桥横跨在琼州海峡上空。此刻，我突发奇想：如果这道彩虹是座真桥，能将这儿的灯楼角，与海南岛的天涯海角、台湾岛的鹅銮鼻连接起来，该多好呀！如果这道彩虹是座真桥，能将这三个并称为中国陆地的“南三端”焊接成“天上街市”，让人们朝发夕至，共荣共生，那又该多好呀!

（原载2015年2月23日《人民日报》）

人民日报
RENMIN RIBAO
人民网网址：http://www.people.com.cn
2015年2月
23
星期一

副刊 8 2015年2月23日 星期一
人民日报

大地无量

长冬麦语

琼州海峡分水线

你是如此的安静（中国画）

大地

萨仁姑娘

大过年的

大地漫笔
编辑丛谈

坡正湾里白鹭飞

坡正湾没有坡，也没有湾。但就是这样一个前不靠海、后不靠山、左不靠湖、右不靠江的地方却成了“鹭鸟的天堂”。

坡正湾村子不大，离城镇很近，离大海很远。全村仅一百来户人家，大部分青壮劳力已离开了乡土。通往村子的乡道两旁是万顷田畴，种满甘蔗、花生、芋头、番薯、藿香、通心莲和金钱草。田野上，几头膘肥的水牛，牛背上“伏”着几只白鹭。鹭随牛走，牛随鹭动，二者亦步亦趋，形影不离。白的鹭、黑的牛在动静之间构成了黑白混搭。微风轻送，白鹭不时张开长而尖的铁色喙，叼啄牛毛。嘴动尾动，水牛悠闲地甩动着尾巴。远处，一群留守儿童在田野上追逐、嬉戏、护鸟，笑声穿越田野，穿过童年。

穿过甘蔗林和蔬菜园，我们直抵村西。村西是一片原始森林。方圆数十里的古生态园内，古木峥嵘，盘枝虬节。层层叠叠的树叶遮住了天空，挡住了阳光。

在树下行走，我们没有看到鹭鸟，但看到了鸟窝。这些鸟窝，密密麻麻，数不胜数。地上落满灰白的鸟粪、洁白的羽毛、浅褐的蛋壳。树下，村民的鸡群叽喳，水牛空嚼磨牙，一个老农正削竹编耙。老人灵巧地将竹耙编制成形，又点燃了稻草开始烘烤……令人惊奇的是，树上的鹭鸟一点都不受这烟火的惊扰，依然怡然地在树上"嘤嘤"鸣叫。

群鸟归林时分，我们登上观鸟楼，那是由村民捐资建造的4层楼阁。登上顶部的亭子，便看见一行行白鹭划着优美的弧线，远远从天边飞来。这些鹭鸟嘴长、颈长、腿长，体态优雅，似驮着杜甫的诗卷、张志和的绿蓑衣在盘旋、俯冲、升腾。离树林三四百米时，它们平展双翼，伸直双脚，优美地回旋、滑行，轻盈地落在树梢上。

百只、千只、万只，刹那间，枝枝丫丫上，栖满了白鹭，恰似繁花竞放、雪压枝头。

此时，蓝天像洗过的那样纯洁，碧蓝大幕下，一只美丽的雌鸟单脚栖于树上，冠顶瓦蓝，喙嘴鹅黄。突然，天边传来一阵长长的鸣唱。雌鸟颤了一下，发出一声悦耳的回鸣，便见一只雄鹭倏地落到雌鹭身旁。它们含情脉脉，合颈起舞，姿态蹁跹，令人目眩心醉。

“山气日夕佳，飞鸟相与还。”目睹万鸟归林的美景，我们有说不出的兴奋。白鹭最富灵性，也最擅长“择优而栖”。它们为何“迷恋”坡正湾呢？相传很久以前，有一位面黄肌瘦的老妪，乞讨至坡正湾村。村民怜其凄惨，轮流奉养，视如亲人。村民都亲切地称她为“黎婆”。“黎婆”甚有爱心，曾救过受伤的小白鹭。“黎婆”仙逝后，坡正湾飞来了数以万计的鹭鸟。村民视其为“黎婆”的化身，呵护有加，从此便与白鹭结下了牢不可破的情谊。村民一直用心呵护着这些美丽的生灵。人与鸟和谐共处，成了小村庄最美的风景。

爱鸟、护鸟，一代传一代，村里人不仅视鹭鸟为“镇村之宝”，还将鹭鸟列入生活中的一员。有鸟在，大家都感到吉祥、和谐，感到心里踏实。他们自发划定保护区，自发成立护鸟队，并集资购买杉木和钢铁建材搭建起7米多的高塔，定期轮流值班巡视。遇到前来偷袭的猎鸟者，村民就敲响村头的警钟，集体阻击。

“不砍树，不打鸟”早已成为村里人心照不宣的“无字契约”。“千万别打白鹭，打白鹭会瞎眼。”村里即使最顽劣、最捣蛋的孩子，也谨遵这句古训。如果看到雏鸟不小心从树上摔下来，孩子们会把它“捧在手心”送回巢中。

前年，11只白鹭因感染生病，危在旦夕。村民心疼不已，连夜将白鹭装进纸箱，送至湛江“体检”。诊断结果，白鹭感染痢疾，病情严重，兽医立即对症给其打了针剂。村民依照医嘱，天天按时给白鹭喂葡萄糖，还买来鱼虾喂养。在村民的悉心照料下，白鹭逐渐康复。半个月后，这批白鹭再一次飞上了青天。

今年7月18日，广东有气象记录以来最强台风“威马逊”袭击湛江，席卷坡正湾村。百年老树被连根拔起，暴雨无情地冲刷着树干，白鹭窝巢被逐个击毁。无处可逃的鹭鸟，或扑棱着翅膀在风中痛苦嘶叫，或蜷缩在树下颤抖哀鸣。村民们穿上雨衣打着电筒，顶着狂风挺进树中搜救受伤鹭鸟。100多只鹭鸟被救回。了解了坡正湾村情况的热心网友，在网上紧急召集志愿者。北京猛禽救助中心、广州市野生动物保护站以及深圳、东莞、广州等地的鸟友闻风而动，纷纷赶来加入“丛林大救援”。

强台风过后，村民们开始重建“鹭鸟天堂”，深挖鱼塘，建鹭鸟觅食地，造人工鸟窝。中秋节前夕，我们再访坡正湾，树林里残枝断树已被清理干净，数不清的鹭鸟或在树梢上收羽翼，或在鸟窝旁伸缩颈，重现了“山气日夕佳，飞鸟相与还”的景象。月亮渐渐地升起来了，一声声关于鹭鸟的悠扬童谣，正在坡正湾村各处缓缓唱响。

（原载2014年9月27日《人民日报》）

人民日报

RENMIN RIBAO

12 2014年9月27日 星期六 副刊 人民日报

坡正湾里白鹭飞

槐的怀想

敲响邻居的门

白音爱里

家河痛

大地

坡正湾里白鹭飞

湛江深呼吸

二十四小时都可以听海潮声，二十四小时都可以深呼吸！在湛江，你随时随地都可以打开肺叶，使劲地吐纳，使劲地将新鲜的空气吸入丹田，让饱满的氧气弥漫每一寸肌肤，溢满每一点空间。

湛江面朝大海，四季花开，是一座亚热带海湾“洗肺”之城。湛江和美国的迈阿密一样，同属低纬度半岛。独特的亚热带气候和海洋性季风环境，催生了湛江植物的多样性，造就了秀美的半岛风光。行走在湛江这片红蓝交织的梦幻土地上，四季都可以吸到水稻、水果、果菜、果木共同酿造的气息；听到大海、江河、湖泊、小溪共同弹奏的流水欢歌。

一进入湛江，就可以看到湛蓝的天、湛蓝的海。很多人都说，湛江海水多、海湾多、海岛多、海滩多，是一座名副其实的因海而生、因海而长、因海而幸福的城市。确实，湛江与大海似乎有一种说不清也说不尽的情缘。境内那101处港湾、140个岛屿和2万平方公里海域均有说不尽的故事。在这片辽阔的海域里，共记录到生物种类多达2000多种。

先有湾后有港，先有海后有城，城里有海、海在城中、城海一体。在海边行走随处可见海浪在屋檐下拍打，随地可见巨轮在海里游动。站在海湾大桥上，不仅眼睛能看、耳朵能听，心还能触摸到一种无声之声。那是一种来自海洋深处的无声之声。躺在观海长廊的长椅上，静静地与海共对、与城相视，心就会悄然地触摸到一片灵动的水气——好似流出古韵的《水调歌头》。

走远一点，就可以看到浩瀚辽阔的大海，就可以直面数百里的烟波浩渺。如坐船出海，就会发现大海正由浅蓝变深蓝、由深蓝变蔚蓝。蔚蓝的海面上耸立着一个个葱郁的小岛。这些小岛如翡翠般碧绿。蔚蓝的海和碧绿的岛绸缪在了一起，让你分不清是海拥抱了岛还是岛激吻了海。岛屿如船，船行到哪里，历史就在哪里。那滚滚而来的蓝色波涛，仿佛不是从海的远方，而是从历史的远方急速涌来，一浪接着一浪，一浪高过一浪，让人在瞬间顿生恍惚之感。天空如水洗般的湛蓝，湛蓝得可以挤出水来。这时，你也许会觉得离天空很近，似乎一伸手就可以触摸到无垠的湛蓝；但又好像离天空很远，即使“撑竿跳”也摘不到一丝云彩。天上的云，又白又明又亮，透出了纯洁，昭示了清白。这些白云，轻拢慢涌，铺排相接，时而滚作一团团棉絮，时而化作长长的绫罗，绕着海岛飘忽而来，又绕着轮船飘忽而去。海上的空气虽掺点原始的腥味，但特别的清新，就像是被淘洗过一般，没有一点混浊，阳光下也看不到一丝尘埃。横立船头深呼吸，总感觉有一种凉丝丝的清爽润透全身。深深吸一口气，再用力吐出，早已满腔透爽。此刻，如振臂高呼，声浪就会瞬间跌进海浪里，自己也会在一刹那融入无垠的湛蓝和无比的清新中。

弃船登岸，你会看到一条很长很长的海岸线。这条海岸线长达2043公里，占了全国海岸线总长的6.7%。这条曲折而绵长的海岸线，犹如一条沾染着海的气息、贯穿亘古、延绵至今的蓝丝带。这条“蓝丝带”将湛江的海峡、海湾、海岛和海港串联起来，也将湛江的历史、人文、风物和民俗连接起来。从吴川王村港出发，经博茂港、湛江港、三吉港、大头港、迈陈港、海安港、流沙港、乌石港、企水港、江洪港、英罗港再到安铺港，沿途你会看到千年古港、千年渔村、千年红珊瑚和千年红树林；看到最自然最真实的海，看到最生猛最鲜活的海蜇、虾蟹和海藻。

静静的海湾，默默的渔村，两两相望，千年不悔，如果不是手

机铃响起，也许会错觉自己回到了远古的洪荒时代。在流沙港，岸边几条斑驳的渔船静静地沉睡着，远处，一两艘船只渐行渐远。码头旁，人们依偎着海，深呼吸。无语凭栏处，时间仿佛在这里停滞、打结。

在这条最原始、最淳朴的海岸线上穿行，可嗅到古老的海风，看到大海的蔚蓝，还可看见全国现存红树林面积最大的自然保护区。这些已长了千年的海中古木，密密匝匝，呈带状分散环绕着湛江。这些红树林群落，有奇妙的胎生现象，有惊人的泌盐本领，有奇特的湿地功能，它的根、叶可以滤去使植物死亡的咸水。这些红树林，根系发达，纵横交错，编织成一个庞大的海水“过滤器”，让整个雷州半岛的“肺”得到自由深呼吸。

湛江这条海岸线带着未经雕琢的质朴和野生气息，让每一个曾经到访的人都无法忘怀它鲜为人知的风韵。在这条沧海桑田中演变

出至极美丽的海岸线上穿行，时光似乎流淌得很慢、很慢，缓缓地，仿佛听得到岁月的回声、历史的回响。

沿着海岸线，走进英罗港。海港滩涂上密密麻麻的红树带着深深浅浅的绿扑面而来，一眼看去，不知是海上生林，还是林中有海。踩着水泥墩修筑的林间小道，可进入一片密可遮日的红树林丛。

红树林的深处，静得听不到虫鸣，静得听不见岁月从身边流过。采摘一片绿叶，深呼吸，唯恐把时光惊动，把美梦惊醒。海风拂面，吮吸着充满负离子的空气，吮吸着充满海滩泥土的气息，真恨不得多长出一个肺来。

在红树边、渔船旁停驻，总有大海的沉思。从红树边出发就是从大海出发。来到湛江，你不仅可以看到超越安徒生童话般的大海，还有可以聆听到生命歌唱的“绿色天堂”，聆听到“人与海、城与海和谐共荣共生”的人文情怀。

亚热带的风，吹开碧蓝的海，吹绿了红土赤地。湛江的红土丘陵连绵起伏，常年被绿色覆盖，那满目的翠绿，绿得让人陶醉，让人陶醉得不知春夏秋冬。在湛江，海岛四季是绿的，山岭四季是绿的，田野四季是绿的，连吹来的四季风也是绿的。走进半岛湛江，就仿佛置身于绿色的海洋。那些防风林、荔枝林、香蕉林、剑麻林，林林相连，一年四季都在“洗涤过滤”半岛的空气。那一片片林海、蔗海、稻海、菠萝的海，汇成了庞大的绿色家族，同呼吸、共吐纳，一次又一次将“中国人居环境范例奖城市”“中国十佳低碳生态城市”的牌子擦亮。

走进半岛深处，你总能与温煦的阳光不期而遇，总能呼吸到菠萝的清鲜之气、糖蔗的甜鲜之味、香蕉的香鲜之息。走进半岛深处，你还能发现湛江奇妙无比的美，并能在面对这种美时禅悟生命。如果遇上雨天，你可以一边听雨，一边使劲深呼吸，让那饱含泥土的醇香弥漫整个肺腔。

心累时，换个角度看世界；心酸时，换个地方深呼吸！

来吧，到湛江来自由呼吸，约会幸福！

（2014年7月8日）

水墨吴川

绿野中的鉴水、骑楼上的白鸽、烟树里的人家、落日下的橹声。千年古镇、江海之城——广东吴川在我心中，永远是一幅常读常新的水墨。

比之承载过大汉湍流盛唐烟雨的长江，鉴江只是一条“小溪”，然而，这并不妨碍它成为岭西水墨中的神来之笔。顺江而下，揽水怀中，可见鸥影横波，风帆鱼贯，鱼翔浅底。清代诗人邓奇俊在《鉴江》诗中赞曰：“山如簪碧玉，水似带青罗，谁把秦时镜，千秋照清波。”轻风徐来，江面波光粼粼，朦胧水雾中，水浮莲若隐若现。两岸水草丰美，树木郁葱，江景如画。河堤之上，野花生一片片迎风怒放；河堤之外，绿水草一株株随风飘荡。江重水复，一湾一胜景；水复江重，一岛一生机。河中绿岛——江心岛屹立于碧水之上，郁郁葱葱，生机勃发。岛上氤氲的薄雾随着空气缓缓流动，与深绿的树木交融相映。岛下江水安静得看不出它的流淌，唯有江面上枯叶的远去，才感觉得到它的流动。船侧岛而过，但见岸边的别墅联排，高楼林立，梅菉水城景观尽收眼底。

碧水在江中流泻，路人在江边行走，民居在江畔排列，花草在江旁摇曳。船至鉴江出海口，江面骤然开阔，江边升腾着白雾，海浪拍打着小船，绽放出无数纷飞的浪花。船工抛出一根缆绳。顷刻，渔船像一只敛翅的海鸥，留在了烟波深处。

弃舟登岸，行走在河道蜿蜒交错的鉴江原野上。翠绿的农田一丘接一丘。稻田的清香，从水中升起，弥漫整个沃野。来自鉴江的水渠，流淌着清亮的江水。白云，在田间悠然飘过。老黄牛在田边悠然吃草，田野的风穿过密密匝匝的禾苗，旋出重重叠叠

的绿浪。稻田间长着几棵小榕树，树边有水雾般诗意的村庄，还有可爱的稻草人。在田垄上走过，惊动一路田蛙。踏蛙声而行，不知不觉，走进全国生态文明村——蛤岭村的十里荷塘怀里。荷塘四周柳树环绕，翠竹掩映，密密麻麻。

徒步走进荷塘深处，衣衫处有暗香浮动，丝丝、缕缕，点点、滴滴，侧耳倾听，似能听到淙淙清响。那潺潺流水将荷塘与村子勾连在一起，也将村子的古老往事和灵性串联在一起。蛤岭村原是一个贫穷落后的小渔村，村民世代以打鱼种地为生。漫长岁月里，村子的男人始终是建筑古道上一支独特的队伍。唱着《春天的故事》，他们挑着空空的灰桶和水泥刀行走四方。凭着精湛技艺和勤奋，他们不仅在北京、上海、广州、深圳等大都市获得栖身之地，而且摇身变成了闻名遐迩的建筑大亨、房地产老板和民营企业家，有的身家过亿。

2000年以来，蛤岭村一群老板慷慨解囊，捐资1亿多元，建成了环村大道、十里荷塘、文化中心、小公园、商业街、文化长廊。村里楼房耸立，微草眷露，香熏细柳，蜂飞蝶舞。几位白发老者缓缓行走在村巷里，尽管他们的背影苍老、脚步迟缓，但那种家园怡然坦荡的自得、心底无忧的从容，尽在脸上映现。好一幅“黄发垂髫，并怡然自乐”的图景！

蛤岭村离鉴江不远，漫步于静谧的江堤上，但见夕阳映天红，鉴江送水蓝。

（原载2014年9月30日《羊城晚报》）

强台风

风在吼，海在啸；塔在摇，地在抖。超强台风“威马逊”以排山倒海之势，雷霆万钧之力，直扑雷州半岛，横扫湛江大地。飓风一登陆，就像一头发了疯的擎天巨兽，发出猛兽般的嘶嚎，喷张猛兽般的血盆大口，“咔嚓咔嚓”地吞噬家园，撕裂城市，摧毁乐土，制造深重灾难。杀杀杀！强台风“威马逊”那地动山摇般的风灾肆虐，恐怕已成为湛江历史深处一道难以抹去的记忆。历史上，台风常以迅雷不及掩耳之势突袭湛江，疯狂掠夺。防台风、防飓风，早已成为雷州半岛先民的人生第一课。台风穿行于雷州半岛的历史，往往就是湛江的发展风云史。数千年来，已有无数个台风登陆半岛，制造了无数次台风灾难。仅1970年以来，就有138个台风正面袭击或严重影响湛江，掠走了无数财富，甩下了累累伤痕。超强台风“莎莉”和“威马逊”两大“蒙面杀手”虽已远去，但它们对湛江造成的心灵创伤仍然难以愈合。每每提起“莎莉”和“威马逊”，湛江人似乎远远就听到那凄厉的呼啸声。

1996年9月6日8时，编号为9615号的台风“莎莉”胚胎在太平洋洋面生成。“莎莉”自生成之日起，就彰显出超级台风的剽悍与诡诈。7日14时，“莎莉”风速急剧加快，气压陡然升高，中心风力达每小时160海里。8日8时，“莎莉”绕过吕宋岛北部，穿过巴士海峡，直扑南海，但中心风力略减为每小时115海里。“莎莉”扑向南海时，正遇冷空气横刀杀到，二者互相勾结、互相交织，杀伤力陡然增强，“莎莉”挥舞着魔爪，携带着厚厚的乌云，狂啸着“杀”向粤西。然而，“莎莉”急速奔突到粤西附近海域时，却诡异地“低头”，转圈，并以“蜗牛时速”在电白县海面后路径偏西北方向移动。“莎莉”在海上布下“迷魂阵”，天空出奇的平静。

9月9日上午，一群群海鸟倦振湿翅，仓皇逃窜。那凄凉的鸣叫声，凄惶无援，声悲寰宇。发疯了！发疯了！“莎莉”突然发力狂飙，凭空卷起万丈海水，水柱直窜九霄。山崩似的巨浪凌空劈向停港避风的“兴顺”号巨轮。巨轮船体剧烈摇晃。巨轮“老船长”被这突兀而来的飙风巨浪所震慑，顿感胸口沉闷，呼吸困难。两千多吨的巨轮在狂风怒涛中剧烈颠簸，时而被抛上高高的涛峰，时而又跌进深深的波谷。风更凶，浪更险，巨轮锚链断裂，像脱缰野马在“荒山野谷”间奔吼。突然，一个舱门被恶浪击开，海水涌入，“老船长”和水手们用尽洪荒之力，才将水密门推到原位锁死。

“山雨欲来风满楼，黑云压城城欲摧！”9月9日9时30分，“莎莉”以摧枯拉朽之势呼啸而至，吴川霎时惊涛拍岸，大树撅根，铁塔折腰，瓦砾横飞，停靠在海边沙滩上的渔船瞬间就被风吹“倒挂”在树上。

“莎莉”像一头发了疯的恶魔，睁开了愤怒的双眼，伸出了锋利的魔爪，并以雷霆万钧之力直扑湛江。汹涌奔腾的波涛像猛虎一样扑上观海长廊。波涛一浪接一浪，一浪高过一浪，飞一般越过堤坝，直浸城市心脏。

风如拔山怒，雨如决河倾。刚才还能看得真切的湛江城，瞬间就消失在人们的视线里。雷霆万钧的狂风暴雨发出连珠炮似的滚响，以不容发丝般的间歇狂野地肆虐湛江。湛江在狂风暴雨中晃动、飘摇。一种超乎寻常、威力凶猛的飓风铺天盖地而来，湛江天昏地暗，一片混沌。飓风过处，标重195吨的龙门吊被刮下海；自重500多吨的集装箱卸桥吊被刮倒地；3万吨重的轮船被推上岸；20吨重的汽油罐被抛至80米高空；体育中心体育馆的房顶、屋山家私城的屋顶全被撕扯一光，铁皮在空中急速地飘飞，恰似《天方夜谭》中描述的飞毯；赤坎宾馆、恒通酒店、半岛酒店、金太阳酒店的玻璃窗全被播破；南桥南路的铁皮屋全被揉搓成奇形怪状；城市“百年老树”的枝叶全被撸光，甚至被连根拔起，像已枯死多年；路树几乎全被刮去了皮，残留的树枝像藤鞭似的在飞舞。城市的电线杆几乎全被推倒或拦腰折断。东海中线公路旁一座木屋先被飓风抛至十多米高，后又被重重地摔在一辆汽车上，发出沉闷的巨响；赤坎市民陈英家的一台彩色电视机，像球一样被风甩出十多米；一个名叫“流浪汉”的市民路经霞山工农市场时，被旋转飓风刮飞起来，撞在马路栏杆上，头被夹住，很难拔出。更令人震惊的是，一头不知从何处刮来的老黄牛，不偏不倚地落在屋山家私城的铁篱笆上，篱笆齿从牛的左侧深深地插进腹部，牛血冲天喷射数十米。

万窍怒号天噫气，飞沙走石乱伤人。城市的尘土、沙砾都飞了起来，沙土朝天，像“掘地三尺”。面对飓风和死神的威胁，英勇的湛江市民挺身而出，与死神格斗，硬硬将死神手中攫紧的生命抢回来，谱写了一曲曲自发救人的“英雄赞歌”。

停泊在港湾的湛江渡口所10艘渡船，虽分为三组连成排船抗风，仍难以抵御恶浪撞击，险象环生。此时海湾已有多艘渔船翻沉，渔民呼救之声声声断魂。危难之际，所长蔡振勋明知风浪险，偏要闯

风浪，他果断地发出营救遇难渔船的信号。副所长冯计强闻风而动，冒死将随风漂流的广东阳江市41016号等8艘渔船拴靠在渡船边。渔船虽一时得救了，但因突增负荷，渡口排船开始失控，并以惊人的速度位移锚地。“莎莉”张大血盆大口扑向排船，排船危在旦夕。此时，只要斩断拴带渔船的缆绳，排船马上可以转危为安，但排船上的70多名船员谁也未曾想过举起无情之刀去斩断那系着54位渔民兄弟的生命之绳。相反，他们凭着丰富的航海经验，纵船巧避海沟旋流，终于一次又一次地化险为夷。

狂风袭击市区时，一途经霞山文明东路的中年男子，不幸被飞来的广告牌击中头部，血流如注，当场倒地，昏迷不醒。面对突然飞来的横祸，他的妻子被吓得不知所措，抱着他坐在地上呼天抢地。一辆小四轮车主见状欲上前搭救，却被肆虐的狂风掀翻，吓得弃车而逃。驾车外出执勤的海军某基地司机梁南生见状，冒险把伤者抬上车。小车开出不足50米远，却被一棵粗大树枝堵住去路。梁南生马上跳下车背起伤者艰难地向市第二人民医院挪去。到了医院门口时，两棵刚刚倒下的大树将医院大门堵死，无法进出。此时，伤者因流血过多已休克，生命危在旦夕，怎么办？翻墙进去！梁南生当机立断。路过此地的两名好心人见此状，也急忙赶来“托顶”，合力把伤者抬进医院急诊室。

狂风挟着骤雨狂扫湛江4小时。湛江在狂风中颤抖，城市在暴雨中呻吟。飓风声色俱厉，湛江遭受了严重浩劫。“莎莉”掳走了142条鲜活的生命，吹倒吹塌房屋46.84万间，打穿打沉大小船只2280艘，各种经济损失达103亿元。“感觉遇到了一场原子弹浩劫！台风过后整个湛江几乎见不到还直着的树木和电线杆。”

面对“莎莉”撇下的深重灾难，湛江人民万众一心，直面天灾。

默默地在祖国大陆最南端舔着伤口，默默地积累重建家园的力量。

面对满目疮痍的家园，惊魂未定的人们毅然擦去眼角的泪水，昂起倔强的头颅，挺起不屈的脊梁，万众一心、众志成城，用千千万万热情的双手，千千万万滚烫的爱心，重建美丽家园，重建美好湛江。

树倒了，屋毁了，但家园依然在，欢笑依然在！湛江在超强台风“莎莉”中坚强挺立！

2014年7月18日19时，超强台风“威马逊”携风带雨、摧枯拉朽，以每秒60米的速度正面袭击徐闻，登陆时中心附近最大风力17级，为广东有记录以来最强台风。“威马逊”比“莎莉”更狠，更凶，更猛。其狂野杀伤之力，自古罕见。

狂风怒号，暴雨滂沱，恶浪排空。“威马逊”一路杀来，穷凶极恶。它犹如一只挣脱枷锁的猛兽，暴跳如雷、怒火万丈，狂扫徐闻雷州大地。历经“威马逊”的侵害，就像历经一场噩梦！“威马逊”登陆的那一刻，狂风如鬼哭狼嚎，暴雨似万箭穿空，霎时间天昏地暗，日月无光。“威马逊”掠过，房倒屋塌、公路损毁、交通中断、船只沉没、海堤决口、滩涂淹没，成片成片的树林被连根拔起，风像刀一样剥光树皮，铁制广告牌像纸一样被台风撕碎。一块尖尖的铁片被狂风刮飞，竟像子弹似的穿入坚硬的老树干，达两厘米深。全县33台风车，有18台被台风摧毁，13台被“腰斩”，5台被“剃光头”，新安北堤受损堤身长达1000多米，堤身被掏空50米，路面严重塌陷，新寮岛对外交通陷于瘫痪。全县唯一的车城被彻底摧毁。

飓风肃杀着大地，大地在颤动，徐闻在颤抖。一夜之间，徐闻处处树卧房掀、墙倒棚塌，水电、通信、交通等全面瘫痪，成为

“孤城”。

“威马逊”风力之大、降水之多、逗留时间之长，极其罕见。但沧海横流方显英雄本色，“威马逊”步步逼近前，湛江不懈怠、不麻痹，念好“人”“躲”“防”“三字诀”，并安全转移近30万群众。

18日18时3分，“威马逊”正携狂风暴雨横扫雷州半岛之时，湛江海上搜救分中心突然接到险情报告，称有13艘渔船23名渔民受困于通明渡口附近水域，万分危险！

灾情就是命令！当天19时，海事局搜救人员杨伟杰、沈湛栩钻进吉普车，顶风从霞山海事局出发。一路行驶，能见度非常低，只能看到车前灯不到20米处，周围一片漆黑，路极滑。行至省道S373线通明村路段，突被一棵棵在台风中倒下的大树挡住去路。他们挥马改走乡道。经风中“闯关”，终于于22时抵达通明村的险情现场。抵达现场后，风力不断加大，雨水击打在脸上如同针扎一般，海面上，风、雨、潮相互交织，发疯似的摔打着海面上的避风船只。风“呜呜呜”地狂啸，直让人毛骨悚然。因风浪太大、海况恶劣，救援人员在通明渡口附近坚守13小时，等待救援机会。当晚，每隔20分钟，海事执法人员就向遇险渔民打电话，了解情况，安抚紧张情绪。19日5时20分，风浪稍小，海事人员立即“施救”，硬将23名受困渔民拖上岸。

“威马逊”横扫半岛长达14小时，狂掠127.3亿元。肆虐横行的“威马逊”已咆哮远去，但它却给灾区留下了深痛巨创。严重的灾情发生后，灾区群众擦干眼泪，挺起胸膛，奋起自救。患难时分，亲帮亲、邻帮邻，无灾户帮有灾户、小灾户帮大灾户，同心协力，共同绘就了一幅幅风中互助的壮美图卷。大爱无疆，大爱无言。7月22日，湛江为超强台风“威马逊”受灾群众募捐。27日，广州徐闻商会募捐；30日，政协港澳委员募捐；31日，徐闻籍港星李彩桦个人募捐。一次次善举，一颗颗爱心，不断温暖着灾区人民的心灵。“没经历过灾难的人，永远无法想象在灾难面前人有多恐惧。”重踏灾区，又让我们见识了“经历过灾难的人，永远无法想象在灾难过后人有多坚强”。

历史的灾难总会以历史的进步为补偿。飓风没有将湛江击倒，飓风也没有将湛江的欢笑带走。山河依然在，欢笑依然在，湛江在飓风中挺拔！湛江在飓风中屹立！

（2014年9月17日）

海岸线，延绵两千公里

湛江有海，海里有岸，岸有东岸、西岸。东岸很长，西岸也很长。岸岸相加更长，长达2043公里，比湛江到武汉的距离还长。

这条长长的海岸线逶迤绵延，蜿蜒飘逸，如玉带镶嵌在海天之间，云水之上。这条长长的海岸线将140个岛屿、101处港湾、148.6万亩海滩涂全串了起来；将汉代徐闻港、唐代雷州港、宋代乐民港、清代赤坎港及现代湛江港全系了起来；将全国最大的海水珍珠养殖基地、全国最大的对虾养殖基地、全国最大的红树林保护区全绑了起来。这条长长的“蓝玉带”纵横千年，贯穿亘古，通古达今。这条长长的“蓝玉带”沾满了浓厚的大海气息，积满了深厚的历史情感，堆满了丰厚的人文情怀，它不仅将湛江的历史、人文、风物和民俗连接起来，还将湛江的过去、现在和未来连接起来。

在这条极致美丽的海岸线上穿行，时光似乎流淌得很快，又似乎流淌得很慢。轻轻地走，好似听得见湛江加快崛起的急迫心音，又仿若听得到岁月的回声、历史的回响。公元前111年，汉武帝平定南越后，就下令在湛江徐闻开郡置县，并选择在徐闻三墩“开海”。那一年，季风刚起，汉武帝的第一支满载着丝绸、茶叶的庞大船队，就从三墩鸣笛，启航。船队绕中南半岛，经缅甸，过印度，直抵海湾国家，开辟了中国海上丝绸之路。一时间，三墩几十里海岸线上，万商云集，船帆如林，船笛如歌。这条曾经用丝绸、茶叶换来宝物满屋、财富满仓的水路依然存于历史，存于记忆，亦存于“21世纪海上丝绸之路”新的机遇、新的期盼之中。两千多年的时光淬炼，铸造大汉三墩的万古石莲。站在大汉三墩的岬角上，我们聆听到历史深处传来的汉韵唐律，聆听到了火车穿越琼州海峡的隆隆轰鸣，也聆听到了海上丝路盛世再远航的滚滚涛声。

沿着海岸线前行，脚步声声急又声声慢，似从天边走来。红坎湾边，竖立着雄伟高大的玄武岩柱状节理。这些近乎垂直排列的岩石柱，仿若希腊雅典娜神庙的廊柱，绵延2公里。岩石柱旁藏有火山蛋。火山蛋通体浑黑，大的如石，小的如豆。火山蛋虽经千万年的岩石挤压、地质变迁，仍然保持着水珠般的浑圆。火山岩、火山蛋练就了渔民刚毅与果敢的性格，也寄托了渔民对远古的追忆及对未来的祈盼。“不把火山蛋当石料外卖!”渔民们默默坚守着“不破坏海岸生态”的那份无声承诺，默默地守护好红坎湾那红色的美丽。对着岩石柱，大声呼喊，回音传至数公里。坐在岩石上，细数浪花，思绪穿越数千年。

角尾湾边，漂亮的红贝壳撒满海岸，多彩的珊瑚浪卷沙滩。赶海的牛车缓缓地驶向大海。“珊瑚海！珊瑚海!”顺着渔人所指的方向看去，一个五彩缤纷的世界骤然涌至眼前。鹿角状的、牛角状的、树枝状的、蜂巢状的；白的、黄的、橙的、紫的。天啊！眼里全是密密匝匝的活珊瑚。33万亩，多宽广的珊瑚海呀！“过去，渔民不识珊瑚是块‘宝’，常在海里行船，打桩，炸鱼，拉尼龙绳，一次又一次‘伤害’珊瑚礁。”渔人说，“‘千年一开花，千年一结果’，渔民们知道珊瑚乃西方三大有机宝石后，纷纷投身保护行列。且把‘不炸鱼、不挖珊瑚、不食珊瑚鱼’写进村规，刻入心骨。”

阳光透过清澈的海水照射到珊瑚身上，这些“海中仙子”红的显得更红，紫的显得更紫。还有一些软珊瑚，蓝中带紫，紫里泛红，红里透绿，绿中染黄。这些美丽的软珊瑚长着各式小触手，频频蠕动，一张一合，像与大海窃窃私语。豆娘鱼、大黄鱼、斑点须鲲等在礁群里嬉戏穿梭，似与珊瑚低低斟蜜意。

西连海边，珠桩一排接一排，浮箱一节串一节。清晨，天风吹梦，雾气先于潮水散去。珠农趁着退潮，撑起竹筏，犁浪驶向海水珍珠养殖场。养殖场洋溢着欢声笑语，织满了海燕掠过的呢喃。珠农们从养殖柱上取下暗绿色的贝笼，捞起深褐色的珠贝。然后，挥动剖贝刀，插进贝壳缝，切断闭壳肌，再用力一撬，撬开了两扇紧闭的贝壳门。接着，用力轻轻一挤，一颗浑圆晶莹的珍珠破壁而出。紧接着，用力轻轻一拨，珍珠顷刻滚落白瓷玉盘里。她们说，每颗晶莹珍珠都串连着珠农和大海的故事。早在秦时，这片海就有珠农采捕珍珠。1960年，珠农开始在这片西连海试验养殖南珠。至今，海湾养殖面积已达2万多亩，整条海岸线上的养殖面积已达3660多公顷，海水珍珠年产量占全国总量的七成多。蓝海水、吊脚楼、插珠女、担贝汉，还有那灵动的竹筏，都在辉映着南珠的绝代风华，书写着南珠的美丽传奇。

博赊港边，渔船一艘接一艘。早在清代，博赊就是湛江著名的渔港。港口很小，港门很窄，港池也很浅。港口两侧堆满浑圆的礁石。礁石或浑圆平整，或突兀峻峭，或虎伏狮立，似在诉说着中国人民解放军四十三军在此渡海作战的英雄历史。1950年，3733个龙腾虎跃的身影就是从博赊港乘船出发，直取海南。至今，那海浪声、那呐喊声、那枪声依然在海港上空回荡。沿着狭长的水道，就可进入博赊村。村子刚刚从晨炊中苏醒，一坨坨水草衬着朝暾、浪花、流霞，清新的空气令人神清气爽。艳阳高照，村前那条弧形的海岸线顿时活络、生猛起来。岸边的妈祖庙前，坐着几位老渔民，他们远眺大海，若有所思，也若有所忆。

湛江湾边，巨轮一艘接一艘、高楼一幢接一幢。

走进湛江港油码头，如同置身于大海之中，交融于天海之间。有人说，码头是另一种岸，码头在岸之中，岸也在码头之中。在码头上行走，我们仿佛看到了前世的岸，今世的码头。海城、海港、海岛、海鸥融为一体；军港、商港、油港、渔港集于一身；蓝天、白云、碧海、椰林交相辉映！夜幕下的湛江港更是让人陶醉，两岸的灯光把港口点缀得如梦如幻，皎洁的月光倾泻在海面上，让夜之海飘起梦一般的意境。

东海岛边，挖掘机、推土机、装载机、起重机来回穿梭；欢呼声、轰隆声、海涛声不绝于耳。宝钢湛江钢铁的炼铁、炼钢、连铸、热轧、冷轧等主体工程已沿海岸线轴卷般铺展。5050立方米的高炉已高高耸起；连钢、连铸主厂房钢结构已开始吊装；供配电系统、雨排水系统、燃气系统工程已进入施工高峰期。“在保护中开发，在开发中保护!”湛江钢铁人格外珍视大自然的恩赐，边建厂边保护海岸线，并投入近60亿元节能环保资金，采用116项成熟可靠的节能环保技术，力求实现含铁尘泥100%回收利用，致力打造“世界最高效率的绿色碳钢生产基地”。一号高炉将于明年点火。届时，熊熊燃烧的火炬将点燃湛江的钢铁梦，照亮湛江蔚蓝色的海岸。

东岸看日出，西岸看日落。怀着对自然的无比崇敬，带着对大海的无比敬畏，我们从东海岸走向西海岸。走在这条既古老又现代、既乡野又喧腾的海岸线上，我们发现日落与日出同样美丽，发现西海岸与东海岸同样充满现代气息、同样充满野生气味、同样充满无限遐想。

我们越走越发现自己的脚步已很难离得开这片水土。其实，千百年来，湛江从未离开过这片水土。湛江的先辈们一直选择在这条海岸线上生活，城市选择在这条岸线上发展。这条海岸线业已完全融入湛江的生产、生活之中，成了湛江的血脉通道、时空通道和生命通道。血脉相连，筋骨相融。湛江早已将这条海岸线搂入怀里，装进心里，溶化到生命里。已记不清有多少湛江人从这条海岸线上出发，也记不清有多少艘船只从这条海岸线上启航，送走了一批批赶海弄潮人，送走了一批批扬帆起航的船只，却送不走潮水，送不走海岸线带给湛江的那份厚重、那份情怀。

两千多公里的海岸线，确实很长，故事也确实很多。两千多公里海岸上的那些事，今天讲不完，也许明天也讲不完。

（2014年11月4日）

古镇的微笑

三河古镇不大，但却堆满了笑容。出发前，《合肥晚报》的同行们就向我介绍了鹊岸之战、三河大捷；讲述了“二龙街”“皇水井”的传说；描绘了“三河八古”动人的画面和古镇醉人的笑容。

我抵达三河时正值晌午，初冬的阳光暖暖地照耀着古城。人至古镇，自然就走进了它的古老历史和现实画卷。古镇的入口处，停着一溜儿人力观光三轮车，驾车人均是清一色的中年汉子。也许是听出我的广东口音，一位自称为“肥西”的中年车主微笑着向我走来，说：“你是广东来的吧？我听得出来。广东，我去过。”“三河古镇，一为水，二为古，自古就有了‘一桥跨两岸，鸡啼鸣三县’的说法……”他慢慢地陪着我走，称可免费当导游，毫无“拉客”之意。他还告诉我:“为刺激旅游业的发展，古镇已取消了入镇的门票和停车费。”我上下打量着眼前壮实的汉子，对他和这镇上的“两种免费”都颇感意外，难道这就是三河千古流传的淳朴民风吗?

万年台耸立在镇中心点上，古朴、端庄。从亭顶的仿铜葫芦上，依稀能辨出曾经的繁华。台上，正唱着黄梅调，很好听。广场上的十六个石鼓和三幅三河古民俗的迎亲图透着浓郁的古风神韵。广场很大，有人在看戏，也有人在跳羽扇舞。还有一群大爷大妈聚在石鼓边，剪纸、刺绣、手工杆秤，那种闲情逸致透出了千百年来的古风。大爷大妈们都很朴实，也很热情，脸上露着笑容，看着客来，目送客走。

街心的小南河，贴着民居，驮着小桥，舔着古镇，静静地流淌了千百年。它滋养着三河百姓，也记录了三河的兴衰。究竟有多少人喝过小南河的水，恐怕已无人说清。但它与丰乐河、杭埠河一样与古镇气脉相连，气息相通。“肥西”告诉我，三河源于水，流于水，也兴于水。到三河一定先看水。我听其言，来到了小南河边。也许是因抢修河道，河水不见清亮反显混浊。水虽浊，但河里依然有几只鸭子在悠闲地游着。河边，依然有一位妇女蹲在石头上浣衣。风吹动水波，也吹乱了她的秀发。她把衣服铺在石板上，洒上水，再用浣衣棒槌一棒一棒地敲打。浣衣棒槌一起一落，溅起一串一串水花。与我们对望，她的脸上露出了腼腆的笑容。

有河就有桥，12座古桥宛如长虹卧波横架河流之上。天然桥、济公桥、三县桥、鹊渚桥、国公桥，桥桥都有一个独特的名字，桥桥都有一段美丽动人的传说。这些古桥把古镇的昨天和今天串在一起，也把古镇的过去和未来连在一起。鹊渚廊桥飞架在小南河之上。桥上竖着12根立柱，撑起两层飞檐翘角式的长亭。一群当地的年轻女子，聚在长亭里随手拍、玩快闪、刷微信，时不时发出银铃般的笑声。我走进廊桥，她们便热情地给我端上热茶。坐在“美人靠”上，品茗临风——观鹅鸭戏水，看柳飘云飞，望飞檐翘角，心里有说不出的快意。古镇的美就在水乡幽深处一层一层地推开。

小南河两岸，拥排着长长短短的徽派古建筑。那白色的马头墙，青灰色的砖瓦，纯黑色的牌匾，粉红色的八角挂灯，皆以无声的言语，述说着三河的神韵，诠释着三河的古老。沿小南河前行，并排夹岸的垂柳，婆娑生姿。迎风而立的香樟树，树冠广展，安然恬静。走进古西街，时光仿佛倒流了千年。古街巷至今仍保留着历史街区的肌理，仍保存着镇上最完好的青石板路。青石板路面首尾相连，线条方正明晰，虽历经千年风吹雨打，人磨车碾，石面依然十分光滑。徜徉在黝黑锃亮的青石板路上，可感受到岁月的沧桑，看到醉人的幽光。青石板路两侧的古民居沿袭着徽派建筑的特色，飞檐翘角，雕梁画栋，平门隔扇，雕花镂窗。临街的商铺半商半居，一进房经商，二进房住宿。商铺基本都是排木门，一块一块的，可以拆装。木门虽然有点旧，却散发着闲适、宁静与恬淡的气息。排木门前贴着大红的对联，木门顶挂着黄中泛红的油纸灯笼。这些油纸灯笼高高悬挂，正面写着屋主的姓氏，背面写着屋主从何而来。灯笼里日夜透出暖色的亮光，散出暖人的温静。一切都那么自然、那么亲切、那么本真。

最难得的是，古镇的居民仍沿袭着祖先的那份恬适，不管是店铺或者是民房的大门总洞开着，三三两两的居民就坐在自家门前，或绣花、或制作鹅毛扇、或唠家长里短，静静地把岁月精雕细刻，全没有那种急迫浮躁、争相拉客之风。只有在游人进门时，他们才站起来，送上最真诚的笑容。哪怕是早已客满或没货，他们依旧热心带游客参观自家屋子，参观制作手艺，毫不纠结有没有买卖，有没有交易。

我穿梭于古巷与古街之间，任思绪在历史的长河中飘飞。不经意间，忽见一家“理发店”，店大门敞开着，不见人影。店内很零乱，靠门口摆放着一个老式理发转椅，转椅木腿开着裂缝；转椅对面有一旧桌，桌上放置着手动推子和磨刀石；墙壁上挂着一块落满灰尘的大镜子，镜子上方有两盏老式吊扇吱吱作响。68岁的董老板既是店长，也是唯一的理发师傅。没顾客时董师傅就斜躺在老式理发椅上，看花开花落。我举起相机连拍，董师傅并不回避，反而笑眯眯对着镜头。停留，闲聊。董师傅告诉我，他在三河古镇已住了一辈子，开理发店已有50多年。他说，他的手艺师承父亲，店也是子承父业。自己已理了半个世纪的头发了。过去，每天有40多名顾客来理发。一到过年，理发店门口更是排长龙，那时理一次发只需两毛钱。其间，聊起三河昔日的繁华，董师傅更是滔滔不绝。

终于来了一位顾客，董师傅迅速从理发椅上弹起来，并用脚捻灭抽剩的烟头。然后，熟练地洗头、剪发、刮胡子。十几分钟后理发完毕，董师傅用毛巾擦一下顾客的脖子，然后轻声地说：“OK啦!”离开时，董师傅笑吟吟地对我说，记得寄照片回来哦。

幽深的巷子里，酒旗安静地挂在墙角，透出一种不争荣辱的安详。在窄窄的小巷穿行，我发现这里的居民大都生活在各自的生活里，没有理会旁人探询的目光。在一个简陋的屋子前，我见到几个手艺人在描画窗棂、门楣，询问是否可以拍摄。师傅轻微点头。往前走，我见到一位梳着整齐发髻的老太太，悠闲地坐着。一桌一椅一人，恬淡自在。老太太平静地张望着门外，目光安定。我请“肥西”用三河土话问：“能不能进屋看看?”老太太略略点点头，我欣然跨过门槛。老太太说自己是个“鹅毛扇迷”，一直用生命延续着祖辈的手艺。通过“肥西”之口，我得知：老太太姓林，一辈子只做一件事，就是制作羽毛扇。她一生沉醉在自己的艺术中，既把制作羽毛扇作为谋生的手段，又作为个体生命存在的价值。

老太太跟前堆放或白或灰的羽毛扇。我称扇子式样古朴，做工上乘。老太太只是微笑，点头。

“一人巷”，巷子非常窄，只能容一个人通过，两边高高的马头墙使得本已幽深的小巷更显幽深。小巷深处，几簇嫩绿的凤尾草从砖缝里伸展出来，透着勃勃生机。深巷石阶上，有一位老妪带着一个木桶，原来是卖豆芽糖的。她全神贯注，一言不发。“多少钱一个?”

“先品尝，觉得口味好了，再谈价钱。”老妪善意提醒我。我忍不住买了10个，但老妪只收了8个的钱，说另外2个是送的。“肥西”告诉我，老妪的心肠特别好，很多客人都收到过她的“糖衣”。

“三河美食巷”几乎汇聚了所有的三河美食。巷子里的饭店一家挨着一家，各家的门前都摆满了活蹦乱跳的虾、生猛鲜活的鱼，每一家门前都有一位招揽顾客吃饭的热情三河人，他们操着浓重的当地口音介绍三河土菜：三河虾糊、酥鸭元宝、八宝酥鸡、油炸粑粑、油炸烧卖、糯米丸子。每每走进一家饭店，接待的老板或是服务员都是一脸微笑，他们脸上那种真诚的微笑，让我感到了一种质朴的美，很贴心，很温暖。

入夜，古镇显得异常的恬淡宁静，一种实实在在歇息下来的静，一种真真正正从心灵上求得平静与快活的静。走进静处，我更清楚地看到了灯影里的三河古镇，见到了烛光里古镇朴实的笑容。

（原载2014年12月17日《合肥晚报》）

蛙鸣何处

离城市近了，却离蛙声远了。曾经的“蛙声一片”，如今只剩“一片蛙声”了。

“咯、咯、咯；呱、呱、呱；咕、咕、咕……”那一唱三叠的蛙声一直是我童年记忆里最原始的歌谣，也是我生命中最熟悉的声音。

记得农历春分一过，青蛙立即从冬眠中醒来，蹲立于荷叶之上，弹跳于青草之间。每当夜色降临，蛙声便从江边、田间、洞里、桥下、草丛中跳出来，弹奏无穷的快乐。那清脆的蛙声先是一丝、一缕，接着一阵、一片，此起彼伏，遥相呼应。那悦耳的蛙声仿佛带着农人的体温，夹着泥土的芳香，沾着小草的露珠，漫溯而来，空空响成一片。那圆润的蛙声，时而高昂，时而激越，时而婉转，时而低吟，如天堂的鼓点，欢快地敲打着乡村的每一个角落，合奏成一首乡村的天籁之曲，唱响了农人内心深处清脆的乡音。阵阵蛙声里，农人在播种，水稻在拔节，水牛在反刍，燕子在筑巢，孩童在欢乐，乡村在酿造甜蜜。

孩童时，我常伏在门槛上，遥望门前那口鱼塘，细听那悠扬低啭的蛙声。上学后，我又特别喜欢躲在草垛里，静听青蛙那纯真、淡泊的叫声。从记事时起，我就知道，哪里有青蛙叫，哪里就是家。青蛙叫的方向就是家的方向。从懂事时起，我就视蛙声为天地之正音，且将蛙声与在唐诗宋词里叫唤的鹧鸪声串联一起，锁在心灵最深处。

“黄梅时节家家雨，青草池塘处处蛙。”夜色四合之时，我常常在蛙声里行吟，在蛙声里游戏，在蛙声里追逐。

蛙声穿透薄薄的夜色，飞溅到袂花江上。踏着蛙声，我常和小伙伴们手持梅花叉，肩背竹篓，一起到江边“叉青蛙”。江边长满了杂草、水葫芦。许多青蛙就藏身在水葫芦里，匿身在杂草丛中。我们左手拿木棍，右手持铁叉，一边拨开水葫芦，一边搜寻蛙迹。一闻蛙声，我们便迅速叉去。但青蛙的反应相当敏捷，它双腿一蹬，一跃而起，就跳上了水葫芦顶。我们猛扯齐腰高的水葫芦，青蛙“哇”的一声，从中跃出，又“嗖”的一声，纵身跃进江里，击起一圈又一圈圆晕。风贴着江面吹来，裹着泥土的气息，夹着青草味道。风吹草动，我们赤脚蹚水，在草丛中“混战”，不经意间摸到一条滑腻腻的长草，疑感长草似小青蛇，在手心微微蠕动，惊吓得赶快甩手。就在甩手的那一刻，青蛙又从中跳出来，摇舌鼓腹。正想拔腿离开草丛时，青蛙又纵身跳到跟前，露出脑袋，呱呱鸣叫。

月亮渐渐地从江面上升起来，蛙声也随江水渐渐涨起来。春潮般的蛙声“叽叽呱呱”地跌落在水面上，溅起一串一串月光。那欢快跳脱、水分充足、亮润如珠的蛙声，似乎是从天上空泻下来，不沾丁点杂尘，清明澄澈，直摄心魄；又像是从齐白石的《蛙声十里出山泉》里喷薄而出，不矫揉造作，质朴纯清，直击心鼓。

贴着这些来自大地的原生态蛙声，我多次问大地、问河流：“青蛙们从春唱到夏，从黄昏唱到黎明，究竟是为了什么？如此不疲倦地重复着自编的旋律，是在履职？还是在宣泄？抑或是在交流？”

月亮越升越高了，夜色也越来越浓。如鼓如鼙的蛙声漫过江堤，滑向田野，飘向乡村，淹没了乡村那如豆的灯火。

到了夏天，乡村更成了蛙的天堂。夏风吹过，青蛙就披上碧绿的衣裳，露出雪白的肚皮，张开宽扁的大嘴，四处蹦跳。稻田里、鱼塘边、草丛中，甚至是田埂上，都跳跃着它们的身影。“稻花香里说丰年，听取蛙声一片。”那时，我也常和小伙伴们到稻田深处去“钓青蛙”。

稻田金灿灿，稻花香两岸。走在田埂上，青蛙“扑通扑通”跳进稻田里，溅起浅浅的稻浪。踏着蛙声，我将竹子削成钓竿，拴上线，扎上蚯蚓，抛向稻田。有青蛙一见蚯蚓，便迫不及待地猛扑上来，张嘴就吞。我用力一提，青蛙便被钓到半空。咔嗒！线断了，青蛙逃了。好大的一只青蛙呀！我一看，饵没了，连忙把钓竿一扔，扑了上去。青蛙双腿一蹬，蹦出丈远。

入夜，蛙声随风而起。起初，只是一蛙独鸣。接着，二蛙、三蛙、四蛙一起浅吟慢唱，蛙声似《高山流水》，如《二泉映月》，隐隐约约，时断时续，舒缓而恬淡。凝神静听，感觉有不可捉摸的声响，极远又极近，极粗又极细，像春蚕吐丝，如明月呜咽，似波浪喋岸。蛙声在静静地流淌。缭绕着缥缈的蛙声，清新的水气和淡淡的稻花香轻轻浮起，弥漫……至午夜时分，青蛙倏地从屋前、从草丛、从田边钻出来，一下子就聚拢成了一营、一团、一师、一军。月朗星稀，流水潺潺。“咯、咯、咯……”换上“彩装”的成千上万只青蛙，倏然跳上“歌台”，扣月而歌。少顷，村子的东边、西边、南边、北边，都“咯咯咯咯”地响起来，并呈燎原之势。“咕咕哇，咕咕哇，起——”成群结队的“乡土歌手”骤然发力，齐声高歌，声震四野。蛙声盘天而上，鼓鸣于灯火与繁星之间，飘飞于江河与明月之上，那如玉珠落盘的蛙声仿若从天上掉下来，整个乡野顿时汇成了“蛙的海洋”。蛙们越唱越起劲，越唱越机灵，声音圆润、高亢、雄浑，不带丝毫烦恼，不沾一丝忧愁，仿佛整个生命就是为乡村的夜晚唱出一首美妙动人的歌谣。蛙声跌宕起伏，婉转沉雄，绕梁遏云，那一刻，虽不见其影，但我却隔空感受到了蛙的快乐，也快乐着蛙的快乐。

“蜃气为楼阁，蛙声作管弦”，成千上万只青蛙用抑扬顿挫的清音，在辽阔的天地间酣畅淋漓地歌唱，空空唱成了旷世神曲。那蛙声重重叠叠，苍苍莽莽，滚滚滔滔。如惊涛拍岸，似山洪暴发，像万面鼙鼓，金声玉振。

蛙声如潮卷动玉帘，蛙鸣如歌跃碎月光。我静静躺在茅草屋里，聆听来自大自然最美妙的声乐，全身每一根神经都渐次舒展开来，疲劳的身心也被烫得熨熨帖帖。枕着撩人心弦的蛙声，乡村睡去，我也睡去。在梦中，我梦见自己脱去黑衣，换上彩装，文上花纹，变成一只大青蛙，张嘴摇舌，四处捕食害虫。

午夜梦回，那美妙的蛙鸣声时常在我耳边萦绕，一种温馨而甜美的感觉也常涌心头。但自从跳出农门，栖身城市后，那熟悉的、优雅的蛙声便渐行渐远。生活在喧嚣的都市里，基本上没遇见过青蛙，即使偶尔听到一声蛙鸣，自己也少了那种无忧无虑的听蛙心境。“薄暮蛙声连晓闹，今年田稻十分秋”渐渐变成悠长缠绵的记忆。“稻花香里说丰年，听取蛙声一片”更变成一种奢望。在湛江住了二十年，天天听到的不是蛙声，而是喧哗声、嘈杂声、汽车声和卡拉OK声。

2014年秋，湛江下起了雨，“锦绣华景”小区里的洼地积水成潭，不知何时跳进了几只青蛙，夜深人静、万籁俱寂之时，竟泛起阵阵蛙声，先是一只，后是几只交替，绵延而空灵。这久违的蛙鸣，勾起了我无尽的怀念。循着蛙声，我回到了久别的家乡。家门口那口大鱼塘不见了，稻田和菜地已不复存在，原先长满小草、小花的道路被铺上了水泥，原先一到春天就吐蕊的“后背坡”，也盖上了楼房。村子里“泥土到处乱堆、垃圾基本靠吹”，再也听不见那清纯的、带着田野气息的蛙鸣声了！

踏着晶莹的露珠，我走在蜿蜒曲折的田埂上。田间沟渠已严重毁坏，明镜似的稻田却不见蛙的踪影，村里人告诉我，由于大量使用农药化肥，青蛙已近乎绝迹了。

我沿着袂花江江堤来回踱步，翠绿的青草已看不见。过去清澈的江水已变得污浊不堪。原来还能洗菜做饭的江水如今连布衣都不敢洗了。

沿着小江走了方圆十里地，竟没碰见一只青蛙。村里人说，田里的青蛙几乎给“赶尽杀绝”了，那来自水草间的天然蛙声也几乎听不见了。

无处听蛙。曾经的蛙声一片，如今只剩一片蛙声了。啊！何处听蛙，何处寻蛙，何处觅蛙？

（原载2015年2月10日《西安晚报》）

年例

千村万户做年例，千锣万鼓齐喧天。新年的鞭炮声还没有散尽，鉴江两岸就卷起了“年例潮”。铜鼓擂起来，醒狮舞起来，飘色“飘”起来，“鹰雄”“飞”起来，鞭炮响起来，乡村四处箫鼓追春，人欢马跃，喜乐漫天。开小汽车的、驾摩托车的、骑自行车的、赶牛车的，村道上车水马龙，川流不息。诸亲六眷来了，亲朋戚友来了，亲戚的亲戚、朋友的朋友也来了，村子里熙熙攘攘，摩肩接踵。鞭炮声、锣鼓声、吆喝声、欢笑声，一浪接一浪，一浪高过一浪，欢乐的巨流穿过山村，越过田野，席卷粤西大地。

温暖的春风轻轻吹拂，烟笼的江水静静流淌。我和恩才兄溯流而上，一起向着吴川三江村进发，开启乙未年首场“睇年例”“吃年例”之旅。

江边，柳树吐出嫩绿的舌头，舔舐着春风。泛舟江上，我们在水中穿越年例的历史。年例最早起源于宋朝，它不仅是粤西民间最隆重的民俗节日，更是当地百姓的一种生活姿态。从年初四开始，年例的锣鼓就响遍吴川、廉江、坡头、麻章、赤坎、霞山；年例的彩旗就插遍高州、化州、电白、信宜、茂南。据光绪《茂名县志风俗》载：“自十二月到是月（农历二月）乡人傩，沿门逐鬼，唱土歌，谓之年例。”游神、摆钟、飘色、舞狮子；粤剧、歌舞、电影、木偶戏。年例在粤西已流传了千年，传承了千年，也“吃”了千年。

在时光深处，年例一直是我记忆里的新娘。记得小时候，我常站在杨桃树下掰手指，数日子，盼年例。正月里来相聚多，那时，我常顶着飕飕的寒风，跟随父辈开始“走亲戚，睇年例”之旅。游

神、点灯、摆醮、舞狮、舞龙、穿令箭、滚刺床、唱大戏等那些“年例”重头戏早已深深烙在我的童年记忆里。

时光飞逝，孩提时许多记忆已日渐模糊，但年例的味道一直萦绕在我的心头，始终挥之不去。年例就像个粉红色的心结，悬在我的心空，似软又硬，似近又远，似淡远缥缈又刻骨铭心。

年例凝聚乡魂，流淌乡韵，淳化乡风，温暖乡情。千百年来，年例就仿若一根温柔妥帖的精神脐带，缠着乡亲的心，拴着父老的魂。年年有例，村村有节。年例早已融入粤西这片热土，成为湛江、茂名人心中一种历久不衰的情愫，一种亘久不变的情怀。“年例大过年。”作为粤西的文化标签，年例总有一种神奇的力量，在召唤着乡情归去，游子归来。

弃舟登岸，水陆换乘。小汽车一穿过“水口渡”，就进入了三江村。进村的道路已硬底化。路边，草长莺飞，嫩艾吐绿。花草之上耸着高大的牌楼，飘着七色的气球。路旁插满彩旗，摆满苹果、橙子和王老吉。车子在阵阵鞭炮声中连成一线，缓慢前行。我们抵达三江村时，村道已经被小轿车占满。奔驰、宝马、路虎、悍马等名车一辆“吻”一辆，让人目不暇接。乡贤福哥陪着我们走进烟雨里：“改革开放前，村里做年例时见不到一辆摩托车，现在全是顶级名车。”

“莫笑农家腊酒浑，丰年留客足鸡豚。”村里，家家张灯结彩，户户酒肉飘香。村道上，处处可见搭起的钢管棚架，支起的圆桌案板，架起的活动炉灶。炉灶烧得红红火火，整条村庄都弥漫着酒菜香味。

走到祠堂边，但见树上结彩，香火缭绕。八张圆桌一字横排，上铺红纸，以供神位；几十张方桌一字竖排，上摆数百只大肥鸡，鸡头全朝祠堂大门——神将要莅临的方向。这些经过严格挑选和精心烹饪的供品鸡，个个胖乎乎、油汪汪；个个嘴里“叼”着红包。摆在正中央的大肥鸡重达十六斤，全身光滑油亮，烫得金黄，两根长毛撅起，嘴里“咬”着大蒜。除了鸡之外，桌上还摆放着猪肉、鱼蛋、水果等供品。供品间还插着高高的蜡烛，横竖成行，光焰闪耀。孩子们把一盘盘的爆竹捅开，挂到树上，连环布成迎神的红色炮阵。

正当我们忙于拍“百鸡宴”、发微信之时，鞭炮声突然爆响。游神队伍来了！只见十六个少年手持彩旗鱼贯而入，紧随其后的是四把花伞，三尊大鼓，八盘大锣。“神”端坐在红绸遮掩的轿子里，目光炯炯，注视前方。成捆的草纸燃起来，成串的鞭炮响起来，成对的狮子舞起来。在一片锣鼓声中，法师手挥宝剑，口中念念有词，将冼太夫人、关公等神像请到铺着红纸的方桌上，燃起了大香。此时，烟花腾空，短笛吹奏，长号聚鸣，一众老幼，双手合十，举香叩拜，祈求风调雨顺、百业兴旺、国泰民安。

飞鸟在祠堂边盘旋，喜鹊在柳枝头鸣春。日薄时分，户户摆开筵席喜迎八方来客。福哥告诉我们：“村里吃年例不用请柬，无须红包。客人登门，来者皆是客。不管是否相识，一律热情款待。”做年例无界线，来自广州、深圳、珠海、佛山以及邻镇邻村的亲朋好友，携春而来。福哥说：“做年例的实质就是你来探望我，我去探访你。”

我们入乡随俗，寒暄入席。寒风贴地吹来，但我们丝毫感受不到寒意。烂镬炒粉、白切鸡、美极虾、铁板生蚝、红烧乳鸽、扁豆炒鱿鱼、梅菜扣肉、清蒸白鲳、水东芥胆，这些富有地方特色的菜肴盘盘“接驳”。白酒、红酒、米酒，杯杯斟满。“举酒属客，诵明月之诗，歌窈窕之章。”宾主互敬烟酒、互诉衷肠、互道珍重、互献歌舞、互贺盛世。笑语声、碰杯声和着亲友情、乡邻情在宴棚里氤氲。席间，偶有“讨利是”的民间艺人走来，他们打快板，拉二胡，唱吉语。

围着热气腾腾的“流水桌”，宾主嘴上带蜜，有唠不完的家常，有道不完的亲情。浓浓的乡情在觥筹交错间倾泻。酒过三巡，福哥给我们端来了“开水白菜汤”。这看似白开水的清汤，实则是将鸡、排骨、虾米、鲜瑶柱熬至鲜味。“开水白菜汤”闻着香喷喷，捧着暖乎乎，喝下去更觉得腹中一阵熨帖。“开水白菜汤”淡而有味呀！其实，“吃年例”之意，不在乎“吃”，只在乎心与心的通达，情与情的交融。

夜幕降临，华灯初上。村子泛出醉人的红晕，扬起迷人的粉腮。少顷，村中的戏台上鼓声震天，铜锣铿锵，悠扬的唱腔盘天而上。年例大戏准点开锣。吴川粤剧团正在表演南派艺术《双照镜》。我们走到戏台前，但见台下已坐满了从十里八村赶来看戏的人。七十九岁的老人文千岁赶了十几里的路，拄着拐棍，颤颤巍巍坐到戏台最前头。老人痴迷地盯着舞台，说：“俺就爱看粤剧。”

台上鼓乐喧天，声情并茂；台下如痴如醉，流连忘返。虽然天空飘着雨丝，却一点儿也不影响戏迷们的热情。快乐在村与村之间流淌，温暖的力量在心与心之间传递。

入夜，烟花从戏台的丛林处腾起。“钻天猴”“月旅行”“彩明珠”“炮打灯”“空中报喜”等竞相绽放，撒下无数彩蕊，犹如仙女在空中撒下祝福、播下欢乐、带来希望。那流光溢彩的点点星火正如年例之光照亮了乡村的夜空，照亮了粤西大地。

（2015年4月13日）

鹤舞『桃花岛』

苍穹之下，江水之边，树梢之上，有数十只白鹤在盘旋，在低飞，在追逐，在梳羽鸣唱。

风传鹤声，水天悠悠。“鸟叔”梁一元泛舟江上，短笛横吹，与白鹤相互唱和，与白鹤共舞清风，与白鹤一起飞翔。

梁一元清晰记得，九洲江入海口曾是鸟的驿站、“鸟的天堂”。那时，可常见一鹤排云上，双鸟凌空舞，百鸟掠水鸣琴，万鸟压弯枝头。

“天上三两（鸟）胜地下三斤（鸡鸭鹅）。”后来，捕鸟的旋风席卷了九洲江两岸，一只又一只候鸟声断廉江之浦。“一支猎枪养活一家人，一张捕网撑起一个家”，少年时期，梁一元经不住诱惑，也加入了捕鸟行列。白天，梁一元就用弹弓打鸟，弹簧射鸟；夜里，就用野猪夹夹鸟，天网网鸟。每次“活擒”到白鹤，梁一元都活蹦乱跳。但回到家却常被父亲责骂，抽耳光，罚面壁。父亲是一位归侨，常说：“候鸟是吉祥物，不能抓。”

雁阵惊寒。经不起滥捕乱杀，很多候鸟纷纷逃离，白鹤更是一去不复返。“鸟的天堂”变得一片死寂。父亲望断鹤影路，含泪给梁一元讲述了一个在江边流传了几百年的故事：从前，有一户人家去捕杀候鸟，瞄准了一对正在飞翔的恋鸟，其中一只不幸被击中。当农户捡起候鸟回家时，另一只鸟也在天空中跟随，到家门口时，候鸟突然从天空俯冲而下，撞死在门上。从此，村民再也不敢吃候鸟了。

父亲临终前，再三叮嘱梁一元：“多救鹤，多积德。”父亲走了，白鹤走了，梁一元也从安铺镇瓷厂下岗了。带着父亲的嘱托，带着白鹤的哀鸣，梁一元离开了安铺，离开了廉江，只身赴珠三角打拼。异乡的天空，偶尔有候鸟飞过，落下了淡淡的忧愁，也勾起了梁一元的缕缕悲伤。

白鹤何时归？游子何时归？2007年春天，安铺镇河插村老村场贴出了土地发包公告。河插村老村场离九洲江出海口很近，因长期受到江沙、潮水的侵袭，村民早已迁居。孩提时，梁一元常到老村场捉萤火虫、放风筝、听鸟鸣。这块凝聚了村里几代人感情的老村场如今已堆积成了绿洲。绿洲兀立江中，形如“桃花”，水草丰美。通过竞标，梁一元最终获得了老村场68亩土地的承包权，承包期20年。

“一鸣九皋，声闻于天。”梁一元在梦里听到了鹤的鸣叫。梦醒时分，梁一元做出惊人之举：投40万元将老村场改建成“候鸟栖息地”。

种茅草，植桃树，挖池塘，筑喂鸟台，建“候鸟治疗室”，修“候鸟试飞室”，梁一元在岛内大兴土木，打响了一个人的候鸟保卫战。“伤鸟就是伤我!”他在岛上竖起了第一块警示牌。

一个春日的午后，几名捕猎者手持猎枪闯进“桃花岛”。梁一元横刀立马，挡住去路。捕猎者举枪，一枪瞄准候鸟，一枪瞄准梁一元。梁一元当过兵，扛过枪，打过仗，临危不惧。他抬头挺胸，直面枪口，一声怒吼：“放下猎枪，放下屠刀！”捕猎者以“关你鸟事”回应，并扬言要“血洗桃花岛”。梁一元毫不畏惧，突放猛犬。捕猎者落荒而逃。

太阳升起来了，候鸟也渐渐多起来了。每天清晨6点多，“桃花岛”都在候鸟的嘤鸣声中醒来。踏着候鸟清脆的叫声，梁一元悄悄地钻到龙眼树下，看一看候鸟的粪便，数一数候鸟的羽毛，问一问候鸟有没有受伤，诊一诊候鸟有没有生病。在日夜的守护中，他早已把白鹤当亲人、把候鸟当朋友，且以鹤之乐为乐，以鹤之苦为苦。

迎着晨风，梁一元又骑摩托车到集市上购买鱼虾，为晚归的候鸟烹饪精美的晚餐。

在集市拐角处，梁一元见到鸟贩子在兜售“黑翅鸢”。看着受伤的“黑翅鸢”，梁一元心里也很受伤。他咬咬牙，终以85元的价钱，买下“黑翅鸢”，抱回治疗。一回到“桃花岛”，梁一元即对“黑翅鸢”进行细致包扎治疗。鸟贩子原本就怀疑梁一元，称其是借“治疗”之名行“煲汤”之实。鸟贩子尾随其后，目睹了“候鸟治疗室”的一幕后，感慨地说：“原来你是真心救鸟爱鸟的。”鸟贩子当场折断猎枪，跪地起誓要“金盆洗手”。

秋风起，雁南飞。“桃花岛”沉浸在一片喁喁嘤鸣声中。砰！砰！“桃花岛”突然响起枪声。梁一元从床上弹起，疾步冲向茅草坡。砰！砰！砰！偷猎者再次扣响扳机。梁一元飞舞木棍，大声怒斥：“打鸟犯法！”偷猎者见势不妙，仓皇逃窜。白鹤中弹应声倒地，发出了凄婉而深沉的哀鸣。梁一元救鹤心切，纵身跳过田沟，跃过篱笆。在茅草深处，梁一元终于见到了白鹤。此时，白鹤已躺在血泊中，洁白的羽毛已被染红，一条腿仍不停地渗着血，动弹不得，奄奄一息。望着白鹤那近乎绝望的眼神，梁一元心如刀割。梁一元撕破衬衫，轻轻地将白鹤包裹，抱起，“飞”一般奔向“候鸟治疗室”。“如果不及时抢救，白鹤很快就会死去。”梁一元赶紧用云南白药止血贴，为其止血；用“湛江榜酒”，为其清洗伤口。补葡萄糖，打消炎针，固定翅膀，梁一元拿起刀片，小心翼翼地划开伤口，轻轻地挤出一颗铁弹珠。敷药，包扎，上碘伏，他一直忙至凌晨4点。白鹤手术后仍气若游丝，梁一元心痛极了。夜更深了，他和老伴轮流为白鹤值守。天刚蒙蒙亮，他又匆匆赶往安铺镇为白鹤购买正骨水、云香精、葡萄糖和穿心莲草药。

换药，清洗伤口，喂食……梁一元天天都围着白鹤转。为了增强白鹤的抵抗力，梁一元专程到廉江买海鱼炖汤给白鹤喝；买猪骨头熬粥给白鹤吃。为能让白鹤早日康复，梁一元每天都给白鹤拭擦红药水，按摩腿颈；每天都给白鹤化验粪便，配制科学治疗和营养均衡方案。入夜时分，他还用MP3播放音乐，为其催眠……经悉心的照料，白鹤平安度过了危险期。一个月后，白鹤病愈，且能蹒跚走路了。半年后，白鹤恢复了元气，可以重返蓝天了。一个蝉鸣荔红的日子，梁一元带着白鹤来到九洲江边放飞。白鹤一冲而起，跃过树梢，飞向蓝天。它在天空一圈一圈地盘旋，一声一声地鹤唳，久久不肯离去。在天空盘旋了三圈以后，它又突然垂直下降，戛然降到梁一元的肩膀上，伸出鲜红的长喙，摩挲着主人的脸。梁一元抚摸着白鹤雪白的羽毛，微笑着说：“去吧，鹤姑娘在等着你呢!”梁一元拍一拍鹤颈：“今年冬季，记得带个‘媳妇’回来，让我们也高兴高兴。”他抱起白鹤再次抛向天空。放飞的那一刻，梁一元

心中有说不出的舒坦和自在。白鹤振翅，盘旋，跳跃，发出“咕嘎、咕嘎”的欢叫声。欢叫声里似透出人鹤之间存有某种特殊的精神关联和感情契约。白鹤越飞越高了。

“禽鸟乐，一元则乐其乐！”梁一元几年的苦苦追寻、苦苦守候终于唤来万鸟投林。

“投林倦鸟暮知还，傍水人家户半关。”火红五月，“桃花岛”上空再现千鸟疾舞的景象。那上千只白鹤、白鹳、白鹭、灰鹭呼啦啦地从四面八方飞了回来。它们或空中盘旋，或追逐嬉戏，或引颈高鸣，或展翅滑翔。有的还叼起茅草抛向空中，然后跳起啄食。

一对雌雄白鹤凌风飞舞，引颈咴喁。红霞映照，洁白的羽毛幻化成片片云彩，撒落在云水之间。江上，千鸟云集，千鸟夕唱，鸣啼声掠烟波传万里。

（2015年5月6日）

出海打鱼

云帆在天，飞鱼在海。渔船又要出港了！

“呜——呜——呜——”雄浑嘹亮的汽笛声骤然响起，外罗渔港顿时沸腾了，咣咣的锣声，咚咚的鼓声，呼呼的风声，嘤嘤的鸟声，哈哈的笑声和噼里啪啦的鞭炮声频频在渔港上空炸响，汇成了欢乐的巨流。“前舱满、后舱满！”千艘渔船在高亢的渔家号子声中解缆，起锚。

“走，出发！”老渔民全亚大大手一挥，背上GPS，跳上渔船。渔船形似柳叶，两头朝上微微翘起，船头飘着红旗，船尾晾晒着马友鱼干。“开船！”全亚大一声令下，前后锚锭应声吊起。

“第一次坐钢壳渔船吧，你就坐这里，不容易晕船。”全亚大将靠背椅安装在船头，让我坐下。全亚大左手操推进器，右手掌方向舵，嘴里叼着烟。隆隆的机械声划破渔港上空，渔船迎着朝阳，破浪出港，驶向阔海苍茫。

站在甲板上远眺，但见外罗水道上下天光，一碧万顷。碧波之上，有成群的海鸥掠水翻飞，发出“咕咕咕”的欢叫声。

太阳渐渐地升高了，万道霞光从云缝里照射下来，染红了渔船，也涂红了全亚大古铜色的脸庞。

“嗬来嚎，嘿——嚎……”全亚大喊起了渔家号子。他那粗犷的嗓音随风飘至天边。

“从什么时候开始打鱼的？”全亚大笑着说：“从爷爷的爷爷那辈就开始以打鱼为生了。”

全亚大在渔船上生，也在渔船上长大，渔船几乎成了他生命的全部。30多年的“水上漂”生涯，铸就了他大海一样的性格。30多

年的捕鱼经历，也让他见证了从小渔船到大渔船的时光流转。在他的记忆深处，外罗渔村几乎家家都有战天斗海史。

海风轻轻吹来，夹着涩涩的咸味。全亚大说，外罗港是广东著名的渔港重镇，曾以盛产鱼翅、鱼肚、黄花鱼、白鲳、马鲛、黄鱼而闻名。明朝洪武年间，流动在广东、广西沿海的"疍家"就开始捕鱼、停泊。数百年来，外罗渔民一直用发黄的更路簿记录行船线路、海潮流向、暗礁方位；用血泪和汗水书写"十船联合捕鲸、捕鲨的传奇"。

雷州半岛三面环海，一直盛产鲸、鲨。1953年3月19日，外罗港捕鲸船队出海捕鲸。10时许，捕鲸船队在离外罗埠8海里的"一连沙"附近海域，发现鲸鱼在游弋。鲸鱼的头扁、身圆、脊背部灰黑、腹部乳白，它不仅浮出水面，还不断向天空喷射水柱。渔民杨国存举起扎在粗麻缆上的鱼钩，奋力掷出。锋利的鱼钩，恰好扎中鲸鱼的脊背，鲸鱼疼得在海里打滚，掀起汹涌的海浪，险些把渔船掀翻。船队接连再抛10钩，钩钩击中。由于中钩过多，鲸鱼血流成河，染红了海水——后来，很多外罗港的渔民都加入捕鲸、鲨行列，外罗因此被誉为"捕鲸、捕鲨之乡"。但自从我国签订《全球禁止捕鲸公约》后，外罗渔民再也不捕鲸了。外罗渔民在与大海的交往中学会了宽容，学会了厚道。

"站稳喽，实在晕船就去舱里歇歇。"船至外罗水道4号灯标水域时，大海风云突变。霎时间，海风狂卷，海涛怒立。海水像脱缰的野马，奔腾咆哮，疯狂地扑向渔船，撞击出雷鸣般的轰隆声。全亚大迅速拉响了警报。波涛疯狂地抽打着渔船，甲板上的渔民们瞬间湿透。船只左倒右倾，餐桌上的盘子翻飞。此时此刻，我只有咬着冷冷的牙，紧紧地扣住船舷，但头仍然晕得厉害，胸中"波涛汹涌”，胃里也“翻江倒海”。巨浪呼啸着、咆哮着，飞过船舷，掠过锚机，越过驾驶台。船体剧烈颠簸起伏，时而抛至波峰，时而跌入浪谷。

“波折前进！”全亚大守在舵位上，寸步不离舵轮。他用红绳子将自己紧紧绑在舵位上，舵位旁箍住“呕吐桶”。他一边吐着胃液，一边手握船舵，目视罗盘，把定航向：“‘Z’字形航行。”

渔船在惊涛骇浪中痛苦地挣扎着，船体不断发出“嘎吱嘎吱”的哀鸣。面对如此凶险的绝境，全亚大从容不迫，仍像铆钉一样“钉”在舵位上，并不停变换着航向和船速。

渔船终于冲出了风暴中心，风暴终于停歇了，大海也恢复了平静。我钻出船舱，与全亚大“对对表”。“1时16分！”全亚大手上戴着一块老掉牙的银色手表，镜面已经模糊斑驳。全亚大看着我诧异的神态，就用布擦了擦镜面：“不管戴什么表，时间都是一样的。”

全亚大加足马力向预定的捕鱼海域驶去。远处，帆影片片，白光点点，那是外罗的捕鱼船。

进入渔场外围时，全亚大将柴油机熄灭，并把耳朵贴在船板上聆听大黄鱼的叫声。

他轻声告诉我：“大黄鱼在集群产卵时会发出叫声。雌鱼的叫声如同煤气灯‘哧哧’微响；雄鱼的叫声像夏夜池塘里的蛙鸣。叫声大的海域，鱼就多就大。”

百艘渔船已一字排开。“下大网啰！”渔船之间互相呼应。全亚大娴熟地把网撒入水中，撒一网就等于撒下了全家的艰辛与期盼呀！渔船牵着海鸥的叫声和我的思绪在转圈。渔网一网一网地撒下去，波光一圈一圈地荡开来。片刻，全亚大就撒了16张网。

海鸥翻飞，渔船掉头。“准备收网。”全亚大套上一条连体的胶皮大裤子，换上套鞋，径直走到了船头。他打开甲板，下面是一个活水池。

“收网啰!”此时，马达的声音渐渐变小，全亚大从船舱里抽出一竹竿拍打水面。在他低头拉网时，我看见他脸上堆满银鳞般的欢跃，网状的沟壑深处填满了沧桑。他吃力地收着网绳，圆圈不断缩小。圆圈里的水色渐渐由绿变黑。“哇！大黄鱼、鲳鱼、红花、马友，条条生猛。”大网里白色跳跃，鱼如蛆虫涌动。“一网300斤。”全亚大眼神里透出惊喜，眉宇间跳跃着笑意。

16张网，网网见鱼；百艘渔船，船船满舱。

披着夕阳，载着希望，渔船鸣笛返航。

（2015年5月29日）

体检

欧阳在当科长之前，就隐约感到身体的肋间有些神经疼痛。想去体检又怕去体检。

欧阳从小就是吃五谷杂粮长大的，身体一直很硬朗，胃口也特别好，一天可转四个饭局和一个酒局。下乡和农民兴修水利时，能挑一百五十斤重的担子翻山越岭。很多人都说，欧阳科长身体素质好，可挑起局里的千钧重担。后来，欧阳负重踩过“地雷阵”，越过“艳照门”，蹚过“毒雾区”，终于登上了局长的宝座。剪彩、赴宴、念稿、画圈，欧阳身心俱爽，体验到了当“局座”的奇妙。

日日大快朵颐，夜夜酒池肉林。欧阳的脖子粗了，肚腹鼓了，身体也肥肿了。但不知从何时起，欧阳却在推杯换盏间体味到了沉重，在觥筹交错中体会到了抑郁，有时莫名感到心慌、胸闷、四肢无力；有时甚至感到肠胃功能紊乱、肝气郁结。

一个雨后的早晨，欧阳穿上雨衣偷偷地溜进一家私人诊所，秘密进行体检。他在体检表上填上胞弟的名字后就捋起袖子，握紧拳头。“白大褂”用橡胶带绑住他的胳膊，然后扎针，抽血。接下来测血压，照B超，做心电图。“白大褂”边查边诊，但查来查去都查不出什么毛病，也查不出什么病因。

欧阳跑遍了湛茂阳乡所有的私人诊所，始终查不出病因。“病根究竟在哪里?”欧阳的心情越来越沉重，肋间神经痛也越来越剧烈。他的睡眠也很不好，每天睡至半夜都会惊醒，然后就“坐等天亮”。

天天高油、高糖，夜夜名烟、名酒，他身体落下了一身膘。也许是日日饱餐，他不知从何时起得了胃胀打嗝症。而且吃得越多，嗝就打得越频繁。有时嗝打至一半，就憋在胸口，滚不下吐不出。

欧阳花重金请省城知名医生“上门服务”。医生开出了“中药调理综合治疗”的处方。欧阳“调理”了半个月，但几乎没有治疗效果。欧阳甚感害怕，害怕自己的病情从此被泄露出去，更害怕因身体问题影响晋升。

一个凄风苦雨的日子，他独自驱车到省城的大医院进行秘密体检。医院里满眼都是白色身影，欧阳的心里不禁一颤。他倒吸一口冷气：“医院果真是一个可让人腿软心颤的地方。”

医院里早已人满为患。隔壁抢救室传来阵阵凄厉的哭声。那哭声凄凉悲苦，撕心裂肺，令人听了就陡生“白色恐怖”之感。抢救室外，有人在叽叽喳喳，说是一位在商海沉浮的董事长因病提前去了，亲情、友情、爱情都没能留住他。临走前，他向天撒钱，称可倾尽所有家财来换取健康——他匆匆走了，走的时候连眼睛都闭不上。他走后，“后院”就起火了。

欧阳的心绪乱得像一团麻，胸口像揣着小兔子突突地跳个不停。欧阳痴痴地待在榕树下“候诊”，一颗脱落的榕树籽砸在他的头顶上，他却痛感全无。榕树旁围满了打点滴的病人。病人个个神色凝重，似乎这里就是一座悲催的集中营。

经过两个多小时漫长的等待，终于轮到欧阳了。他忐忑不安地走进体检中心，抽血、耳鼻喉、尿常规、内科、DR胸部、心电图……一项项走体检流程，当轮到照腹部B超时，他异常紧张。平躺查，侧躺查，俯卧查，医生漫不经心地“哼”了两声。欧阳顿感一种莫名的恐慌涌上心头。

欧阳的双腿像灌了铅似的沉重！他吃力地从B超室挪至胃镜室。护士将一根长长的软管插进他的胃里：“好，咽口水，咽口水。”两位医生对着电脑上的图像在小声嘀咕。看着医生那肃穆的神情，他感觉到天在旋，地在转。

“肠胃有毛病，先打点滴消消炎。”护士给他扎针输液，连扎了几针，都没扎准。护士眉头紧皱：“娇气的血管呀，呵呵！”几经周折，针头终于被扎进去了。他神情抑郁地躺在病床上，瞅着吊瓶。针液沿着软管，穿过“鱼肚泡”，一滴、一滴地坠下来。那针液声声慢，滴滴重。那一滴连着一滴的针液，滴滴都击中他的心弦，溅起一片忧愁。

打完点滴后，他的病情好转了，但心情却越来越差。他不知道自己患上了什么病，也不知道会查出什么病。他整天忧心忡忡、闷闷不乐。很多朋友都给他发微博、微信：“没事的，看开点。”时光，在等待、期盼和畏惧中流逝。苦苦守候一个星期，健康体检报告终于“出炉”了。他深呼吸，打开报告，第一页写得密密麻麻。他的目光紧紧地锁定在结论上：体重超重、肠胃炎、血脂异常、肝回声增粗。建议膳食平衡，荤、素搭配，少荤多素，限酒，加强体育锻炼。

欧阳如释重负，自嘲道："人在生死关头最难看破生死。"

为了降"三高"，他自觉远离"小圈子"的聚会，也自觉抵制"舌尖上的腐败"。常回家看看，常回家吃饭，成了他的新常态。友人戏称他：生命的浩歌从此不再一步三唱，从此不再胡吃海喝，从此不再溢美时空。

管住嘴，迈开腿。他每天都把情寄托给"云湖"，把意写在云端。他每天都坚持绕湖三圈，坚持"健康步行"一小时。

乙未之夏，局里再次组织体检。他顶着酷暑，堂堂正正走向湛茂阳乡中心人民医院。他与同事们一起领表格，一起排队抽血，一起排队进行全生化检验。进入B超室进行彩超检查时，欧阳与医生谈笑风生。湿滑的B超探刷在他的肚子上蹭来蹭去，像一个"扫雷兵"在一步一探。他时而仰卧，时而侧卧，时而俯卧。

"恭喜你，肝胆脾胰肾大小形态正常，输尿管膀胱未见扩张，膀胱壁光滑。"

欧阳用纸擦干身上的黏液，快步走出医院。医院外天朗气清，惠风和畅。

（2015年8月3日）

战略定力熔铁成钢

豪情催沸千炉铁水，汗水浇开万吨钢花。“点火！”2015年9月25日，宝钢湛江钢铁点火手将火炬掷向炉膛，一号高炉霎时燃起熊熊大火。那团在炉内熊熊燃烧的自信之火、不屈之火、创新之火，映红了沉寂千年的东海岛，也烤热了荒凉千年的红土地。“砰！砰！砰！”炉门洞开，铁花飞溅，鲜红的铁水咆哮着，呼啸着，像一条狂奔的火龙夺门而出，穿洞而过，越槽而去，顺罐而泻。竞相飞溅的铁水，与喷薄而出的红日交相辉映；腾空而起的火焰，与白浪翻飞的大海遥相呼应。

“出铁了，出铁了！”金红的铁花引爆了整个东海岛。欢呼声、锣鼓声、鞭炮声，声声震天，声声响彻南海之滨。人们唱着、跳着，互相击掌、击鼓，舞龙、舞狮，共同欢庆东海岛产出第一块钢。

（一）

东海岛总面积达286平方公里，乃全国第五大岛、广东第一大岛。这座传说中神蝶化成的岛屿，一直浓缩着历史的时光，牵引着世人的视线。在历史的年轮中，这座火山之岛曾上演了一幕幕史诗般荡气回肠的故事。现代爱国诗人闻一多曾写下著名的《七子之歌·广州湾》："东海（岛）和硇洲（岛）是我的一双管钥，我是神州后门上的一把铁锁。"拨开历史的烟云，推开历史的重门，人们惊喜地发现，东海岛不仅人文历史厚重，而且地理位置十分优越。它既是中国西南出海的大通道，又是中国大陆与欧非国家海上航程最短的港门之岛。它既离南美等铁矿石出口国的航距最短，也离华南钢材消费市场最近。

整座岛东高西低，东为玄武岩台地，西为海积平原。东有海拔111米高的龙水岭火山锥耸起，西有长达6.5公里，水深达26~42米的深水岸线萦绕，岛内有尚待开发的土地40余万亩，地势平坦而开阔。很多专家目睹东海岛的“美貌”后都按捺不住激情：“众里寻他千百度，蓦然回首，建国际一流的钢厂却在东海岛。”

眼含大洋，时代的潮声在召唤着东海岛。破浪前行，改革的大潮在涤荡着东海岛。筑梦东海岛，建厂东海岛，成了湛江人的共同心愿和不懈追求。

1978年，国家冶金部在广东布点规划，并把湛江作为钢铁厂选址的主要对象。自此，湛江人开启了长路追梦、上下求索的征程。

1986年，广东省计委主持召开广东沿海大型钢铁厂建厂条件论证会，经过比选认为湛江条件最优。自此，钢铁项目，仿佛一面工业旗帜，时时牵动着湛江800多万人的心弦和目光。

1991年，时任冶金部副部长、宝钢工程指挥部总指挥黎明率钢铁专家团队到湛考察，播下宝钢钢铁种子。

湛江与钢铁结缘的消息传来，湛江人喜不自禁，奔走相告。一大批来自全国各地的优秀人才“水陆并进”，纷纷投奔偏远的东海岛。岛上的第一条水泥公路也在一片锣鼓声中修通了。1993年9月24日，江泽民同志在时任广东省委书记谢非、省长朱森林陪同下，到东海岛视察。江泽民说：“把钢铁厂选址在东海岛是好的。东海岛土地平坦，地理条件好，又有一个深水港岸，是个好地方。”

1994年，湛江市组织国内著名专家对东海岛发展做出科学规划，并报交通部、环保部批准。

“钢铁项目几乎是铁板钉钉了。”但可惜的是，由于种种原因，此后相当长的一段时间，钢铁基地项目却没有了下文。本想在海岛燃烧青春的年轻学子都不禁望洋兴叹。“寒猿啼断西岩月”，一种怅惘意绪笼罩着湛江大地。

孟子曰：“天降大任于斯人也，必先苦其心志，劳其筋骨，饿其体肤，空乏其身，行拂乱其所为……”湛江市领导班子深谙此话之精髓，始终保持沉着冷静，始终保持战略定力，始终保持在“东西南北风”中“咬定青山不放松”。

湛江人谋定而后动，始终保持抓铁有痕、踏石留印的坚定和兢笃，驰而不息，扎实推进钢铁项目基础工作。

“万里关山度从容。”为了能吸引钢铁项目落户，湛江不“焚琴煮鹤”，不“杀鸡取卵”，不急于求成，始终保持一份豁达的情怀，从容的心态。“人口大市，经济小市”一直是湛江的真实写照。很长一段时间以来，湛江的人均GDP均落后于全省乃至全国。有着英雄血脉的湛江人民，没有叹气和抱怨，而是知耻而后勇，以壮士断腕的气概，拨正航向，低谷奋起。在振兴发展的征程上，湛江市委、市政府表现出了足够的定力：“决不走先开发后保护的路子。”对东海岛6.5公里长的海岸线更是当作“心头肉”一样严格保护，严加看管。

改革开放以来，先后有600多名来自香港、广东、浙江的投资商相中深水岸线，纷纷前来洽谈划线办厂。但东海岛挡住诱惑，苦苦守候深水岸线，将150多家高能耗、低产出、资源利用率低的项目拒之门外。

6.5公里长的黄金海岸线一寸都没分割！几十年的风雨守护，为的就是把最好、最优、最深的岸线留给钢铁“巨无霸”。

只有筑好巢，才能引来“金凤凰”。为此，湛江勒紧裤腰带，咬紧牙关，凝神聚气推进东海岛的公路、铁路，供电、供水，港口、港区建设；短短几年时间，湛江挥动如椽巨笔，投入200多亿元打通东海岛的“经脉”。东海岛疏港公路、东海岛跨海大桥等先后建成投产；东海大道、东成大道、岛南大道等先后建成合龙；东腾路、水星路、工业路等先后建成通车；东海岛中央商务区等生活配套设施先后破土动工。

“没有比人更高的山，没有比脚更长的路。”湛江人民矢志不渝，百折不挠，万变不退。

2003年初，韶钢向省政府提出实施沿海战略转移，在广东沿海建设大型钢铁厂。时任中共中央政治局委员、省委书记张德江明确批示：韶钢如果在沿海城市选点，湛江是理想之地。湛江钢铁迎来了新的曙光。

2004年底，省政府向国务院正式上报《关于请支持在广东湛江建设大型沿海钢铁基地的函》。

2006年，全国钢铁产能已突破5亿吨，钢铁产能过剩已成为诸行业之首。

湛钢项目虽面临重重困难，但广东依然保持战略定力，全速前进，全力争取。此时，国家发改委已接到广西防城港钢铁项目的申请，两个钢铁巨无霸项目同时布局在不到500公里的半径范围内，令湛钢项目更是难上加难。

面对严峻形势，省委、省政府以“不畏浮云遮望眼”的高瞻远瞩，“风物宜长放眼量”的气度胸襟，作出惊人决定：淘汰省内1000万吨小钢铁，实施广钢环保搬迁，建设湛江钢铁厂。从2006年开始，广东运用经济、环保、信贷、行政等手段，淘汰了全省落后小钢铁。省政府第一次在产业调整上使用了财政补贴政策。广州、韶关、梅州、河源等市先后关停淘汰粗钢产能1614万吨，压缩粗钢产能614万吨。河源含泪忍痛，关闭了19家小钢铁厂。另外，宝钢自身也淘汰了660万吨不具备竞争力的产能。

2007年，湛江龙腾物流有限公司注册成立，打响了湛江钢铁起步项目第一炮。

2008年3月1日，在湛江钢铁项目上报国家发改委的关键时刻，时任中共中央政治局委员、省委书记汪洋作出明确支持由宝钢控股建设湛江钢铁项目的批示，让湛钢项目报批再次拨云见日，峰回路转，砥砺前行。

2008年3月，湛江钢铁项目获得国家发改委开出的“路条”，批准项目开展前期工作。获得“路条”的背后，彰显了广东省钢铁产业换血和重组的巨大变革。

“白日放歌须纵酒!”喜讯传来，湛江沸腾了。

2008年6月28日，广东钢铁集团有限公司挂牌。

红旗漫卷，胜利在望。然而一场全球性的金融危机却辣手摧花，使湛江钢铁“扬手是春，落手是秋”。2008年，全国钢铁产能已突破6亿吨，过剩1亿吨以上。钢铁行业成为民众对国家宏观调控议论最多、关注最大的行业。2009年10月，就在湛江钢铁项目主体工程准备正式上马之时，项目被突然叫停。与此同时，宝钢与广钢的重组计划也出现巨大转折。

唯其艰难，才更显勇毅；唯其笃行，才弥足珍贵。为推进湛江钢铁项目，省委、省政府充分利用国际金融危机的倒逼机制，壮士断腕，艰难地推进产业革命：关闭珠钢；异地迁建广钢；就地重组韶钢——引入宝钢控股，实施企业重组。

2011年8月22日，宝钢集团与广东省国资委、广州市国资委签署五个协议，宝钢重组广钢工作进入实施阶段。湛江钢铁项目柳暗花明!

2011年12月，国家发改委正式向国务院上报关于钢铁产业调整

的报告，再次建议尽快核准湛江钢铁项目。

2012年4月，国务院原则同意这个报告。

2012年5月24日，特大喜讯从北京传来：湛江钢铁基地项目获国家发改委核准建设。喜讯像长了翅膀一样传遍了雷州半岛的山山水水，湛江沸腾了，南海欢腾了！

欢腾时刻，无数的压力、汗水、思虑，尽化作澎湃的喜悦。“漫卷诗书喜欲狂”，杜甫当年的那种狂喜，仿佛穿越千年时空，感染着湛江，激励着湛江。是呀，在共和国产业发展历史上，已很难再找到一个像湛江钢铁那样凝聚着如此之多的心血和汗水，承载着如此之多的光荣与梦想的项目了。

“青春作伴好还乡”，湛江即把那一瞬间的欣喜尽化为“追梦”的不竭动力，尽化为城市不断向上生长的力量。

（二）

因梦想而强大，为梦想而求索。湛江钢铁成功获批的背后，是无数奔波忙碌的身影和难以想象的艰辛。

湛江自被国家确定为大型钢铁厂选址的主要对象以来，党和国家多位领导人曾亲临湛江考察指导，提出战略指导意见。广东几任省委书记、几任省长都“一张蓝图绘到底”，一任接一任推动湛江钢铁项目从“纸上”移至“地面”。几任常务副省长都以“功成不必在我”的气度，力推项目落户建设。每逢重要节点，攻坚时刻，他们都果断决策，力挺项目上马，并亲自督战，力推项目闯千滩破万险。中央多个部委、省直多个部门对湛江钢铁项目给予莫大的帮助。南海舰队等驻湛部队对湛江钢铁项目给予鼎力的支持。

湛江几任市委书记本着对历史负责的态度，一以贯之，并为湛江钢铁项目做了大量艰苦卓绝的工作。几任市长都身先士卒，冲锋在前，抓好落实。项目从“呱呱坠地”之日起，他们就日夜奋战在最前沿，既当指挥员，又当战斗员，并与广大干部群众拧成一股绳，合力战胜了一个又一个困难，化解了一个又一个风险，创造了一个又一个奇迹。湛江开发区（东海岛试验区）几任主要领导都主动肩负起“主攻手”的光荣使命，精准发力，用智慧和汗水谱写了一个个不畏艰险、勇往直前的感人故事。

全市干部群众发扬“钉钉子”精神，拿出“不达目的不收兵”的豪迈与韧劲，迅速启动湛江史上最大规模的大搬迁。

2006年3月，东海岛经济开发试验区干部进驻溪头田村和溪西坡村，拉开征地搬迁序幕；2008年6月，湛江市抽调165名干部，组成　8支工作队分头进驻8条村庄，吹响了钢铁项目征地搬迁大会战的号角。

征地搬迁号称为新时期“第一难”。但征迁人员不畏艰难，勇挑重担，甘洒热血写春秋。

征迁人员进村后，挨家挨户走访群众，挨家挨户宣传政策法规，挨家挨户解决实际困难。对个别“钉子户”，他们不厌其烦与其直接对话，讲建设、讲发展、讲未来、讲共享共建，真正做到了身入、心入、情入。

迈奴村的叶振宏，早年就在村里建起了小洋楼，开办了农机维修店，日子过得红红火火。工作队驻村后，他心里十分不快，担心搬迁后生意没了。于是，他拒绝在安置房户型选择表上签字。工作队员反复找他谈心，讲法讲理讲情，叶振宏最终被说服，并在户型房选择表上签了字。

征地就是征心，拆迁不能拆情。驻村工作队员常用热情融化心底隔膜，用真情演绎为民情怀。

西边村村民叶国兴挥动着铁锤，自己动手拆掉自家的房屋。他的眼泪洒在被拆下来的砖头上：“国家建设是大事，与钢铁厂相比我牺牲这幢楼房又算得了什么?!”

2010年7月的一天，东海岛调屋上村村民摆了40余桌“离别酒”。“别时茫茫江浸月。”酒桌上，很多村民都举酒话别离，念故土，共盼东海岛钢城早日崛起。

2012年8月，市委决定在龙腾上村、龙腾下村开展征地搬迁“百日攻坚”行动，强力推进征地搬迁工作。很多干部都顶烈日冒雷暴，日夜推动征迁工作。钢铁项目征迁第一工作队队长陈庆英积劳成疾，患上重感。但他仍带病工作，声音沙哑了，就打手势，用笔写字与村民交谈，一户一户做通工作。“攻坚”小组长陈敏的妻子，为了让丈夫轻装上阵，免于家庭事务干扰，带着幼小的孩子到深圳亲戚家居住。

在“百日攻坚”战的关键时刻，征迁人员深入东海岛，走村串户，与搬迁对象促膝交谈，真情感化。短短3个月，“百日攻坚”就完成了647户1021栋房屋搬迁的艰难任务，创造了湛江征地搬迁的奇迹。

“雄关漫道真如铁。”无数征迁者大力弘扬“5+2”“白加黑”“晴加雨”的工作精神，数日算月，昼夜兼程，不畏艰难、敢打硬仗，终于啃下了湛江有史以来范围最广、涉及人员最多、规模最大的搬迁“硬骨头”。东海岛2万多人挥别故土，实现了胜利大转移。

（三）

火辣辣的太阳照在东海岛上，12.98平方公里的工地上红尘滚滚，热浪滔滔。正当宝钢湛江钢铁进入“激情燃烧的岁月”之时，钢铁

业却全面陷入“寒冬”，钢铁行业在产能严重过剩的矛盾中，再次经受着利润低迷、资金紧张、环保压力增大等诸多困难的挑战。正当湛钢项目杂音四起，正式开工彷徨不定的关键时刻，2013年1月15日，刚到广东工作不到1个月的中共中央政治局委员、省委书记胡春华就到湛江东海岛考察，勉励全体建设者攻坚克难，把湛江钢铁建成全球最高效率的绿色钢铁工厂。当宝钢湛江钢铁有限公司董事长赵周礼问胡春华书记有何指示时，胡春华说了一个价值千金的字：“快!”接着在1月30日省“两会”期间，胡春华又主持召开宝钢项目建设协调会。之后，胡春华书记、朱小丹省长多次与国家有关部委以及宝钢集团协调，多次莅临项目建设现场调研指导，协调解决各类重大问题。

“乘长风破万里浪，凌青云啸九天歌。”2013年5月17日，湛江东海岛上隆隆的桩机声向世人宣布——宝钢湛江钢铁基地正式开工了!

隆隆的打桩声不仅唤醒了沉睡千年的东海岛，还吹响了宝钢二次创业的号角。

来自祖国大江南北的万名铁军，从四面八方涌至东海岛，奋战七月流火。

宝钢人坚信：“选择湛江不会错。”

其实，上海宝钢自1992年9月起就与东海岛结下了不解之缘。“钢铁”二字，就像一根吉祥如意、满载美好祝愿的红丝带将宝钢与东海岛紧紧地捆在一起。20多年来，宝钢与东海岛和衷共济、风雨同舟、不离不弃。不管环境如何变化、不管路途多么艰难、不管外界有多少杂音，宝钢集团始终对建设湛江大型钢铁基地战略坚守、坚定不移。东海岛，宝钢二次创业梦开始的地方，也是宝钢人创造奇迹的地方。

大哲学家尼采曾说：行动就是一切！

2013年下半年，打桩声再度响起，项目炼钢、连铸、热轧、冷轧、原料、烧结工程陆续开工。

为加快推进工程进度，万名“铁军”战高温、斗酷暑，用勤劳和汗水诠释“湛钢梦·创业美”。在火热的施工现场，铁军们的衣衫湿了又干，干了又湿，随意用手一拧，都能拧出水来，在脸盆里冲洗，盆底会沉淀下一层土。炼钢项目组现场施工总负责人马文武每天都以“尘”洗面。2011年，他离开80多岁瘫痪在床的母亲，从宝钢股份赶赴湛江钢铁。2014年6月中旬，他被诊断为颈椎骨质增生，医生要求他静养3个月。马文武按照医生嘱咐做了应急处理，10天后，他又披上了厚厚的“尘衣”，出现在建设工地上。

有着钢铁般意志的“铁军”甩开膀子大干，终创下“一天一变样”的湛江钢铁速度。这种速度犹如激越的鼓点，震撼着这片海域与热土。

2014年4月1日，湛江钢铁重达25吨的一号高炉炉壳第一段正式起吊。湛江钢铁在紧张的节奏中延伸创业者的日夜坚守，在艰辛的拼抢中演绎建设者的精彩人生。

2014年5月，二号高炉工程开工，炼钢主厂房正式进入钢结构安装。

7月的湛江，天气晴朗，阳光透过轻薄的空气，掠过密密匝匝的榕树，留下一片斑驳。

2014年7月6日，胡春华再次到湛江，为宝钢湛江钢铁排路障，破难题。

“好风凭借力，征鼓催人急。”正当湛江钢铁基地跃马扬鞭战犹酣之时，却突遭超强台风“威马逊”来袭。面对来势汹汹的“威马逊”，湛江钢铁严阵以待，严防死守。2014年7月18日下午1时，湛钢

157台吊具、桩机、履带机全部落地加固；港机、电厂设备全面铆定。下午3时，“威马逊”在湛江徐闻登陆，登陆时中心最大风力达17级。从下午3时30分起，“威马逊”就狂扫湛江钢铁建设工地。工地上狂风呼啸，暴雨如注，靠海原料码头掀起滔天巨浪。但由于防控到位，措施得力，现场无人员伤亡，装备无重大损失，工地无重大灾害。

台风呼啸过后，两万多名“铁军”从天南地北集结到东海岛，再度打响了湛江钢铁基地“万人大会战”。在偌大的建设工地上，钻机在飞旋，挖掘机在挥臂，打桩机在轰鸣；头戴蓝、红、白等颜色安全帽的铁军们在焊接、在吊装、在降方……机声隆隆，哨声不断。2014年9月，一号高炉本体提前封顶。2015年6月，高炉出铁场厂房钢结构全部完工。12.98平方公里的厂区，已经由原始的滩涂、沙丘、岩地、水塘、村落、灌木丛逐步演变成了一座现代化的钢铁厂。

多少无眠的昼夜，多少汗湿的衣裳，多少晒黑的脸庞，多少褪去的青涩，多少遥寄的岁月，此时此刻都汇聚成梦想的力量。

用火的意志熔化困境，用火的方式熔化困难，宝钢湛江钢铁基地历经千锤百炼，跨越千难万险终于建成了。这座由50吨钢结构、40万吨设备筑成的“21世纪绿色钢铁厂”现已傲然耸立在南海之滨。

8月25日，宝钢湛江钢铁迎来倒计时30天的重大节点。湛江800万人民的心与倒计时时钟一起跳动，一起期待。这一夜，偌大的钢城“东风夜放花千树”，千盏万盏的灯火将高炉，炼钢、热轧、冷轧、厚板的雄姿映照得更加迷人。从空中俯瞰，宝钢湛江钢铁基地一片星汉灿烂，宛如一座现代化不夜城。9月25日，宝钢湛江钢城的雄姿，伴着初生的太阳，从灼热的脚下冉冉升起。

（四）

37年锲而不舍，37年万变不退，37年咬定青山，宝钢湛江钢铁终于迎来了历史性时刻。“点火！”宝钢湛江钢铁沉淀了37年的梦想火种照亮了南国半岛。火焰腾空，铁水奔流。那奔腾、咆哮的铁水不仅锻造了湛江人民钢铁般的意志、钢铁般的追求，还喷射出广东转型升级的自信、勇气和韧劲；更熔铸了中国钢铁人产业报国的情怀，青春的记忆，壮烈的豪情。那熊熊烈焰、滚滚铁流不仅蕴藏着钢铁力量，还激荡着民族复兴、大国崛起的梦想。

地面上，流淌着灼热的铁水；天空中，爆闪着亮丽的钢花；大

海里，奔腾着金红的铁浪。东海岛沸腾了，湛江沸腾了！

炉火冲天照日月，锤声震地响雷霆。沸腾的湛江正以磅礴之势，磅礴于世界。

（2015年9月26日）

台风中的啼哭声

（一）

天昏了，地暗了，房塌了，城裂了。

2015年10月4日，强台风“彩虹”裹挟着紫色雷电，从海上席卷而来。“彩虹”凌空掀起千重骇浪，凭空卷起万丈海水，以排山倒海之势，雷霆万钧之力直扑湛江。“疯了！疯了！”“彩虹”像头吊睛白额“秋老虎”，眼喷红光，口吐獠牙，以67米/秒的风速狂袭港城。霎时间，港城日月无光，地动山摇，海啸涛怒，虎吼狼嚎。

“彩虹”掠过，龙门吊被刮下海，货轮被抛上岸，T形广告牌被拦腰折断，树木被拔根削皮，宝钢湛江钢铁3台巨型桥式抓斗卸船机被摧毁。

“彩虹”极速旋转，数千艘渔船、渔排瞬间被“肢解”，数万块玻璃瞬间被震碎成刀片飞舞于空中。富多液化公司3个球罐的液位计、温度计瞬间被摧毁，罐体“吱吱”泄漏。泄漏的气体被风吹得呜呜尖啸，好像有千百只野狼在齐声嗥叫。罐体周边布满了东兴炼油厂、新奥燃气、中海油、湛江渤海农业等10多家危化品工厂。泄漏罐体一旦发生爆炸，半个霞山区极有可能被瞬间夷为平地。

“彩虹”撼声如雷，水电、交通、通信全线瘫痪，湛江全城尽是撕心裂肺的痛。湛江多年积攒的财富和对未来生活的美好畅想，顷刻间被强台风掳走。

湛江危急！广东危急！其实，在“彩虹”没登陆之前，湛江就已进入“一级战备”。但“彩虹”风力之大，雨势之猛，超乎想象，那犹如原子弹爆炸的巨大冲击波让人们防不胜防。“彩虹”强悍的破坏力堪比海啸，令人闻风丧胆。

狂风如鬼哭狼嚎，暴雨似万箭穿空。湛江消防支队消防员张志添临危受命，以血肉之躯和死神较劲，硬凭自己超人的胆识、非凡的气魄、过硬的技术，攀上“富多液化”泄漏球罐罐顶，冒险“虎口拔牙”，最终成功堵漏，成功将“一号险情”的“定时炸弹”拔除。一场重大事故虽消弭于无形，但台风依旧在飞沙走石，摧枯拉朽。湛江中心人民医院的楼依然在摇，窗依然在抖。“砰！砰！砰！”医院北面的玻璃窗轰然坍塌，玻璃碎片被狂风卷起，唰地幻化成犀利的飞刀在空中飞舞。一些“飞刀”还凌厉地射进了墙壁！风声、雨声、哭声、尖叫声混杂在一起，似乎世界末日即将来临！

面对死神的威胁，医院的医生护士挺身而出，拼尽全力将死神手中攥紧的生命抢回来。身材瘦小的副主任护师洪仁华，用尽九牛二虎之力，死死地将窗帘的两角捆住，不让飞溅的玻璃碎片扎伤病人。医生李海龙低着头，弓着腰，喘着粗气，用瘦弱的身躯背起病人，艰难地挪着小步。

正在风刮得最猛烈之时，孕妇袁小姐腹部疼痛突然加剧，不断呻吟："好疼啊，好疼啊！"

"已出现胎膜早破，赶紧实施剖腹产手术！"产房在3楼，手术室在11楼，电梯已停运，怎么办？妇产科主治医师莫羽等三步并作两步，将手术器材从11楼抬至3楼。窗外狂风怒吼，窗内漆黑一片，为防止"彩虹"破窗而入，她们把笨重的铁柜移至窗边，挡着风口。为抢时间，她们边打手电筒边做手术：备皮、取血、插尿管，切开腹壁。

"哇——哇——哇——"婴儿在脱离母体20秒，就发出了第一声啼哭。这嘹亮的啼哭声，让产房内外焦急等待的人们激动不已、欣喜万分，也让在一线抗击强台风的勇士们感受到了新生的力量。

婴儿本能地扭动粉红的小身体，攥紧白净的小拳头，翕动宽圆

的小鼻翼，用独特的肢体语言向世界传达生的宣言，用清脆的啼哭声向世间传递春天的希望。

婴儿清脆无比的啼哭声，足以瞬间触动人们心底那些最柔软、最细腻的情感，也足以瞬间凝聚成雷霆万钧之力去抵御风灾水灾。

婴儿的啼哭声越来越嘹亮，越来越激越。那富有节奏感的啼哭声，穿越“彩虹”，划破夜空，给泣血的湛江大地带来了无限生机。

（二）

湛江三面环海，是一座雄峙在台风口的城市。千百年来，湛江备受台风威逼、摧残和洗劫。仅1970年以来，就有138个台风正面袭击或严重影响湛江。这些台风的破坏力都非常强，它不仅吞噬家园，撕裂城市，摧毁乐土，还制造深重灾难。但再大的灾难也吓不倒英雄的湛江人民，再强的台风也摧不垮湛江人民挺拔的脊梁，湛江在超强台风中屹立！

台风来无影去无踪，常以迅雷不及掩耳之势突袭湛江，常以雷霆万钧之力肆虐湛江。防台风，抗台风，早已成为湛江人民的人生必修课。千百年来，湛江与台风共舞，与“虎狼”同行。在与“虎狼”共枕的日子里，湛江不断地积聚防台能量，不断地提升防台应急响应能力，不断地打磨《防风宝典》。

人在，家就在；人在，希望就在！走在千年防台抗台路上，湛江始终把确保人民群众的生命安全放在防风首位：“人是第一位。房子没有了可以再盖，人没了就什么也没了。”

2013年8月14日上午，强台风“尤特”以摧枯拉朽之势呼啸而至，东头山岛霎时惊涛拍岸，大树撅根，铁塔折腰，瓦砾横飞。正在全岛断水断电断航之时，东头山岛孕妇杨紫兰突然感到肚子阵痛难忍。东头山岛，古称“鹿渚莲洲”，据说曾是一个野鹿出没、莲花盛放的世外桃源。东头山和特呈岛大小相仿，人口相近，地理相似。全岛面积仅有2.91平方公里。岛上没有医院，更没有接生设备。

风越刮越猛，雷越打越响，浪越抛越高，杨紫兰的阵痛也越来越剧烈。丈夫李红波见状，箭一样飞向村委会求救。

台风在撕扯，在咆哮，在怒吼。海面巨浪如山，万吨巨轮仿佛一叶孤舟。岛上客运船舶已全线停航，电力也全线中断，海岛已成为一个孤岛。

“孕妇羊水破裂，情况十分危急，亟须出岛救治。”湛江市接报后，立即启动应急预案：“生命救援刻不容缓，必须立即将孕妇送到岛外医院生产。”

市三防、市边防、市卫生局的干部群众紧急救助，在波峰浪谷间上演了一场扣人心弦的“生死时速”。

中午1时，救援人员及直升机、120救护车全部在东头山岛的对岸码头集结。

开发区边防大队三艘救援船闻风而动，但救援船一驶出避风港，就被狂风恶浪打得“晕头转向”。直升机也因岛上找不到降落点，而无功折返。救援一度陷入僵局。时间一分一秒地过去，羊水也随时间一滴一滴地流走。李红波望眼欲穿，救援人员也焦急万分。

“坚持住，我们会把你安全送到医院的……”东海人民卫生院值班医生不断通过电话连线，给杨紫兰做心理辅导。

天黑了，风仍在吼。“时间就是生命!”救援小组根据当时海面风力、风浪，认为只有大吨位救援船才能登岛，于是马上向市海事部门求援。晚上9时许，“海巡09056”救援船从霞山出发。救援船迎着狂风巨浪，全速驶向东头山岛。“尤特”裹着20层楼高的海浪直劈救援船，救援船一会儿被抛向高高的波峰，随后又跌入深深的浪谷。“海巡09056”在风口浪尖与“尤特”展开了一场肉搏，终于突破重围，成功靠泊东头山岛。晚上11时15分，一束强光从船上破天而出，“海巡09056”顶着风浪，直取对岸。

岸这边，120救护车爆闪全蓝警示灯，与“海巡09056”的灯光遥相呼应。医护人员也迅速铺开救护担架，打开医用设备仪器，迎候孕妇上岸。

晚上11时29分，“海巡09056”压浪靠岸。海浪猛烈地拍打着救援船的船体，海事人员奋力投了十几次才将缆绳扔上码头。缆绳一头连着船体，一头扣着船栓，铺造了一条生命通道。11时36分，救护车顶着狂风骤雨直奔市第四人民医院。翌日上午，杨紫兰诞下一女婴。女婴的啼哭声划破了天空，惊醒了台风之夜的所有沉睡。女婴长着一双水汪汪的大眼睛。“嘻嘻嘻嘻，咯咯咯咯咯。”女婴突然转哭为笑，刚刚还挂满眼泪的脸蛋瞬间绽开笑意。小肉手一抓一抓的，似乎是要去抓住台风中的美丽。

啊，婴儿在强台风中降生，湛江在强台风中重生。

（三）

“山雨欲来风满楼，黑云压城城欲摧。”1996年9月9日上午9时30分，强台风“莎莉”裹挟着暴雨，在吴川至湛江之间沿海地区登陆。台风极大风速达41.5~47米/秒，相当于一辆小汽车以每小时150~166公里的速度狂奔。

“莎莉”像一头发了疯的恶魔，露出尖尖的虎牙，伸出锋利的魔爪，并以雷霆万钧之力猛力地直扑湛江市区。

风如拔山怒，雨如决河倾。刚才还能看得真切的湛江城，瞬间就消失在人们的视线里。雷霆万钧的狂风暴雨发出连珠炮的滚响，以不容发丝般的间歇狂野地肆虐湛江。湛江在狂风暴雨中晃动，飘摇。一种超乎寻常、威力凶猛的飓风铺天盖地而来，湛江天昏地暗，一片混沌。飓风过处，湛江港6台标重195吨的龙门吊被刮下海，7台门吊倒地，21台门吊巴杆折断，数十台移位脱轨。20吨重的汽油罐被抛至80米高空。屋山家私城的屋顶全被撕扯一光，铁皮在空中急速地飘飞，恰似《天方夜谭》中描述的飞毯。更令人震惊的是，一头不知从何处刮来的老黄牛，不偏不倚地落在屋山家私城的铁篱笆上，篱笆齿从牛的左侧深深地插进腹部，牛血冲天喷射数十米。

万窍怒号天噫气，飞沙走石乱伤人。就在“莎莉”猛张血盆大口之时，硇洲岛一名梁姓孕妇即将临盆，羊水破裂，情况危急。此时，硇洲岛附近海域已掀起30层楼高的恶浪，船舶根本无法靠岸。

南海第一救助飞行队接到救助信息后，立即启动救助响应。上午10时许，一架救助直升机从珠海市九洲机场紧急升空，火速赶往湛江市硇洲岛。直升机在强台风中上演了一场扣人心弦的“生死时速”。经过80分钟200海里的远距离飞行，直升机终于飞抵硇洲岛。救生员仅用了5分钟便将孕妇接上直升机。20分钟后，安全落地。孕妇被送至广东医学院附属医院时，血压突然升高，胎盘剥离，而且出现产前大出血。

“莎莉”如魔，医院门外的铁皮屋已全被击穿，铁皮与卷闸门在风魔手中轻薄如纸，被随意揉搓成奇形怪状。“生命第一，救人要紧！”医院迅速启动抢救预案。经过一系列抢救，医护人员终于从孕妇肚子里抱出了婴儿。而此时，孕妇子宫内又一次出现大出血，并处于休克状态。就在这危急关头，电线被“莎莉”扯断了。停电对于“孕妇”来说就等于断气呀！“快，人工呼吸球囊！”谢春蕾护士长不停地挤压着球囊，啪嗞——啪嗞——

狂风夹带着暴雨，如子弹一般射在医院的墙壁上。“无心跳了！”医生做完心脏听诊后，立即给孕妇做胸外按压。“强心针，静脉推注！”孕妇仍未恢复心跳。“再来一支，准备心内注射。”突然，门窗上方的排气扇被吹落，雨水、树枝被狂风卷了进来。“快，排人墙！”医生护士迅速一字排开，背靠窗，心向孕妇。窗上的玻璃被击碎，砸在他们的背上，但他们纹丝不动。经抢救，孕妇的生命体征终于稳定了下来。

“哇——”产房里响起了男婴的啼哭声。嘹亮的哭声伴随着雷声风声雨声，传至千里。男婴白里透红，眼睛微微闭着，似笑非笑的，煞是逗人喜爱。男婴攥紧双拳，似将万物尽握手里。产妇梁氏腮边挂着喜悦的泪水，听着婴儿的哭声，好似在听动人心弦的乐章。

战台风斗雷霆，千百年来，湛江就在台风中生，在台风中长；在台风中破，在台风中立；在台风中滴血，又在台风中坚强。千百年来，台风常以迅雷不及掩耳之势突袭湛江，吞噬湛江。但不管风有多大、浪有多高，湛江都能听到婴儿的啼哭声。那清脆无比的啼哭声是人世间最美的声响，也是湛江抗击台风最强的音符。那急促嘹亮的啼哭声响彻天际，天地间仿佛填满了希望，充满了力量。啊，这是风中新生的力量，这是风中成长的力量！

（2015年10月28日）

风雨西连路

雨像泪一样飘洒，泪如雨一样倾诉。乙未年深秋，徐闻县西连镇龙耳村88岁的五保老人樊芝祥走了。

祥伯去世时，身边的收录机仍在响。看着那台收录机，欧銮再也按捺不住自己的情绪，哭了。欧銮把头埋入双手，抱头痛哭："祥伯，祥伯，如果有来生，我还会照顾你……"

灵柩在一阵阵悲戚的哭声中缓缓抬起。欧銮披麻戴孝，手扶灵柩，含泪护送老人"最后一程"。

路上，花草溅泪，飞鸟惊心。送葬队伍拖着一地的纸钱冥宝缓缓而行。村里人樊炳新边走边哭："祥伯，你睁开眼、睁开眼，再看一看西连，再看一看徐闻，再看一看曾帮助过你的'湛江好人'吧！"

"滴答、滴答"，冷雨淅淅沥沥敲打着大地，溅起片片零乱的水花。听到沙沙的雨声，欧銮禁不住泪如雨下。25年前，欧銮就因一场雨，与毫无血缘关系的樊芝祥结成了"命运共同体"。欧銮本是迈陈镇人，也许是命运故意安排，却被分配到西连粮所工作，负责发放五保户救济粮。

"凄风苦雨冷清秋"，走在送葬路上的欧銮无法感知真实与虚幻，25年前与樊芝祥相遇的那一幕再次浮现眼前：那一天，樊芝祥推着平板车来到粮站。起初，欧銮并没有对樊芝祥多留意，只知道他无儿无女，也没有亲门近支，是个五保户。

樊芝祥肩上搭条旧毛巾，腰间挂个军用水壶，说话语调有点粗。开票，打包，装车——樊芝祥推着平板车，吃力地走向岁月深处。突然，天空闷雷滚动，"哗"的一声，便下起了雷雨。樊芝祥被大雨浇透，一身狼狈，惨变"落汤鸡"。欧銮把葵扇一丢，抓起雨衣就冲进了暴雨中。欧銮在风雨中承诺：今后，我帮你送大米。翌日清晨，太阳冉冉升起，欧銮驮上大米，踏着雨露，早早就向着龙耳村进发。一进村，欧銮远远就看见樊芝祥坐在村口的大榕树下发呆，吧嗒吧嗒地抽"水烟筒"。

樊芝祥所居住的泥砖房，由于年久失修，已摇摇欲坠。透风的墙上挂了一幅毛主席画像，缺角的木桌上堆满了各类药品。房间内除了一把椅子，一张破床，一床旧被，一口铁锅，几只碗外，就别无长物了。欧銮的心被灼痛了。欧銮卸下大米，甩掉外套，挥刀砍柴，执帚扫地。日薄时分，一只土狗钻进院子，"汪、汪、汪"地直叫。欧銮与樊芝祥在狗的叫声中聊了起来。这一夜，他俩越谈越兴奋，越谈越投机。煤油灯换了一盏又一盏，一直到曙光初露。

从那个时候起，欧銮周周都给樊芝祥送菜，月月都给樊芝祥送米。1989年冬，欧銮冒着寒风来到龙耳村，来到樊芝祥的床前，发现老人的鞋子破了，脚被冻得又红又肿，便心疼地把老人的双脚抱在自己的怀里。第二天，欧銮就给樊芝祥送去了一双新皮鞋。

1990年，一纸调令把欧銮从西连调回迈陈。樊芝祥获悉后，怅然若失，闷闷不乐。临别时，樊芝祥的眼里噙满了泪水。欧銮与樊芝祥泪眼对泪眼："我会照顾你一辈子。"然而，谁也没有想到，曾经的一句风中承诺，竟会换来20多年的甘苦与共、生死相依。

一个炎热的夏夜，欧銮陪着樊芝祥在院子里数星星。欧銮用纸筒和两块透镜自制了一架望远镜，让樊芝祥去寻找星空的奥秘。那一夜，欧銮得知樊芝祥十分喜欢天文地理，也十分喜欢听电台的天文、天气节目。不久，欧銮就专程赶到湛江，给樊芝祥买了台"先锋牌"调频收音机。

打开收音机，这位昔日心如枯井的老人，感动得直掉眼泪，口中不断地念叨："活菩萨，活菩萨。"

欧銮还给樊芝祥打了水井，配上了手机。叮嘱不管什么时候，不管什么事情，随时都可以给他打电话。

2006年一个秋夜，村子喧闹的声音渐渐平息，灯火也逐渐稀疏，只留一轮残月孤零零地挂在梢头。牛羊睡去，村庄睡去。"丁零零……"一阵急促的铃声把欧銮从睡梦中惊醒。电话里传来村民阿东带着哭腔的声音："祥伯病了，昏迷不醒，我已经打了急救电话，你马上赶往迈陈医院。"欧銮的脑袋"嗡"的一声，像要爆炸了一样。欧銮立刻跳下床，冲下楼，启动摩托车，直奔医院。飞抵医院时，正值医护人员把樊芝祥从急救车上抬下来。欧銮箭一般飞过去大声喊："祥伯、祥伯——"

抽血，胸透，B超——欧銮焦急地在检查室外踱步。"严重贫血，急需输血！”“抽我的。”欧銮二话不说，就挽起袖子，请医生抽血。但医生觉得欧銮年纪偏大，血型不合，不宜抽。当场，铮铮铁汉唰地流下了热泪。樊芝祥多天昏迷不醒。欧銮一直守护在病床前。同时，还唤来女儿、女婿轮流值守。一天夜里，樊芝祥脸色异变，经医生抢救仍严重昏迷。看到医院下发的病危通知书，欧銮被震蒙了。他跪在病床前，深情地呼唤着“祥伯”。输白蛋白、注射丹参液——那段日子，为了给樊芝祥治病，欧銮把银行卡里的钱全刷光了。擦汗、倒屎、换衣裤、喂饭——那段日子，为了给樊芝祥一点精神慰藉，欧銮常守候在床前，一脚也未曾离开。经过欧銮的悉心照料，樊芝祥却奇迹般地从死神手里挣脱了。

子在川上曰：“逝者如斯夫，不舍昼夜。”一转眼24年过去了，当年青丝满头的欧銮也挂上了秋霜。24年来，欧銮风雨不改，雷打不动，始终奔走在迈陈镇至西连镇的路上。究竟在这条路上走了多少次，折了多少回，欧銮已记不清了。但他记得非常清楚的就是那句发自肺腑的风中承诺。为了更好地照顾樊芝祥，欧銮将手机店交给儿子打理。老人饿了，欧銮每天把饭端到老人面前，一口一口地喂。老人瘫痪在床，欧銮每天给他擦汗、倒屎、换衣裤。

2014年初春，欧銮的儿子在燃放鞭炮时，左眼不慎被炸伤。欧銮将儿子送至广州眼科医院后，又连夜打的赶回龙耳村，如往常一样照顾樊芝祥。欧銮说：“就算天塌下来我都要去探一探祥伯才安心。”

可老天好像是有意捉弄他们。乙未年深秋的一个晚上，夜黑风急，不见星月。樊芝祥突然一改往常，精神焕发，低声向欧銮说：“欧仔啊，如果不是得到你亲如父子式的照料，我早就不在人世了。你对我这么好，我却没有什么能留给你，实在惭愧呀！”

樊芝祥泪如雨下。欧銮隐隐约约感觉情况不妙，立即打住樊芝祥的话语：“生命可贵，友情无价啊！”谈笑之间，樊芝祥突然大小便失禁，每20分钟要更换一次尿布。欧銮既紧张又害怕，担心尿布不够用，急电女儿火速送尿布到西连。但樊芝祥却来不及看欧銮的女儿一眼就含笑离开了人世。那一夜，欧銮哭得声嘶力竭，哭得呼天抢地。

雨水和泪水掺和在一起，洒落在送葬的路上。欧銮嘴里不停地念叨：“祥伯，一路走好，一路走好……”

风吹桉叶，雨打山花。欧銮一路洒泪，把对祥伯的思念寄往了天堂。

（2015年11月25日）

鳌头老家

人在旅途，家是方向。

通往鳌头老家的泥泞小路已铺上水泥，浇上沥青。路上，两轮的电动车、三轮的摩托车、四轮的小轿车，还有多轮的大货车，混杂行驶，汇成了欢乐的巨流。密密麻麻的车辆，像蚂蚁一样挪动，各种喇叭声此起彼伏。车子左闪右避，好不容易才“挤”进村里，但村头村尾都塞满了各式各样的小汽车，大众、传祺、瑞风、金杯、奔驰、宝马、路虎、保时捷等让人目不暇接。

铁犁在风中疏导交通。他说：“现在，村里也出现‘停车难’了。”铁犁是我儿时的好伙伴。在那段远去的岁月里，我们一起玩弹珠、滚铁环、放风筝；一起捉蜻蜓、抓青蛙、捣蜂窝。

从榕树头走向甘蔗地，从打谷场走向

旧戏台，一切既熟悉又陌生。村里的茅草屋、泥砖房已基本看不见，唯有生产队的旧房子仍遗立在风中，连接着村庄的过去、现在和未来。

生产队旧房子始建于20世纪60年代，房子的墙全用泥巴掺稻草垒成，屋顶呈“金”字形，瓦片屋面，土木结构。4间库房堆积着镰刀、锄头、簸箕、箩筐；6间仓库囤着稻谷、玉米、花生；8间猪圈圈养着猪、鸡、鸭，这几乎就是生产队的全部家产了。这些旧房子虽然很简陋，但村里分草、分粮、分红以及村里的“大政方针”全在这里决定。旧房子的屋檐还在滴着水，那一阵阵的滴答声，是从父老乡亲血管里滴出来的吧?！站在屋檐下，我似乎感受到了村子岁月的重量。透过沧桑的土墙，我也似乎看到了村子的兴衰荣辱。

以前，村子是一个典型的“三不靠”村庄，不靠山、不靠海、不靠城；也是一个典型的“三不通”村落，不通路、不通电、不通水。千百年来，勤劳质朴的父老乡亲日出而作，日落而息，一直过着面朝黄土背朝天的生活。全村1600户，就有900户是贫困户。

铁犁家虽然有点祖业，但日子也过得紧巴巴。铁犁的父亲是村里最会算账的人。为了多挣点工分，他从生产队领养了一头黄牛，由铁犁放养。那时，领养一头牛记3分工，成年人干一天农活记10分工。但不管想什么办法，谋什么计策，铁犁家仍旧摆脱不了贫困。1974年，铁犁全家全年累计挣到369个工分，折合人民币33.24元；集体分水稻、花生、番薯及其他合计46.4元，扣除上年欠账，倒欠队里8.94元。

贫困就像大山一样压得乡亲喘不过气来。

当历史的车轮驶进20世纪70年代时，村子里还出现过“杂草长得比庄稼还高”的奇特现象。人哄地皮，地哄肚皮。那时，很多乡亲都穷得揭不开锅，常常吃了上顿没下顿。

曾记得，旧时的老家满眼都是黑压压一片，房子黑，帽子黑，灶台黑。曾记得，旧时的老家没有一幢像样的房子；没有一件像样的家具；没有一台像样的家电。什么小汽车、摩托车、冰箱、电视，村里人连听都没听过。那年冬天，不知何人将一辆吉普车停泊在村头，村民们蜂拥而至，一下子就将吉普车包围得水泄不通。孩子们也呼啦啦地围拢过来看新鲜，胆子大的孩子还挤进驾驶室偷偷摸一下方向盘。见村民如此好奇，“鸭舌司机”特意表演了插匙，踩刹车，点火，松脚刹，挂挡等“绝技”。听到吉普车发出“噗噗噗”的声音，铁犁扑通一声趴下，眯着眼细看排气管尾喉。约莫一刻钟的工夫，铁犁从地上“弹”起来，眼睛倏忽打开，疾声发问：“这辆车究竟是‘公’的还是‘母’的?”全村人听了都张口结舌，无从回答。

1978年那个春天，神州大地春雷滚滚。

“春雷啊唤醒了长城内外，春晖啊暖透了大江两岸。”习惯在煤油灯下打麻将、推牌九、斗“三公”的乡亲们幡然惊醒，纷纷提起灰桶，拿起砖刀，闯过罗湖桥，在鹏城唱响“春天的故事”。

“不怕从零起步，只怕从未起步。”铁犁说服老父亲，背起行囊，随乡村建筑大军勇闯蛇口。

“三分天注定，七分靠打拼。”在城市的天空下，铁犁用勤劳与勇敢谱写奋斗之歌；用心血和汗水浇灌幸福之花。

“春风又绿江南岸，明月何时照我还?”1984年那个春天，铁犁乘着春天的马车，踏上归途。铁犁黑西裤勒白衬衫，BP机、手机挂腰间，一副“大老板”做派。下车时，铁犁左手一台电冰箱，右手一台电视机，一溜小跑钻进了屋里。“大黄，乖、乖……”屋内一只狗快步跑到铁犁的跟前，摇摇尾巴，伸出舌头舔着他的手指。

铁犁与大黄狗合力将电视机纸箱撕开，拿出“鱼骨天线”钉在模板上，然后用膨胀螺栓将其固定在烟囱旁。“鱼骨天线”高高地耸立在屋子的上空，温柔地刺破了村子的炊烟。

“有电视看了！”当熊猫牌黑白电视机显出图像时，整条村子都沸腾了。大伙奔走相告，击掌庆贺村子有了第一台电视机。

初春的晚上，屋子里人如潮涌。乡亲们或站或蹲或坐或躺，将“熊猫电视机”围得密密实实。乡亲们都兴奋地朝着这个新玩意儿指指点点。接生婆“六奶”凑到电视机前，好奇地东瞅瞅，西摸摸，嘴里不停地唠叨：“咦？‘霍元甲’是怎么进去的呀？进去了，又怎么出来啊？”

“熊猫电视机”像磁铁吸引铁屑一样吸引着全村的男女老少。每当“昏睡百年，国人渐已醒……”的音乐响起，村民们就丢下碗筷，箭一般奔向铁犁家，守在电视机前收看电视连续剧《霍元甲》。来得迟的村民唯有踮起脚尖，远眺闪着雪花的屏幕。乡亲们深深地被大侠霍元甲的故事所打动，情感常从一堆人的后脑勺夹缝中宣泄。

踏着荧屏的雪花，驮着村庄的星光，铁犁在春天里再出发。虽然行囊空空，但铁犁凭着过硬的手艺，一下子就揽到了世博园10个场馆的建设工程。很多人都说，铁犁就是铁犁，就算把他一个人赤条条扔到荒岛上，他出来时照样鱼虾满舱，而且还有可能牵回一个貌美的渔姑。仅仅几年，铁犁就把生意从国内做到了国外，工程量、利润率也全线飘红。

2016年又一个春天，铁犁开着奔驰回村。铁犁刻意把奔驰开进生产队的牛棚里，避免给乡亲一种炫耀和土豪之感。铁犁一打开车门，就不胜感慨：“一个根本就不知汽车为何物的农村娃，想破天都想不到今天能开上豪华大奔。”

尽管多年未见，但乡音依然亲切。我和铁犁撑着伞走在蜿蜒起伏的村道上，道路两旁已耸起800多幢小洋楼。小洋楼内种有杨桃、菠萝、龙眼、荔枝、石榴等果树。果树旁边安装着一个标有“户户通”的电视接收器，屋脊上骑着一个红色边框的太阳能热水器。

清风徐来，年糕飘香。不知不觉间，已走到铁犁家门前。铁犁家的小洋楼系框架结构，歇山式屋顶，共有4层。整座洋楼全由混凝土筑成，有高大的石槽门，门上贴着一副对联：“刷新朋友圈，春风布局十三五；点赞时间表，好梦擎旗亿万千。”横批：“幸福。”

小洋楼有柱廊，有弧形窗框，有石刻雕花。每层楼还有宽阔的内廊道，给主人留出了足够的活动空间。从茅草房、泥砖房、红砖房再到小洋楼，铁犁家已先后盖了4次房。用铁犁的话说：“这辈子不是在盖房，就是在盖房的路上。”

穿过亮铿铿的古铜色铁门，我随铁犁走进小洋楼。铁犁的“神算子”父亲正从皮带上抽出“苹果”手机发微信。然后拿出一沓二维码，给莲藕一一贴上。“拿手机扫下二维码，这根莲藕是哪个村哪家人种的，都能显示。”“神算子”父亲自信满满，“我们村种的浅水藕，表皮白亮，入口无渣，爽脆如梨，凉拌炒食煲汤均可。”

原来，早在一年前，铁犁就花大笔资金，采用O2O模式建起了本土农村电商平台——鳌头生活馆。生活馆集网购、特产收购等8项功能于一身。“神算子”父亲也随之荣升为鳌头生活馆实体店店长。铁犁说，村里现有600多户村民已经和生活馆签约。每个月，村里的浅水藕、水东芥、合岗鸭等农副产品都可从这里直接卖到城市。村民再也不用背着沉重的箩筐，花钱赶车，到镇上赶集摆摊了。

铁犁的父亲虽年逾八旬，但身子骨依然硬朗。我给他递上“红塔山”，他笑着道谢，随后就将香烟卷夹在耳朵上，只是一味吧嗒吧嗒地吸着水烟筒，缓缓地说：在外做事，莫忘村里，每年都要回来转一转。

入夜，村子的戏台里人声鼎沸，热闹非凡。成千上万的村民早早来到戏场，欣赏由村民自编自导自演的“春晚”。

在如雷的锣鼓声中，十二头红色狮子闪亮登场。群狮时而抓耳挠腮，时而高跃盘旋，活灵活现的表演赢得台下阵阵掌声。男声串唱、人偶表演、小品、相声、肚皮舞、儿童舞、傩舞、诗歌朗诵等表演轮番上阵，让村民目不暇接、忍俊叫绝。踏着铿锵有力的鼓点，村中功夫头“黄飞鸿”纵身跃上舞台。

“白猿带醉下仙山”“舞花摇扇抱酒缸”“跨虎飞燕轻摇扇”……“黄飞鸿”猛劈硬挂、急攻快打、横拦斜击、左撩右拨，将一套猴拳演绎得惟妙惟肖、形神兼备。

拳头如雨点般落下！“黄飞鸿”拳风霍霍，将“我的村晚·我的村”表演气氛推向高潮。

新年的钟声刚敲响，戏台前燃起篝火，放起鞭炮。村民们臂挽臂，手拉手，歌对歌，酒对酒，跳得星星满天，灯火满楼；跳得春花盛开，心花怒放。

铁犁也跳得大汗涔涔。他给我点燃了一束火把：“一起来跳吧！跳出红红火火，跳出喜气吉祥！”

（2016年2月8日）

校园蜕变

离青春越远，就越怀念青春校园。

校园北望白鹤坡，南接铜鼓岭，风光秀丽。我记得，那时学校的左侧有一片竹林，右侧也有一片竹林。竹林内有一眼古井、一口池塘、一条煤屑路、一片甘蔗林、一排木棉树、一块大石头，还有那泥砖墙里的琅琅读书声和那歪脖子树上的悠扬钟声。

穿越时光隧道，重回同窗当年。校门口那块椭圆形的大石头依然耸立在风中，似乎在向世人诉说着历史的沧桑。或许是经不起岁月的打磨，大石头已多处腐烂、开裂乃至崩解成沙泥、碎屑。石缝深处还钻出簇簇青草。我俯下身，轻抚大石头上的苔藓，深情地追忆那段校园时光。

我兴冲冲地冲进校园。然而，当我大

步迈上几级台阶时，即被眼前的景象震惊了。偌大的校园俨然成了大工地。4台挖掘机正在掘断校园文化的根，6台搅拌机正在搅碎校园的美好记忆，8台卷扬机正在卷走校园老去的时光。民国时期的连排泥砖教室瞬间被夷为平地，现场顿时尘土飞扬。我们含泪踩过断壁残垣，试图从中寻找到那些不该忘却的校园故事。

我依稀记得，那时的泥砖教室呈一字形排开，东西两侧各有一座六角小亭，红柱、黄瓦、飞檐，古色古香。教室不大，地面是泥砖铺的，墙体是泥砖砌的。墙壁的上半部分被柴烟熏黑，下半部分被雨水浸黄，墙根角被桌凳撞破。有同学干脆在脱皮的墙缝间挖个小洞，然后，塞进铅笔、橡皮和回形针。

几乎每天清晨，泥砖墙里便传来琅琅的读书声。那悦耳的读书声清脆如雷，声震屋瓦。“啊！哦！咿！噢！喔！……”听着那抑扬顿挫的读书声，连甘蔗都在甜蜜生长。每逢周末，我们还和文化志愿者一起诵读《大学》《诗经》《礼记》《管子》《戒子书》等国学经典。那琅琅的读书声如鼓瑟齐鸣，律动不止。《诗经》云：“吟咏情性，以风气上。”所以很多人都说，那琅琅的读书声就是校园里最美的风景！说实在话，我们当时只是摇头晃脑在循环背诵，没有真正弄懂其词义和诗意，更没有感受到国学经典的神奇力量。“动声回音，长言为咏，做诗比歌，故言吟咏情性。”后来，我们不断跟着李白吟诵：“君不见黄河之水天上来，奔流到海不复回。”跟着苏轼吟诵：“大江东去，浪淘尽，千古风流人物。”跟着范仲淹吟诵：“先天下之忧而忧，后天下之乐而乐。”后来，我们又不断跟着诸葛亮朗诵《出师表》；跟着鲁迅朗读《故乡》；跟着朱自清朗诵《荷塘月色》；反复读，反复诵，越读越诵越沉醉。不知何时，渐渐感觉到有一股书简翰墨的馨香在心底缭绕，弥漫，升腾。阅读不止，熟读成诵。不经意间会有一股书香顺着笔杆流淌到纸上。当时，我并不知道那种东西叫什么，几十年后的今天，我终于知道那就叫文脉。

连排教学楼已在我的眼前轰然坍塌，那琅琅的读书声也已被掩埋在尘土里。那片曾深藏着我们无数故事的甘蔗林也早已被一把火烧光。

甘蔗林的品种不多，但棵棵挺拔，秆秆鲜亮。风起时，甘蔗林里，总传出“沙沙啦啦”的清响，如琴声般悦耳。饥荒年景，同学们个个都饿肚子。那时，我们固执地认为，在校园里砍甘蔗不算偷。晚修期间，我常和陈光明、吴敏维、林月英、郑彩凤等钻进甘蔗林

偷吃甘蔗。那时的甘蔗，多为青皮，糖梗较小，一折就断，不必用刀砍，也不需要削皮，带皮就啃。一个夜色如水的晚上，我们蹑手蹑脚地溜进甘蔗林。“咔嚓”“咔嚓”“咔嚓”，一根又一根甘蔗被拦腰截断。突然，一道闪亮的手电筒光柱破空而来，直射我们的胸膛。我们诚惶诚恐地弯下腰，心中连连叫苦。“同学，肚子饿是吗？来，给你们4个面包。”甘蔗林里传来了物理老师李木轩的声音。接过李老师手上的面包，我们竟潸然泪下。

甘蔗林旁长着一棵歪脖子古榕树。古榕树虬枝苍干，错综盘旋。听老校长说，这棵古榕树老得都快成精了。学校那口锈迹斑斑的大钟便挂在这棵颇有神秘感的古榕树下。

一到上下课时间，负责敲钟的老师便挥动小铁棒轻敲古钟，钟声清脆悠扬，余音袅袅。

古钟早已不翼而飞，负责敲钟的老师也已消失在茫茫人海中。我坐在古榕树下，看着夕阳一点点地下沉。恍惚间耳畔又响起了悠扬浑厚的钟声，一遍又一遍。

我记得，古榕树的背后有一个篮球场。篮球场非常简陋，黄土和碎石子混杂其间，加上简易的篮球架。破篮球架是水泥铸成的，篮板是木板钉成的，当球砸到篮板的铁圈时，篮板就会发出吱吱咯咯的声响！

篮球场的另一端，有高低错落的单杠、双杠。那锃亮的铁管，不知被多少学生、老师抚摩过。单杠、双杠虽然锈迹斑斑，但质量非常过硬。说实在话，在我离开学校之前，的确没有见过比其还坚硬的铁管。单双杠的背后，就是青砖灰瓦的学生宿舍楼了。宿舍楼如仓库一般，20多人住一间。宿舍通风条件和卫生条件都很差。有一段时间，很多男生长了疥疮，于是宿舍的四周便弥漫着烂肉、硫黄的气息。

每个床位前都摆着小木头箱，里面无一例外装有两样东西：一小袋大米和一包食盐。晚饭前，学生把米和水放在饭盒里送到饭堂。蒸熟后撒上一点盐搅拌搅拌就是一顿晚餐。家庭条件稍好一点的，会多带一些鸡蛋、萝卜、咸鱼和腊肠。

夕阳没精打采地斜挂着，一寸一寸地向下沉落。天色一点点地暗下来。仓库式的宿舍楼早已坍塌。崭新的学生公寓已火速蹿起。

清幽的江风，紧一阵慢一阵地吹着，让人生出丝丝的惆怅。通往宿舍楼的那条小煤屑路早已被洪水冲断。

我记得，小煤屑路两旁长着许多树，蓊蓊郁郁的。小煤屑路的左前方就是一口池塘。一池绿水，半塘灰鸭。春江水暖之时，那群灰鸭便“嘎嘎嘎”地蹦进池塘里，轻盈地浮在绿水之上，或追逐，或嬉戏，或静泊。看着在池塘戏水的灰鸭，我们常会想起张籍的《春水曲》：“鸭鸭，觜唼唼。青蒲生，春水狭。荡漾木兰船，中有双少年。少年醉，鸭不起。”

池塘的每一声鸭响蛙鸣，宿舍楼的每一块斑驳锈迹，甘蔗林的每一缕晨曦，都曾感染过、塑造过莘莘学子的精神和灵魂。

如今，池塘早已被填埋，这里建起了临街商铺。

我绕着校园一遍一遍地走着。心中那淡淡的书香味和那琅琅的读书声席卷而来，但我走遍了整座校园，根本就听不见那抑扬顿挫的读书声。走着走着，耳边忽然响起了国际安徒生奖获得者曹文轩的一句话：“一些有影响力的知识分子，习惯于把过去一些值得怀念的美好东西摧毁掉。”

时间凝固，心沉如铅。这个拴住无数学子的魂的校园已被拆得七零八落，当年的礼堂、教学楼、学生宿舍、图书馆早已不翼而飞；

当年的池塘、篮球场、甘蔗林早已烟消云散。这个曾经是我们精神停泊地的校园，正变得越来越陌生，变得越来越模糊。当我穿透重重迷雾，重新审视校园时，却猛然发现：那个魂牵梦萦的校园，原来只存在于我的记忆中。一切已是沧海桑田，一切都好像是一种断裂存在。

我细心打量着每一幢楼、每一棵树、每一间商铺，试图打捞一去不复返的青葱岁月。最后，我欣喜地发现，被洗劫一空的校园，竟还留有两株高大的木棉树，这该是母校唯一的“遗珠”。它俩一直保持站姿，守望着鳌头千年古镇，守望着诗和远方。木棉树是否会遭古榕树一样的厄运？或被拦腰折断，或被连根拔起？我这样猜测木棉树未来命运的时候，忍不住站在它俩跟前留影。

正当我准备逃离这片曾燃烧青春激情的校园时，校园的上空突然春雷滚滚。这是从万米高空传来的滚滚春雷呀！

（2016年4月27日）

十里港湾十里灯火

潜意识里，我真想弃舟滑行，在这蓝色的港湾里追随红嘴鸥扑浪飞翔。

眼前的湛江湾碧蓝如玉，波澜不兴。港湾之上，高楼林立，车水马龙，气象万千；港湾之外，海岛列阵，钢城耸立，巨轮扬帆；港湾之内，百舸争流，千帆竞渡，汽笛之声不绝于耳。

海港的夜色来得特别早，还没来得及细细咀嚼，海就褪去了白昼的衣衫。眨眼间，一湾两岸的灯火骤然闪亮。

湛江港粮食码头、原油码头、煤炭码头、铁矿石码头、集装箱码头的灯火也悄然绽放。那成千上万盏璀璨夺目的灯火在圆筒仓库、液氨塔罐、钢板仓群上闪烁，将港区照耀得如同白昼。

夜色里的湛江港区灯火闪烁，来往穿

梭的巨轮灯光飘移，仿佛流星在天际慢慢掠过。此时的湛江港像一部壮丽恢宏的长卷舒展在我眼前，它镂刻着岁月的痕迹，律动着大海的吐纳，激荡着时代的风雷。

我轻轻掀开《湛江港》湛蓝色的封皮，挑灯夜读湛江港海岸线一般绵长的章落。远在宋代，海洋文化便孕育了湛江港最早的雏形，至清朝道光年间，湛江港就逐渐形成“商旅攘熙，舟车辐辏”的商埠。然而，古老的湛江港，在千年风雨的洗刷中，早已令帝国主义垂涎欲滴。

1898年2月，法国以“停船囤煤”为借口，向清政府提出租“南省海面设立趸船之所”，未等划界谈判，同年3月20日悍然派出战舰“巴斯噶号”“狮子号”“袭击号”直入南三岛和海头讯（今霞山），强行武装登陆。1899年，法帝迫使清政府签订了《中法互订广州湾租界条约》，实现了延续200年的图谋。

往事越千年，风起再扬帆。1955年7月31日，新中国成立后第一

个由我国自行设计、自行建造的海港正式破土动工，并打下了第一根桩。古老沉寂的荒滩顿时沸腾了。1956年5月1日，湛江港提前开港，实现了中国人的港口梦。

灯影里的湛江港，不见百年风雨，却见今日辉煌。镶嵌在塔罐、管道、厂房上的无数盏灯火清晰地勾勒出现代海港的轮廓，凸显出海湾城市的雄伟壮观。集装箱码头的上空灯火璀璨，一辆辆大型拖卡往来穿梭，正开足马力去吞吐着五湖四海的货物；一艘艘远洋巨轮鱼贯进出，正披波斩浪，激情驶向四大洋五大洲。穿梭如织的大小货船、轮船、渡船、渔船也纷纷拉响嘹亮的汽笛，用豪迈和自信去续写“海上丝绸之路”重要支点港的新的传奇。

渐渐地，初春的白雾笼罩而来，它与海面上升起的水蒸气重叠着、交织着，宛若烟雾飘浮，让人感受到现代海港的别样风韵。林立于雾色之中的塔罐错落有致，每个塔罐上都点缀着炫目耀眼的灯光。这些迷蒙瑰丽的灯火不仅没有被沉沉的雾霭遮住，反而显得更晶莹、更明亮、更剔透。我感到，那一盏盏数不清的绚丽灯火，就像湛江人智慧的眼睛，闪烁着智慧的光芒。

集装箱码头前方的引航灯也亮了。它依旧在风浪中旋转着，一明一暗，一红一蓝，与远处南三岛、特呈岛的灯火遥相呼应，并用它们独特的语言在述说着“海上丝绸之路”上的动人故事。

明月出湛江，苍茫云海间。仿佛就在我转身向军港码头的一刹那，一轮古丝绸之路上的明月，浮上湛江十里军港，泻下一海银光。海水拥着月光，月光笼着海水，水与月相互交融，溅出了一曲《军港之夜》。那潺潺流水声，似乎与流动无关。但它那滴滴答答的声音却不停在历史的深处回响。100多年前，法国侵略者在这里登陆，使湛江沦为殖民地。100多年后，中国军舰从这里启程，开赴亚丁湾护航，展示了中国和平崛起的实力与信心。

游弋在湛江港内的登陆舰、扫雷舰、补给舰万灯齐发，锚泊在湛江港内的导弹驱逐舰、导弹护卫舰、远洋综合运输舰也万灯通明。无数的光柱从各个方向投射到海面上，折射出五彩缤纷的光影。清风过处，那些光和影又化作无数金灿灿的鳞片，铺满了十里军港。

军舰上那晶莹透亮的灯火，绚丽璀璨的灯光，点燃了湛江的夜空，照亮了南海战略的大后方。

月光皓洁，宽阔的海面卷起了细浪。细浪仿佛不是从海的远方，而是从历史的远方卷来，一浪高过一浪，让人感受到一股磅礴的力量。

停泊在港湾里的渔船也燃起了渔火，荡起了琴声。渔火闪七星彩，舞五彩龙，以风的姿态斜斜地插入海港的夜色之中。百盏、千

盏、万盏，那渔火轰轰烈烈地汇聚在一起，一丛丛、一片片、一湾湾，仿佛一团团火焰在海面燃烧。月光和渔火在海中交融，长长的月影渐渐地流入渔火的波光里，亮亮的渔火也渐渐地融入月光的潮汐中。披着渔火流光的红嘴鸥在海面上轻轻地滑过，清脆的叫声划破了港城的夜空。

渔船在移动，灯光也在移动，无边的鳞片在抖动中变幻出深红、翠绿、金黄、碧蓝的色彩。海天相映，不知是天上的星光，还是海里的渔火，它们跳跃着，奔腾着，如星如火。此刻，那渔火，就是渔家最美的笑容；那星星就是时代殷切召唤的目光。此时，渔港公园的钟楼传来了悦耳的钟声，那钟声，声声慢，声声重，与海浪的欢笑声交融、交织在一起。

湛江海湾大桥飞架东西，就如神话中的巨人横跨在海湾之上。

夜幕下，海湾大桥的彩灯骤然绽放。万盏灯火蜿蜒如虹，或赤或蓝或红，将海湾大桥包裹成一条金光闪闪的巨龙。桥墩和主塔更是夜放灯千盏，仿佛在讲述龙王湾不老的传说。桥上，汽车川流不息，一盏盏车灯仿佛一颗颗疾驰的星星。幽幽的海风轻拂，海湾大桥的灯火与湛江奥体中心、湛江水上运动中心、湛江发电厂的灯火连成一体，与海东、海西的万家灯火连成一团，与浩瀚宇宙里的点点繁星连成一气，交相辉映成了绚丽多彩的天上街市。

月亮越升越高了。桥下的商船、游船、机船上的桅灯也不知什么时候亮了，霎时，整个湛江港湾灯若星聚、星河灿烂。海天相接处，华灯、绿水、流云、星星、明月交相辉映；灯影、月影、云影、船影、鸽影诗意融合。让人根本分不清哪里是天上的星星，哪里是人间的灯火。更让人无法分清是天上的星星跌入了海湾，抑或是海湾的灯火飞上了星空。那如长蛇般蜿蜒的灯火一排排，一层层，挤挤挨挨，挨挨挤挤，将湛江奥体中心—赤坎—海湾大桥—十里军港—南三岛—渔港公园—霞山观海长廊—海滨公园—特呈岛—湛江港区串了起来，也将湛江港的过去、现在和未来联了起来。

十里港湾十里灯火。这个集商港、军港、游港、渔港、油港于一身的湛江港成了灯的海洋。那璀璨夺目的灯火一簇簇一排排，逐层递升，铺造了明晃晃的大路，无言地伸向星空，伸向“天宫一号”。

月色洒在港湾之上。波光粼粼的海面似有掬也掬不尽的月色。灯影之下，银色的波涛一浪高过一浪，滔滔不绝，让人真切地体验到灯光里的海洋激情，以及蕴含在大海深处不由分说的湛江力量。

（2016年5月26日）

赤坎如此厚重

清晨的阳光照在赤坎古埠之上，古埠里的一砖一瓦都因此而有了温度、有了热度。

在寂寂的古巷子里，一位身穿粉色短裙的湛江女子从我的眼前飘过。她那曼妙的身姿、婀娜的背影，引人遐想。她那清脆的笑声从红砖灰瓦间流出，惊飞了在骑楼上觅食的白鸽。白鸽倏地飞起,发出了“嗦嗦”的声响，扇动了赤坎古埠上空的历史烟云。

赤坎坎高泥赤，东临大海，自古就是驿站、商埠，更是烟火万家的古埠古街。赤坎开埠于宋，那时商船可乘潮出鸭乸港、沙湾，经高州、广州、潮州、福州，直抵南洋。数百年来，赤坎一直在水的流淌中走过漫长的岁月，至清道光年间，赤坎古埠筑起了10个踏跺式码头，呈现出“商旅攘熙、舟车辐辏”的昔日胜景。

踏跺式码头依地势砌筑，自北至南次第排开，气势恢宏。踏跺式码头在过去的那个年代，曾是一代又一代的赤坎人买舟渡海、战风斗浪、闯荡天下的起点与终点；也是一个又一个商贾大亨南货北运、追名逐利、荣辱兴衰的人生站台及世路港湾。那时，码头商船蚁集，昼夜鼎沸。一船船红毛泥（水泥）、洋伞（雨伞）、洋钉（铁钉）、洋油(汽油)、西药等洋货在码头起卸装运，分发转运至云贵川；一船船布匹、大米、食盐、红糖、茶叶、烟草等高雷特产在码头装箱启航，沿古代海上丝绸之路，直运波斯湾。那时，南洋的船队、江浙的客轮常乘潮而来，顺潮而去。

潮涨潮退，历史在1898年拐弯。法国强租广州湾后，赤坎古埠成为“一口通商”口岸。1937年，抗日战争全面爆发，南京、上海、广州、香港等港口城市相继沦陷，中国的海上交通咽喉基本被切断，“广州湾”摇身成为中国和世界反法西斯同盟的重要海上通道。一时之间，夏衍、黄谷柳、贺绿汀、陈寅恪、李子诵、马师曾、红线女、薛觉先等，先后撤退至广州湾，在南桥河畔点燃“冬天里的一把火”。

细雨中的赤坎古埠，显得沉寂、淡然和静谧。城区里古街、古渡、古井、古庙，都在无言地述说着岁月的沧桑；闽浙会馆、高州会馆、潮州会馆、广府会馆、广州湾会馆；米行街、竹栏街、牛皮街、猪笠街、番薯街、鸡项街、盐埠街、染房街；双忠庙、水仙庙、关帝庙都在无声阐释着赤坎的前世今生。

系船石礅依然独蹲在海边，依旧在海潮声中诉说赤坎的传奇。尽管2号码头踏跺已用水泥铺平，3号码头踏跺已废弃不用，但留在青石板上的赤坎记忆仍挥之不去。5号码头仍存踏跺36级，它是目前青石踏跺保存最为完整的渡头遗址。走在印痕累累的5号踏跺码头上，我们仿佛听见那拍岸的涛声和码头的嘈杂声，依稀看到百多年前码头那熙熙攘攘的繁华。

青石板上的脚步声，仿若唤醒了大通街上的紫荆花，它临风起舞，在衣袖处旋成了一缕幽香。大通街虽然长不足200米，宽不过3米，但它却是赤坎古商埠的精华所在，也是赤坎古商埠“清明上河图”的生动体现。街道两旁骑楼林立，店铺相连。那排连体骑楼，中西合璧，厅堂贯通，拱廊直檐，下铺上宅，荟萃了粤潮的醇厚、江浙的淡雅和南洋的浓郁。着实，抬头看看骑楼上的镂花和嵌着黑白玻璃的窗户，就能够闻到浓浓的东洋风和岭南味。

骑楼多为砖木结构，外墙多用石材，厚重不加粉饰。从它身上可以窥见古人的建筑理念和精神信仰。

连体式骑楼，楼上住人，楼下做商铺。商铺间间相连，百货布匹、中成药铺、金银珠宝店等比比皆是。花纱、布料、京果、海味、油盐、珍珠、牛黄、麝香、高丽参等应有尽有。一间间店铺、一个个招牌、一张张酒旗构成大通街繁荣的往昔。

翻阅时光，骑楼里满眼都是历史久远的影像，只是行人已很难想象何年何人在这里停留过、居住过。也很难分辨得出何处是银号，何处是客栈。

推开一扇朴拙古雅的木门，百年前的照壁已白中透黑，阳台已长满杂草，田字形木窗也只残留星点朱红，整座古宅都因岁月的流逝而显晦暗。时间真像一位高明的魔法师，它魔杖一挥，骑楼的故事便变成了历史。

历经百年的风雨，大通街已不复当年的繁华。老街里的骑楼也难敌岁月侵蚀，已逐渐颓唐剥脱。斑驳的外墙、蔓延的青苔、剥落的门窗雕花以及红砖墙缝里长出的蕨草，仿佛都在发出无声的叹息。尽管风光不再，但这些骑楼至今仍保持旧日的站姿，无声地储蓄着旧日时光，沉默而又坚韧地接受着岁月的考量。繁华褪去时，骑楼仍不忘初心，继续保持一种向上的姿态，继续保持一种沉静的气质，着实让人景仰。

骑楼雕刻着城市时光，也寄托着赤坎游子的乡愁。骑楼已跨越百年，但不管时空如何变迁都剪不断赤坎游子的无限牵挂，扯不断赤坎街坊寂然无声的坚守。岁月老去，年华消逝。曾经繁华热闹的商业K物街，现已变成了寥寥小铺。但仍然有部分老街坊不愿弃楼而去。他们和旧时一样，在骑楼里生产生活，维持着老街的人气。在历史的微光中，他们一代又一代地绵延着骑楼的香火。他们觉得，延续骑楼的生活气息才是对骑楼的最大尊重。

一缕缕炊烟从苍青的屋脊间升起。和旧时一样，骑楼的生活仍摆在走廊里。水果摊、小吃摊、蜜饯摊、布匹摊、报摊、烤烟摊，各式各样，叮叮当当，簇拥在骑楼前。人们砍价的砍价，抽“大碌竹”的抽“大碌竹”，看手机的看手机，打牌九的打牌九，一幅最地道的赤坎市井生活场景图。一间小茶馆门前，几位老茶客不嫌环境简陋，盘腿坐在骑楼下的一排石礅上，悠闲自在地饮茶。

一杯清茶，一碟肠粉，一碗猪杂汤，老茶客们在氤氲的水汽中慢慢品味骑楼凝固的时光和雕刻的岁月。老茶客们说，历史往往就藏在生活之上。独坐骑楼，他们或品茗，或刷屏，或畅谈寸金桥旧事。

寸金桥离大通街不远。寸金桥也不长不高，但却承载了“国土般”厚重的深意。

寸金桥飞架于赤坎河之上，横卧在历史的烟波之中。桥长19米，宽12米，桥面两侧各立柱18根，桥栏卷云花纹。石柱上蹲着18只小狮子，神态各异，有的仰望天空，有的俯视大地。它们像一个个忠诚的卫士日夜守卫着祖国的壮美河山。

抚摸厚重的桥墩，历史的体温如昨。1898年3月11日，法帝国主义以在“中国南部海岸求得一停船趸煤之地”为借口，向广州湾伸出侵略的魔爪。4月22日，法国海军在遂溪县海头（今霞山）强行登陆，尔后，占炮台，建兵营，并向平乐、南柳和遂溪内地扩大占领。腐败无能的清政府在此威胁下，迫得同意租借广州湾，租借期为99年。法殖民主义者得寸进尺，以海头为据点四处侵扰，焚屋杀人，企图把广州湾租界西线扩展到万年桥。侵略者的暴行激起人民公愤，湛江、遂溪人民同仇敌忾，寸土不让，拿起自制的武器奋勇抵抗。1898年5月23日，南柳村抗法义勇军在上林寺前宰猪歃血盟誓，星夜袭击法国侵略军。同年8月，海头村人民也组织了对法军炮垒的进攻。1899年8月，抗法武装义勇军在赤泥岭誓师，提出了“寸土寸金，寸土必争”“中华国土，不容侵犯”的战斗口号。10月9日，打响了“新埠之战”，击毙敌军8人，伤数十人。11月5日，又击退了法帝第二次进攻，取得了“麻章之战”的胜利。这次规模巨大的反对帝国主义侵略的斗争，有力地阻遏了帝国主义侵略中国、瓜分中国的凶焰，予侵略者以严重的打击，迫使法帝不得不把租借范围，从遂溪的万年桥退回15公里以赤坎为界。

“千家炬火千家血，一寸山河一寸金。”站在寸金桥头望月，我们仿佛再次走进抗法岁月的幽深时空，聆听和怀想仿佛早已远去的历史声响。那“寸土寸金，寸土必争”的战斗号角，那声震南海的惨烈厮杀，似乎都在我们的眼前复活，如重槌在心中狠狠敲击。

桥上张嘴怒吼的石狗拴着远去的岁月。桥下生生不息的月影湖孕育了英雄的赤坎。

把酒临风，记忆被杨柳风唤醒，一座历史与新迹交织出来的赤坎，丰富而饱满，厚重而灵动。啊，寸金浩气，浩气赤坎！

（2016年8月16日）

牛车接亲

牛头戴大红花，牛背贴红双喜，牛绳挂红气球。

接亲的牛车，吱嘎吱嘎地朝前走。木轮碾出的两道车辙，又深又长，沾满了露珠，盛满了稻香。一路上，迎亲的锣鼓敲敲打打，乐声嘹亮。沾染锈迹的唢呐，吹得像羊肠小道，弯弯曲曲。

海风很大，吹得新娘的红盖头呼啦啦地飘，偶尔闪出沾着泪水的脸。

新郎满面春风，神采奕奕，嘴里一直不停地哼着“咸水歌”。

“‘牛’婚车来了！”不知谁喊了一句，喜庆的锣鼓声骤然响起，宾客们纷纷离席围拢过来，伸长脖子，欲一睹新娘芳容。

“哞——”新郎用力一拽牛绳，牛车戛然停下。两个壮小伙各自提溜着“噼里啪啦”的鞭炮绕着牛车跑，嘴里念念有词：“红红火火，红红火火；趋吉避凶，趋吉避凶!”踩着此起彼伏的鞭炮声，新娘子扭扭捏捏地走下牛车，迈过火盆，跨过米袋。

新娘子红着脸，缓缓地向红砖房走去。胖婶紧随其后，将一把又一把的喜糖撒向天空。“快来抢喜糖啊！快来抢喜糖啊!”一群乡村孩子泥鳅一样从人群里钻出来，飞身跳起抢喜糖。顿时，孩子们的嬉闹声，公鸡的打鸣声，土狗的舔毛声，母猪的嘶嚎声在空中交织。就连树上的小鸟也跳上枝头，“叽叽喳喳”地叫个不停。

红砖房门前贴着一副鲜红对联：一门喜气三春暖，两姓欣成百世缘。红砖房门外扯起了几张篷布，砌起了几口大柴灶，此刻灶火正旺，锅气正冒。红砖房门后，几截大树疙瘩架起了柴火，红红的火光驱散了寒气，照亮了乡野。新娘子手捧鲜花，轻步慢行，生恐惊飞了树上小鸟，惊扰了小鸟悦耳的鸣唱。新娘子轻移莲步间，双耳铁锅飘出了酒肉的醇香。

“吉时到，有请乡村金牌主持人——”胖婶扯着嗓子喊。乡村婚礼主持人“双蛋”身穿蓝西装，颈系红领带，手拿麦克风傻笑着出场：“天降吉祥，我们田丹村的阿湛与田头村的阿兰今天结婚了。请你们伸出金掌、银掌、仙人掌为这对新人鼓鼓掌。鸣炮!”

“男左女右，喜神驾到，新人就位。”新郎阿湛、新娘阿兰牵着一条红丝绸绣球，缓缓地走向由木头临时搭建的舞台，高悬耀眼的气灯似乎给整个舞台带来丝丝暖意。新娘阿兰红着脸、低着头，一言不发。

“一拜天地、二拜高堂、夫妻对拜、喝交杯酒!”“双蛋”朴实的话语刚落，阿湛、阿兰手腕扣手腕，喝下了放有醋、红糖、香油、辣椒的五味酒。

交杯酒下肚，阿兰的脸上泛起一层淡淡红晕。此时，天空突然下起了雨。阿兰紧握着阿湛的手，在雨中许下了爱的誓言：“今生，我愿做你明亮的眼睛。”阿湛一把将阿兰揽在怀里，哽咽道：“爹、娘，你们在天堂都看到了吗？你们失明的儿子今天娶了个贤淑的媳妇。”

“水有源，树有根，儿女永不能忘记父母的养育之恩，请向远在天堂的父母鞠躬!”“双蛋”的话深深地戳中阿湛心底最柔软的角落。阿湛跪倒在地，双手抱头，泣不成声。

阿湛的父母都是农民，“斗大的字都不识一箩筐”。但他们承袭了中国农民淳朴善良的优良传统，期盼子女多读书、有出息。阿湛周岁那年，父母按照当地的风俗举行了“抓周”。当时，地上摆满了书、秤、毛笔、米缸、锄头之类的东西，出乎大人的意料，阿湛一伸手就抓住了一本书，父母都高兴得流下了眼泪，他们仿佛在那一瞬间便看到了家庭的希望。

然而，“天有不测风云，人有旦夕祸福”。8岁那一年，阿湛突然晕倒，经诊断为大脑神经阻塞。父亲卖掉养了多年的老黄牛，凑钱给他治病。但经3个多月的住院治疗后，阿湛病情并没有多大好转，只好辍学回家。

告别学校那天，阿湛眼里流出了痛苦的泪水。

“屋漏偏逢连夜雨，船迟又遇打头风。”一个月黑风高的夜晚，父亲在雷城大道遭遇车祸，司机趁着夜色逃之夭夭……这一年，父亲含恨撒手人寰。临终时，父亲眼角渗出泪水，嘴里不断念叨“阿湛、阿湛……”父亲走后，母亲伤心欲绝。没过多久，母亲也随父亲驾鹤西去。

阿湛的眼泪在飞。但为了生活，阿湛只好擦干眼泪，将悲伤、悲痛埋在心底。风雨见真情，就在阿湛走投无路之时，村长伸出了援手，特招他到农村合作社放牛。那时，放一天牛，就能拿到两元钱。那时，天一亮，阿湛就将牛牵出来，赶往海边，让牛在海滩、田边吃咸水草、淡水草。自己则跑去挖番薯来打番薯窑，填填肚子。

一个寒冷的冬天，阿湛如往常一样将牛赶到海边，然后将牛绳绑在牛角上，任由大水牛四处去啃草。但大水牛因为贪吃水边草，一头栽进了沼泽地。阿湛情急之中奋力猛拽牛绳，但牛一直没法挣扎站起来。阿湛越用力，牛反而越陷越深。阿湛搬来砖头，垫在脚底，试图接近大水牛。可他刚落脚，淤泥就裹到了膝头盖，很难移动。牛也在痛苦挣扎中“沉沦”，四肢全部陷入淤泥之中，只有脑袋露出水面，根本无法动弹。阿湛与大水牛相望而泣，水牛的泪水一直沿着皱褶的嘴往下流。阿湛吃力地把腿从沼泽地里拔出来，然后含泪向村子方向奔去。村长带领几个青壮年跑来，铺木板，垫石头，挖泥浆，烧稻草，拽牛绳。大伙儿大费周章，才将大水牛拖出泥沼地。从此以后，大水牛一遇见阿湛都用鼻子拱牛栏，发出“咚咚”声响。

然而好景不长，寒冬还没有走远，大水牛却神秘失踪了。村里人议论纷纷，有人偷偷对阿湛指指点点，说家贼难防，监守自盗，真正的偷牛贼就是放牛人。面对村里人的流言蜚语，阿湛早已羞愧难当，无地自容。那一夜，阿湛跑到父亲坟前失声痛哭，那哭声震荡屋瓦，树叶飘零，天空变色。

阿湛收拾行囊，逃离田丹村。在通往深圳、昆明、重庆、贵阳的打工路上，他杀过猪，提过灰桶，当过快递哥，做过搬运工，饱尝了生活的艰辛和人间冷暖。在那段打工的岁月里，他哭过、痛过，但没有退缩过。那年秋天，阿湛运货到东莞。卸货后独自上街游荡，掌灯时刻，街边一间卡拉OK店突冒浓烟，燃起大火。“起火啦，起火啦!”大家都拼命往外逃。阿湛二话没说，一个箭步就冲进火海。浓烟、热浪逼得他喘不过气来。阿湛屏住呼吸，背起受伤“公主”就往外跑。

阿湛冲出火海后，又坐上爱心车护送伤者到医院治疗。但当车子行驶至厚街时却与一辆泥头车相撞，阿湛当场被撞得头破血流。阿湛昏迷了两天两夜，待苏醒时发现自己的眼前一片漆黑。病友含泪告诉阿湛：你的双眼今后可能再也看不到东西了。病友的话犹如晴天霹雳，阿湛顿时感到天旋地转。

“我失明了，再也见不到光明了——”阿湛跪在墙角痛哭。“缘分成就遇见”，就在阿湛痛不欲生的时刻，阿兰来到了他的身边。阿兰原本与阿湛素不相识，她只是在报纸上看到阿湛冲入火海救人的照片。

阿湛在病房里，躺着，烦！坐着，躁！偌大的病房装不下疼痛，也装不下寂寞和无聊。阿兰昼夜不停地守在阿湛的病床前，为其洗脸擦身，煮水喂药。夜里，还给他讲左丘明、张大复、海伦·凯勒自强不息的故事，鼓励他笑对生活，跋涉光明。

春风吹进病房，阳光也照进了病房。经过阿兰的悉心照料，阿湛的脸色渐渐好起来，心情也渐渐晴朗起来。临出院的那一天，阿湛鼓起勇气对阿兰说："我想摸摸你的脸，'看看'你的样子！"阿兰红着脸，仰起头，那一刻，爱情的种子在病房里发芽！

阿湛乘着春天的马车回村里静养。村还是那条村，海还是那片海，星星还是那个星星。但村道变宽了，路灯变亮了，环境也变美了。阿湛回村后，十里八乡的乡亲都赶来探视。有人送来土鸡，有人送来沙虫，有人送来番薯，有人送来菠萝。他们将温情的问候一一塞进屋里。

"一个篱笆三个桩，一个好汉三个帮。"村民们自发捐资为阿湛建起了小卖部和农家书屋。"邻舍好，无价宝。"村民们还给阿湛配备了一台手机，并开通亲友短号。如今，"551"成了村民最惦记的号码。无论何时何地，只要接到"551"来电，村民们都会放下手上的活，赶到阿湛身边，为他掸去身上的尘土，为他拂去心头的忧愁。阿湛说："551"更像是一条生命热线，为我点亮了生命之光。

雨还在下，阿湛把新娘阿兰拦腰抱起，旋转了三圈。"亲亲""亲亲"，阿兰抬眉微怯、眼里闪着泪花。"双蛋"用庄重而又深情的语言，讲述着阿湛与阿兰那段沾满稻花香的纯朴爱情故事。

锣鼓敲得热火朝天，唢呐吹得心花怒放。从村头村尾涌来参加婚礼的乡亲越来越多。胖婶一边发烟一边招呼乡亲入席。负责传菜的数十个乡村小伙、村姑托着长方形的掌盘，在席间来回穿行。白切鸡、清蒸多宝鱼、白灼大沙虾、烧味拼盘、糖醋排骨、金玉满堂、茶树菇炒牛肉、盐水菜心、金银馒头等菜肴源源不断传至餐桌上。每张餐桌都围满了人，男女老少座无虚席。乡亲们坐在用红蓝纤维布搭作棚顶的球场里，听着哗啦啦的雨声，迎着呼啦啦的风声，一啖热饭、一口热菜、一杯热酒，其乐融融。

阿湛、阿兰在雨中开启了幸福的香槟酒。酒缘情缘今世缘，阿湛、阿兰双双举起酒杯一饮而尽，然后转身向远道而来的乡亲深深三鞠躬。乘着酒意，阿兰还拿起话筒，声情并茂地演唱了一首《祝酒歌》。阿兰一曲《祝酒歌》唱醉了宾客，也唱醉了乡村。

"双蛋"跳出来鼓掌："乡亲们，根据我的经验，凡是随礼随得多的，掌声就多……""双蛋"话音甫落，现场爆发出一阵热烈的掌声。

酒过三巡，村长尤水荣甩了甩衣袖，大步流星地走上舞台，举起酒杯高声说："乡亲们，可能大家都记得十六年前村里有一头大水牛神秘失踪之事，当时，大伙都怀疑阿湛是偷牛贼，后来，派出所查明偷牛贼另有其人。今天去田头村接亲的就是当年的大水牛……"

"哞——"这时，大水牛一声长啸，划破长空。

"我们一定努力让自己变好，以回报全村的温暖与善良。"阿湛一把将阿兰揽在怀里，两人相拥而泣。

那哭声夹杂着笑声、掌声，飘向大海，飘向远方。

（2016年11月7日）

拜神

令狐县长本不信鬼，也不信神。但最近却频频返乡拜鬼祭神。

令狐县长出生在湛茂阳乡北鉴村。村子不靠山、不靠海，不临城、不临街，更不是什么生态文明村。据说唐朝时期，村子产的荔枝“白糖罂”曾被列为“贡品”，此外，别无稀物。据说清乾隆时期，村子出了一个“功夫头”，曾以南拳技艺誉满粤西，此外，别无能人。

令狐县长就在这块贫瘠的土坡上成长。在乡村那些浅薄的日子里，他受尽了侮辱和饥饿的滋味，也尝遍了人与人之间的残酷无情。在乡村那些远去的岁月里，他目睹了亲兄弟为争一块宅基地而大打出手，见证了村里人因抢风水而大动干戈。他曾充满愤懑地说过，如果有一天能离开，

"绝不会再回来"。然而，对于一个农村娃想逃离"农门"又谈何容易？那时，一个蓝色"农业户口簿"就如高山般横亘在面前，让他无法翻越。况且父母亲都是老实巴交的农民，斗大的字也不识一箩筐。根本就无法和"村干子弟"拼爹拼娘。令狐父母只会种地、种菜、养鸡；只懂织布、做鞋、缝衣。他们一辈子都没出过远门，也非常怕出远门，遇事不敢找村长，只会求天神。他们都把希望寄托在令狐身上和神的身上。他们每逢初一、十五都去拜土地公，求土地公给力。

"拜的神多，神自然会保佑"，令狐母亲已把拜神变成生命的延长线。那年秋天，母亲拽着令狐去拜土地公，以传递"香火"。土地庙里供奉着土地公、土地婆的神像。神像背靠大榕树，似笑非笑，似悲非悲。土地庙前，纸钱飞舞，香烟迷蒙，佛乐绕树。令狐母亲毕恭毕敬地将鸡、鱼、肉摆置案前，然后净手焚香。烟火缭绕，令狐母亲左手拿香，右手拿烛，打躬作揖。接着，双手合十，高举过头，然后，缓缓下移至心口，默念，再摊开双掌，下拜，磕头。令狐只靠前站，没有跪，也没有拜。

令狐虽然没有跪拜，但却十分渴望"飞"出小山村。为了帮他圆梦，两个姐姐都早早辍学，外出打工。那年冬天，令狐生了一场大病，气息奄奄，家里可以进补的东西真的连搜都搜不出来了，父亲忧，母亲愁呀！两个姐姐悄悄地跑到江边，冒着刺骨的寒风，潜到水里去围网捕鱼。放网，收拢，起网，她们经过一天的"苦战"，终于捕获了四条大鲤鱼，还有六斤河虾。当母亲捧来鲜美的鲤鱼汤时，令狐眼睛红了。他端起热气腾腾的汤，听着冷飕飕的风，望着透风的墙，哭了。他发誓将来一定要有出息。经过挑灯苦读，他终于迎来了改变命运的重要时刻。1982年，他以全乡"榜眼”的身份，考入北京的名牌大学。村子顿时沸腾了，“鸡窝里飞出的金凤凰”呀!

带着燃烧的火焰，他从校园走向边远的山区。人生正当年，提笔为青春。到任后，他用半年的时间，走遍了山区的山山水水，汊汊沟沟。在山区的日子里，他勤干小事，善干难事，敢干急事，获得百姓普遍点赞。他把满腔热血都洒在山区，山区也将他“九进深山解路难”的故事编成民谣广为传颂。“上连天线，下接地气”，他一步一个脚印，一年一个“先进”，掌声和鲜花接踵而至。他也从镇办事员干至副镇长、镇长、副县长、县长，成了湛茂阳乡最大的官。村里人都说，他家祖坟冒了七股青烟。令狐父母更因家里出了个“县令”而倍感荣光。有时，他们睡到半夜都笑出声来。令狐当选县长的那一天，父母专门宰了个大肥鸡去拜土地公，以谢神恩。土地公在香烟缭绕下，隐隐约约，似喜似悲，又无喜无悲。他们给土地公贴上金箔后，即“嘻嘻”焚香下拜。正当他们双双跪下之时，土地庙突降大雨，淋灭了熊熊燃烧的蜡烛。令狐父母惊出一身冷汗，似预感到某种东西。他们带上拜神的“神水”星夜进城，让“县令”喝下“消灾”，并在其床头摆放佛像，床下安藏“转运石”。临别前，令狐父母反复叮嘱：“要多烧香拜神。”

令狐县长开始时，还牢记父母的嘱托。可自从认识“港城小姐”方红梅之后，他却把父母交办的事忘得一干二净。“人生得意须尽欢，莫使金樽空对月。”他越来越喜欢“谈笑有老板，往来无白丁”，越来越沉湎于声色犬马，越来越热衷于勾肩搭背。官至县长后，更是热衷于被“围猎”；热衷于拉山头，搞派系，编织“小圈子”；热衷于当面一套、背后一套，对上一套、对下一套；热衷于卜官运、看风水，拜天神。

前几天，煤矿老板刁总被反腐风暴刮走了。令狐县长得知这个消息时，犹如晴天霹雳，瞬间瘫倒在地。那段日子，令狐县长总是唉声叹气，且常用拳头敲打头上的“地中海”，发泄胸中抑郁。

癸巳之冬，他备好鸡、肉、蛋、鱼，以及鞭炮、黄纸、花边、蜡烛、酒、香，偷偷“溜”回村拜神，求神保佑刁总“在里面”平安，别乱“咬”人。

祠堂里的三尊神像安坐在烛火里，神色熟稔，神态安详。神像目光炯炯，似在静静地“注视”着村子的日常吐纳，默默地“瞭望”人间的滚滚红尘。令狐县长一进祠堂，就扑通一跪，不停地磕头，嘴里还念念有词：“神呀！我现在谁都不敢相信，只敢相信你了，请你发发神力，帮帮我。”

一声铜锣响，令狐才惊觉香还没点，供品还没摆。

“快拿来。”令狐县长吆喝司机将供品端至桌上。然后，倒酒三杯，点香祭拜。香案蜡烛冒起了明明灭灭的烟火，令狐县长佝偻着腰背，虔诚膜拜，身影随烟雾上下起伏。“烧纸，放炮。”令狐县长拿起“纸别墅”“纸飞机”“纸汽车”等投进铁锅里，烧了起来。烛火，缭乱而炽烈。金漆神像微微颔首，眉目含笑，神态安详慈善，一派普度众生之态。令狐县长在喃喃祈祷，神似听见又似未听见。正当烛火烧得越来越旺之时，天空突然变色，一阵狂风“呼呼”袭来，把纸钱刮飞，纸钱带着火苗飞扑到了令狐县长身上，结果，衣服被灼出一个大洞。接着，一道闪电划过，云层传来了“轰隆、轰隆”的雷声。

令狐县长害怕极了，急忙伏在地上，捣蒜般地磕着响头。

令狐县长颤颤巍巍地爬上车。一上车，就看到“清风林”发来了一条微信：“港城小姐”方红梅被“带走”了。令狐县长顿感头皮发紧，双手发麻，全身汗毛根根竖起。

雨越下越大，雷越打越响。车子驶出湛茂阳乡时，一道耀眼的闪电划破整个天空，像长长的银蛇从天而降。惊雷贴着车顶炸响，腾起一束束电光。

雷海翻腾，雷电滚滚——啊，春雷震天响，春潮动地来!

（2016年12月14日）

再上武当山

云中“紫禁城”，雾里“天柱峰”。

武当，一座山奇、水奇、石奇、洞奇的人间仙山；一座林秀、溪秀、峰秀、云秀的皇家道场；一座好德、重德、积德、守德的道教圣地。千百年来，武当山上贯天枢，下蟠地轴，乾坤互动，历来为帝王将相、文人墨客、山谷道人所注目，所景仰，所膜拜。

我们十分向往武当山，更无限仰观天柱峰。那一年夏天，我曾和“行云流水”师兄共赴武当，把盏共话武当夜雨。在金顶之上，我们怀古遥望，呼吸着六百年殿宇相传的香火，禅悟“北纬30度的天人合一”之玄妙。那一年秋天，我有幸随“高天厚地”师兄和“行云流水”师兄再次共赴武当，再次登顶问道。

金顶巍然屹立于大山之巅。一进山，我们远远就感受到它耀眼的光芒。通往大顶的神路蜿蜒曲折，路窄弯急，荆棘漫道。二千五百年前，尹喜就是沿着这条七十公里长的神道，穿过层层天门，攀爬至三天门石壁开始寂寞修行。正是尹喜与武当山的结缘，使《道德经》得以在武当广为流传；也正是《道德经》在武当世代相传、生生不息，使武当得以缠绵一条壁立万仞、天地同攸的道德韧带。

几千年来，无数朝拜者都是沿着这条古神道，去追寻尹喜的足迹，去追寻大山的记忆，去追寻武当“治世玄岳”之奥秘。行走在岁月洗练的古道上，我们看到了清泉石上流、云霞山上飞；听见了百鸟树上啁啾、松涛风里吟唱；嗅到了百草清新味、山花扑鼻香。导游明燕边走边讲述东汉阴长生、晋朝谢允、唐朝吕洞宾、宋朝陈抟、明朝张三丰在武当结庐修炼的故事；边走边阐释武当建筑之谜、铸造之谜、雕刻之谜、拳法之谜；边走边介绍武当“七十二峰”“三十六岩”“二十四涧”。

古神道如缀珠银线，把九宫、二观、十二亭台、三十六庵堂、三十九桥梁、七十二岩庙全部串起来。这些庞大的建筑群，都嵌建在峰峦岩洞之间，与周围林木、岩石、溪流浑然一体，相互辉映，给人一种恰到好处、玄妙超然之感。

“行云流水”师兄说，老子给世人留下了奇妙的“道”和“数”：“人法地，地法天，天法道，道法自然”“道生一，一生二，二生三，三生万物”。武当山古建筑群正以这种“道”“数”巧妙地解决了建筑中的比例、适度、秩序与和谐。这些古建筑群或深藏山坳、或濒临险崖，与自然水乳交融，与环境相互补益，与“天人合一”的内涵高度契合！真让人一唱三叹。

我们贴着崖壁往前走，山谷里松柏成林，翠幕遮阴，各种奇花异草俯拾皆是。偶有几只飞鸟跃过，惊扰了一枝树影。听着鸟叫虫鸣，内心一片宁静，不知不觉中已行至南岩。

(一)

金秋时节的南岩，天高云淡，红林褥地。踏着夕阳的余晖，我们走进了武当四合别院。别院背依万丈峰，左连黄龙洞，右临南岩宫，处于重峦叠嶂，群山环绕之中。别院门前立着两棵银杏树，门额贴着一幅“吉祥如意”，门楣挑着两盏鹅黄灯笼，门墙悬着四顶竹篾斗笠。

院子翠瓦朱墙，墙角安放着一张很矮的古董茶桌，一套古铜色的陶瓷茶具。一袭红色披风的太极美女凌子涵，盘坐于木凳上，不停地沏茶、倒茶。

凌子涵温和低笑，眸色动人：“请喝武当红茶。”微啜一口，茶香盈满齿颊。轻摇杯身，橙黄澄澈的茶汤，仿佛映照出飞云荡雾的八百里武当，映照出满眼青翠的七十万亩茶园。

茶香缭绕。子涵笑意盈盈：“一杯武当茶，浓缩着一段历史故事和民间传说。”相传，古代的道人们直接含嚼茶树鲜叶，汲取茶汁，在咀嚼中感受着茶叶的芬芳。《道藏》中说“茶味似道意”。武当道茶，因地处武当太和山，亦名太和茶。道人饮此茶，可品味人生，参破“苦谛”。

别院主人杜院长气度不凡，满腹经纶，品茗时随口背诵出《道德经》经典章句。杜院长没有给我们派名片，也没有介绍自己的法号。“山野之人，相逢何必曾相识?”杜院长举酒宴客，诚邀我们参加“月光夜宴”。

厨房里热气腾腾。但见一束束光柱随着锅铲来回晃动。厨房的屋檐上挂着一串串腊肉，已被烟火熏成了褐色。“上菜!”香口花生、翡翠瓜条、风味素肠、太极豆腐盒、香煎素对虾、酸辣藕尖、红烧野生白鱼、玄门扣肉等流水般端上桌，盘盘都颇具武当风味。特别是那道香口花生更是香味无穷。

一轮明月盈盈升起，我们披着月光依次入席。

杜院长举杯问月，迎风舞剑。杜院长时而左推右挡，时而上下起伏，以舒展而轻灵的动作，将张三丰原式太极剑的一招一式、刚柔并济演绎得淋漓尽致，惟妙惟肖。剑毕，杜院长向我们讲述了张三丰的传奇故事以及当今武林的一些现状。还介绍了武当之奇、武当之最、武当之特。

月色如水。大家围坐在暖暖的餐桌边，谈《道德经》，说“一带一路”，话经济，讲股票。

旅居深圳的太极美女高妍霞自称是“都市来客”。她研习《道德经》已经多年，也颇有感悟。她轻拢秀发，巧笑如昔：“整个《道德经》贯穿着道家一个最重要的思想，就是道法自然，《道德经》里边讲，人法地，地法天，天法道，道法治人，道德核心就是以自然为法则。

“‘自然之道’不可违，人类对能源的无序开采，对森林的过度砍伐，对土地的过量开垦，对水源的过多污染等都会破坏自然，势必引发水灾、旱灾、虫灾、‘非典’和禽流感，也势必遭到大自然的惩罚。”

月光轻拢草木。四合别院里洒满了银光。高妍霞举杯邀月：“巍巍武当山，浩瀚太极湖，孕育了博大精深的道家文化，我们应该‘尊天亲地’，以‘独立而不改’的操守，‘周行而不怠’的品质，去寻找最美的生命真谛。”

虫鸣月光，畅意而旷达。“子涵，弹奏一曲来助助兴。”凌子涵用笔挑裙底，抚琴弹夜月，低低浅浅的琴音，断断续续飘向深谷。我们听得如醉如痴，仿佛被带到了一个从未到过的境地。琴音飘飞，情感如月下的河流，越拉越长。突然，琴音戛然而止。凌子涵款款站起，优雅地欠欠身子：“献丑了。”此时，杜院长月下采回了两兜白菜。凌子涵掰掉几片黄叶，切好洗净，径直端到厨房。随着“哧哧”的声响，锅里的热气直往上蹿。或许是生长在海拔800多米的缘故，菜叶子特别柔软，味道也特别甜。

月亮越升越高了，院子里一片清辉。“微玄散人”把盏问月，行吟树下：“《道德经》就是《道德经》，不管你读或不读，她就在那里，仿若空谷幽兰，兀自芳菲。”“微玄散人”虽不是武当山人，却实是武当山人。他虽在广州专营投资理财，但隔三岔五就飞抵武当进行修行，寻找最原始、最简单的快乐。他不仅功夫了得，炒股也有一套。经历了无数次牛市熊市风云，他感慨良多：“炒股先读《道德经》。”

“微玄散人”面如重枣，红光满面：“《道德经》是一部穷尽宇宙根本的皇皇巨著。《道德经》浓缩成两个字，那就是‘阴阳’，它揭示了这个世界的一切皆由‘阴阳’两个字构成：天地、男女、正反、高低、涨跌……万事万物莫不如此，且‘阴生阳，阳生阴，阴阳互动’。股市浓缩起来，无非也是‘升跌’两字。利空利多、阴线阳线、买进卖出……如果你读懂了《道德经》，就可看懂股票的涨涨跌跌了。”

“微玄散人”一仰脖，干了杯中酒：“炒股最高境界在于适时空仓。”

鸟鸣幽谷，皓月冉冉，酒醉银杏。此山此院此水，我们把酒临风，邀日月星辰共醉。

（二）

清晨，钟声敲醒了漫漫沉睡。我们踏着晨雾，向着武当太子洞进发。道路两侧的杉树，笔直俊秀。树上，鸟语嘤嘤，蝶舞蜂飞。

追随蜜蜂的身影，我们来到了太子洞，见到了传说中的贾爷。贾爷不“假”，是位真道爷。在武当山排得上“永”字辈，且被人尊称为“爷”的，据说就只有太子洞这位贾永祥道长了。贾爷在武当山清修已有30多年，独自守护太子洞也有20余载。太子洞不大，洞穴高不足10米，宽不足15米，相传是真武大帝修行的地方。贾爷就住在洞里，旁边是石殿。他每天早晨5时起床，上早课、上香、上供，接着将太子洞周围打扫一遍，然后打坐，听广播，看报纸。他除了订阅《人民日报》《环球时报》，还订阅了《老年报》《半月谈》。太子洞没有电，没有水，贾爷的日常用水全靠“信士”和道士“供奉”。贾爷很珍惜用水，吃完饭的碗，从来就不用水冲洗，只用一片菜叶子擦干净，然后再把菜叶子吃掉。

贾爷养着一窝能听懂人话的蜜蜂。蜜蜂呈黑色，养在柜子里。蜜蜂长的像苍蝇，每天都从柜子的洞穴处穿梭往复。聚集在蜂箱上的蜜蜂，就算翅膀没有扇动，仍然发出嗡嗡叫声。贾爷自称是蜜蜂的“神仙道友”，而且与蜜蜂相处得十分融洽。贾爷从来不吃蜜蜂的蜂蜜，蜜蜂也从不吃贾爷的饭菜。用贾爷的话说，就是爱恨扯平，两不相欠。

贾爷从洞门出来，慈悲地笑着。他没有问我们从哪里来，也没有问我们来太子洞想干什么。贾爷只是拿了一大堆供果给我们吃，然后拉我们坐在岩石的石凳上。一坐下，贾爷就给我们讲“中国梦”，讲“一带一路”，讲“重整家风”，给我们传递满满的正能量。

“在武当山修行了几十年，真正见过神仙吗？”我们话锋一转。贾爷满脸堆笑：“只听说，没见过。”

“一人得道后，鸡犬真的能升天吗？”贾爷回答道：“那只是一个成语典故。”

太子洞旁长着一棵奇特的树，树干一半松皮，一半杉皮；树冠一半松叶，一半杉叶。贾爷常独自对坐树前，诵经打坐，寂静清修。我们转身向树问贾爷：“什么是道？如何修道？”

贾爷笑而不答，只是给我们讲了一个生动的故事——有一个行者问老和尚：“您得道前，做什么？”老和尚：“砍柴担水做饭。”行者又问：“那何谓得道？”老和尚：“得道前，砍柴时惦记着挑水。挑水时，惦记着做饭。得道后砍柴即砍柴，担水即担水，做饭即做饭。”

我们与贾爷相视而笑。刹那间，我心中的那座“冰山”顿时被贾爷的笑容所融化。聊着聊着，贾爷箴言频出：“道就是赢得众同修。”

“天下无处不修行，世上无人不修道。”贾爷笑呵呵地说，“修行不一定是在山里，而是在心间。”

“做对人民有利之事就是在修行。”贾爷的双眼炯炯有神，“做对全民有利之事就是大修行。”

山风侵体，寒气袭人。但此时握着贾爷的手，我却感到一股暖流涌上心头。站在太子洞处，近可观三公峰、五老峰、灶门峰；远可望福地峰、香炉峰。

贾爷道衣飘飘：“去身上的戾气，去身上的毒气，是每个人一辈子的修行。”

太子洞下，有八卦石台屹立于半山峰峦间。相传为张三丰真人练功的地方。无论寒暑，总有道人在八卦石台上修习武功心法，禅悟太极的玄妙。我们沿着贾爷所指的方向，行至八卦石台。盘坐在八卦台上，我们看到天上的流云和山上的峰峦，感受到了八卦石台的历史根脉和永不枯竭的气场。含胸拔背，尾闾正中，我们“五趾齐地”桩站在八卦石台上，稍许，脚心出汗，掌心发热，一股清灵之气贯通全身。偶有云雾飘来，我们顿觉置身云拥雾护之中，天地同流，一片空灵，时空仿佛自由穿梭于千百年。

山空谷静，抬头仰望太子洞，我们依然可看到贾爷温暖的笑容。下山时，贾爷专门唤来蜜蜂给我们引路。行至半山腰时，仍可清晰听到贾爷的爽朗笑声：“人生是一场独自的修行，是一条悲喜交集的道路，走好每一步，远方一定有礼物。”

（三）

山行六七里，我们来到了紫霄殿。紫霄宫坐北朝南，背依展旗峰；面对照壁、三台、五老、蜡烛、落帽、香炉诸峰；右为雷神洞；左为禹迹池、宝珠峰。周围山峦天然形成一把二龙戏珠的宝椅，明永乐皇帝封之为“紫霄福地”。

紫霄宫内建有“天一池”，这个名字来源于《易经》中的“天一生水”。意思是万物中最宝贵的物质是水，有水才有了生命。每当雨季来临，不断涌出的山泉水通过天一池流向上善池、日池、金水池，随后通过禹迹池去往四面八方，滋养万物生长。因为水，紫霄有了许多美丽的传说。

穿过十方堂，来到紫霄殿大院。大院内正有一位老道长在练太极剑，剑影绰绰，剑气如虹，冲霄的剑气似乎穿越弯弯曲曲的宫墙，变得悠长而神秘。那年，“行云流水”师兄也在大院内抱拳施礼，展演太极之功，那霍霍拳风至今仍印在宫墙上，刻在我的脑海里。

耸立在三层崇台之上的紫霄大殿见天光接地契，巍然屹立。一场重要的法事正在大殿里举行，我们见到身穿金丝银线道袍的道人们，正在坛场内翩翩起舞。他们手持各异的法器，吟唱着古老的曲调，飘飘然好似穿越时空，回到了数百年前的皇家道场。

父母殿崇台高举，秀雅俏丽，殿内正中的神龛上供奉真武神的父母像。父母殿四周青竹秀木，奇花异草，相互掩映，使这片古建筑更显得高贵富丽。那一年，我们就是在父母殿与美丽的道姑“雨寒”相遇，并订下了“武当之约”。我们这次武当之行也是期待与“雨寒”不期而遇。但见与不见，皆随缘。我们一路小跑，奔上父母殿。殿上紫气氤氲，云霞缥缈，在艳阳照射下，幻化出妙不可言的紫虚幻境；殿外的茂林修竹已被移植，我们清楚地记得，那一年，就是在殿外的竹林里与“雨寒”偶遇的。那时，“雨寒”一袭白色道袍，长发束在脑后，眼睛流盼生姿。“雨寒”曾说过，一个人的内心，唯有干净，才能阳光，唯有清澈，才能坦荡。“雨寒”阳光的笑容一直温暖着我，也一直烙在我的记忆深处。以出世之心做人，以入世之心做事，“雨寒”早已把自己融入了大山。我们在父母殿四处搜寻，始终找不到“雨寒”的踪影。我们空山高喊，也听不到回响。道姑们说，“雨寒”前天曾在山顶平台上弹古琴。昨天，已转入八仙观“闭关”修练拂尘剑术。

云雾升腾，紫霄缥缈。霎时间，整座大山已笼罩在白雾之中，七十二峰、三十六岩都在浓雾中时隐时现，仿若仙境。

啊，武当之约，武当再约。

（2017年3月10日）

满眼尽是『低头族』

大江南北，长城内外，满眼尽是“低头一族”；城里城外，街头巷尾，满眼尽是低头之人。

吃饭时低着头，走路时低着头，聚会时低着头，开车时低着头，排队时也低着头……有人说，“低头族”已成最大“族群”，而且还不断有“潮人”自觉或不自觉地涌入这个神秘的“族群”。“安澜如湖”是什么时候加入这个“族群”的已无法记清，但她却清楚地知道：玩手机多了，用头脑少了。

“七月在野，八月在宇，九月在户，十月蟋蟀入我床下。”“安澜如湖”原本是在诗经、楚辞、汉赋、唐诗、宋词里行走的才女。但自从“恋”上手机后，她就化身“低头族”，紧盯“方寸屏”，心系“拇指间”，渐渐地远离“诗词库”。

每天清晨，“安澜如湖”一从睡梦中醒来，便习惯性地抓起靠在床沿的手机，反复地刷看朋友圈，浏览900多位微信好友的朋友圈动态、120多个公众号的订阅文章、80多个群聊的闲言碎语。

起床洗漱，“安澜如湖”也手不离机。

“嘀嘀，嘀嘀……”开车上班途中，“安澜如湖”一听到微信的响声，就忍不住低头瞟手机一眼。

山一程，水一程。车至椹川大道时，手机的铃声突然响起，“安澜如湖”下意识地拽起手机。然而就在这电光火石之间，一辆黑色广本轿车突然横冲过来。“安澜如湖”见状急忙踩刹车，并打方向盘，可一切为时已晚，“咣”“咣”“咣”，两辆车瞬间就撞在了一起。黑色广本保险杠全被撞掉，后车身被撞出一个“V”字形大凹坑。“安澜如湖”被吓慌了，眼泪稀里哗啦地往外流。

经历了一次“手机大劫难”，“安澜如湖”似乎对手机产生了恐惧感，有时一听到手机铃声响起，心里就发紧、心跳就加速。

然而，在远离手机的日子，“安澜如湖”又发现自己的心里像少了点什么，空荡荡地难受。夜深人静时，她还常常发出间歇性呓语：“失联了，失联了……”“没人理我……”“我是个被世界抛弃的人……”

一个春寒料峭的黄昏，“安澜如湖”坐上了通往金沙湾观海长廊的公共汽车。车厢里，随处可见埋头看手机的“低头族”。乘客小青左手抱栏杆，右手刷朋友圈。左刷刷右刷刷，刷到忘情时，小青张着嘴趴在同伴的肩膀上，放声大笑。

“古今难堪是离愁，离愁难叙，何人不低头？”“安澜如湖”重返“低头族”后，总忍不住盯着自己的手机发呆，若铃声响起一个音符或手机有震动趋势，便以迅雷不及掩耳之势，扑向手机，一把抓起“速划”。手机如果5分钟内不点亮屏幕，就觉得和这个世界脱节。

手机一旦电源指示报警，一种焦急的情绪就会在内心深处迅速蔓延。

甲午年10月，强台风“彩虹”正面袭击湛江，全城断水断电断网。台风怒吼了一夜，“安澜如湖”的思绪也狂乱了一夜。看着电量槽一点一点往下掉，“安澜如湖”的心简直都要碎了。她疯狂地找充电器插上，但都没有反应。“手机没电了，我怎么活呀?”她大吼大叫，狂抓头发，然后蹲在地上放声痛哭。“是可忍，孰不可忍。”台风还没过，她就冲下楼梯，狂奔数里，去“昌大昌”排队给手机充电。

重返“低头族”后，“安澜如湖”特别热衷于逛微信朋友圈，特别热衷于晒心情、晒幸福、晒动态。“安澜如湖”说，在朋友圈这个半私密的空间里，“晒”是实现展示自我的重要途径。“晒”朋友圈既可以展示自我，又能感知他人。后来，朋友圈越来越大，小学同学、初中同学、高中同学、大学同学，同学的同学、朋友的朋友全涌了进来。每一声问候，每一声关怀，她都感觉暖暖的、软软的。如果在朋友圈里与同桌相逢，她就恨不能穿过屏幕去热情拥抱。

丁酉年元宵，“安澜如湖”通过微信报名接龙，组织了一大批同学相聚在美丽的湛江湾。“上菜咯!”一声悠长嘹亮的吆喝声后，师傅掀开了大蒸笼，一碟碟冒着热气的菜肴流水般端上桌。炸子鸡、酸甜排骨、清蒸龙趸鱼、红豆焖鲍鱼等香气扑鼻，让人垂涎欲滴。

“让手机先‘吃’!”“安澜如湖”一声令下，同学们纷纷拿手机对着菜拍照，然后发微博、微信。苹果、三星、小米、锤子、魅族、华为、中兴、酷派、联想等手机都在“埋头苦干”。同学聚会俨然成了“手机聚会”。“安澜如湖”手上的“苹果”更是忙得不亦乐乎，发微信、刷微博、拍视频、发红包。“今夜，让我们举起酒杯，为一个新的明天而醉。”纵使“老班长”一而再、再而三地发出喝酒令，但仍有一半的同学依然我行我素，低头刷屏玩手机，脸上还露出微笑、惊讶、紧张、愤怒、陶醉、鬼脸等各种表情。“人总有低头之时，但天天低头，就会丢掉了灵魂。”“老班长”端起酒杯慷慨陈词，“一个人丢掉了灵魂是可怕的，一个民族丢掉了灵魂是危险的。”“安澜如湖”左手端起红酒杯，优雅地摇了摇。她闭上眼睛轻轻地吻了下杯沿，接着又埋头刷屏。“安澜如湖”从宴席一开始至结束，都在低头盯着手机屏幕。

同学们都说，“安澜如湖”已被手机附体了。的确，“安澜如湖”已越来越离不开手机。吃饭、打车、购物、炒股理财全在“掌上”实现。“安澜如湖”业已把手机看成是“肾外之肾”。她常说：“有事就去找‘度娘’。”

“安澜如湖”真像着了魔一般疯狂追着手机。不管白天黑夜，她都手不离机，机不离手。白天上班时，她总爱把手机摆在电脑旁，没事儿就按亮看两眼。

夜里，她总爱把手机放在床头，“嘀嘀，嘀嘀……”她一听到手机在床头鸣叫，就异常兴奋，如同在没有雾霾的小镇和乡村，抬头看见星星一样。入睡前，她还习惯用手机给睡在身边的爱人“世外桃源”发短信：“好梦成真，晚安!”

“世外桃源”侧身北望，不胜唏嘘：“睡在身边，却远在天涯。”的确，手机的发明使“天涯若比邻”成为现实，但又似乎使比邻成了天涯。“世外桃源”辗转难眠，也拿起手机刷屏，并将斯蒂芬·金写的小说《手机》发给“安澜如湖”。《手机》讲述的是一个预言性的故事：母亲残杀子女，好友举刀反目，灾难的起因是一种被称为“脉冲”的现象，而传播的方式就是手机。手机清除了毫无防备的人们头脑里的记忆，只剩下攻击和毁灭的本能。人类数量已经剧减到维持种族繁衍的最低点。

“安澜如湖”彻夜未眠搜索斯蒂芬·金。“安澜如湖”定睛盯着手机里的斯蒂芬·金，也定睛盯着手上的苹果手机，似乎这小玩意儿一下子就复杂了起来。

清晨，“安澜如湖”带上手机，再一次出门。路上，满街尽是低头之人，满眼尽是低头一族。

（2017年3月15日）

留守儿童

子时的爆竹声还未散尽，返程的脚步便匆忙了起来。

天还没亮，李豆豆就起来挑水、生火、做饭。她坐在狭窄的灶台前，一手添柴草，一手拉风箱。“哔哔啵啵——”柴草在灶膛里响爆着燃烧。

红通通的火苗不断地向外蹿，照着她那微汗的脸。柴火越烧越旺，李豆豆赶紧将沙虫、瑶柱、瘦肉、大米放进锅里，然后用大勺搅拌，直至粥滚、粥飘香。

李豆豆用托盘将热气腾腾的粥端到妈妈的床前，这是妈妈最爱吃的瑶柱沙虫瘦肉粥呀！

妈妈的房门开着，墙角湿漉漉的。晾在墙角处的T恤和牛仔裤也是潮潮的，摸上去有一种冰凉冰凉的感觉。

李豆豆重回灶台，端掉铁锅，刨开柴灰，将妈妈已穿了6年的破洞牛仔裤放在锅膛里翻烤，烘干。

锅膛里闪着靛蓝色的火苗。“唉！想留都留不住。”李豆豆气馁地叹了一口气。她知道妈妈今天又要去上海打工了，又得来年再相见了。

“春愁离恨重于山，不信马儿驮得动。”李豆豆蜷缩在灶台旁偷偷抽泣，刚烘干的牛仔裤又被泪水溅湿。

乡村从泪水中醒来，妈妈也从泪水中醒来。“剪不断，理还乱，是离愁。别是一般滋味在心头。”妈妈沈玉娘嘴里的粥难以下咽，心里莫名一阵酸楚，忍不住也掉下眼泪。滚烫的热泪滴在小儿子李星星的冷背上，化开点点涟漪。

小星星一觉醒来，发现妈妈不在身边后，哭得撕心裂肺，一直嚷嚷要找妈妈。李豆豆安慰他说：“妈妈去赶集了，一会儿就回来。”李豆豆记得，小星星出生6个月后，妈妈就为生计离开了家。“留守儿童早当家”，李豆豆早早就学会了劈柴做饭、犁地种田、栽秧打谷；学会了照顾幼小的弟弟。

在村里人眼中，李豆豆是个早熟的女孩。而弟弟小星星则像个“闷葫芦”。平日里，小星星不爱说话，也极少和同龄人交流。找不到玩伴下棋，就自己跟自己下，左手跟右手下。找不到玩伴玩耍，就“宅”在家里养乌龟。小星星共养了三只乌龟，一大二小。大小乌龟都长着一张三角形的头和三角形的脸；身上都披着一张绿色盔甲，俨然镶着一套“迷彩服”。小乌龟比较活泼，常爬到大乌龟的龟背上，伸长脖子四处张望，芝麻般的眼睛骨碌骨碌直转……小星星常把大乌龟称为妈妈的乌龟。似乎这个“妈妈”成了一种象征和精神寄托。

“妈妈，你什么时候回来啊？”小星星莹莹泪光中的低语，触颤人心。“暗中时滴思亲泪，只恐思儿泪更多。”沈玉娘听到小星星的“千日一问”，浑身都有说不出的难受：“屋外的苦楝树花开时，妈妈就回来。”

千程万里思亲归。入冬之后，小星星天天跑到村口去张望，焦急地看着来回晃动的身影。

“春节回家，春节回家！”沈玉娘耳边时常响起这种亲情的呼唤声。大年廿八，沈玉娘揣着满腔的激情与兴奋，汇入了铁骑大军返乡的洪流。

村边，一栋栋别致的小洋楼已拔地而起，一条条新建的水泥路如练般飘落，一排排苍翠的青竹林凝翠吐霞。整条村子焕发出别样的生机与活力。很多人都说，村里有了电视、电脑、电冰箱；有了摩托车、小汽车、大卡车；有了桶装水、矿泉水、自来水，现代气息跟城镇没啥两样——该有的全有了，没有的，也快有了。

小星星听到妈妈的声音，老远就跑过去，激动地扑进妈妈怀里，泪水一个劲地淌着。

“小兔子乖乖，把门儿开开。”听着妈妈讲小兔子大灰狼的故事，小星星的心情突然间变得舒畅开朗。挂年画、贴春联、放鞭炮、看春晚、走亲戚……小星星一味沉浸在新春的快乐气氛中。

看着小星星开心快乐的样子，沈玉娘反倒萌生一种五味杂陈的沉重。她总觉得亏欠儿女的太多，亏欠丈夫的太多太多。她清楚地记得，当年老屋突然坍塌，是丈夫在废墟下用身体护住自己，才捡回这条命的。那一夜，村子突遭龙卷风袭击，她家的房顶瞬间被掀飞，房屋瞬间被撕碎。粗壮房梁夹杂着大量瓦砾倾泻而下，丈夫李德全一掌把沈玉娘推到墙角，弓着腰死死护住沈玉娘……

纵有千般伤痕，更与何人说？沈玉娘每每看到女儿李豆豆、儿子李星星的身影，总会忍不住暗自流泪。

既相逢，却匆匆。沈玉娘踏着晨露，从集市赶了回来。为了生计，她今天又要去上海打工了。

李豆豆默默地帮助妈妈收拾东西，悄悄将妈妈最爱吃的即食海蜇塞进行李包。

临行前，沈玉娘将女儿叫到房间，叮嘱她要照顾好自己，照顾好弟弟。李豆豆含泪点头，一一记在心间。沈玉娘咬咬牙拎起包就准备出发了，门前一只土狗以奇怪的眼神怔怔地盯着沈玉娘，但却知趣地一声不吭。小星星一直蹲在土狗旁边，埋头玩着自己的手指，眼睛呆呆地望着门外那棵苦楝树。

“滴滴出租车”从苦楝树方向开来了。沈玉娘脚一踏进车门，小星星飞身扑过去抱住她，喊道:“妈妈，我不让你走……”沈玉娘蹲下身安慰小星星，可小星星依然哭闹不止。沈玉娘伸手把小星星揽进怀里，手掌顺着他脊背反复轻抚。凉风吹来，沈玉娘似乎感受到一种痛，一种像在心口挖了个窟窿的痛。沈玉娘使劲地摇了摇头，哽咽着道：“其实，妈妈也不想走——”小星星又哭又喊，紧紧地撕扯着妈妈的衣襟，不让离去。

车子徐徐启动了，小星星和土狗一起追着车跑。小星星边追边喊，土狗边追边吠。

风不吟时，云从哪里来？又飘到哪里去？沈玉娘坐在车子里，望着窗外发呆。李豆豆低着头使劲咬嘴唇，眼睛里憋满了泪水。

火车站挤满了人。进站时，沈玉娘拿起手机拨打工厂电话，但发现手机已欠费停机。李豆豆二话没说，拔腿就往小卖部跑去。也许是因为跑得太快，李豆豆不慎踩到了水坑，猛地摔了一跤。

“老板，帮我买一张50元的充值卡。”李豆豆从口袋“深处”摸出一个粗布钱包。然后，把钱逐张递给店主。看着那沓叠得整整齐齐，面额最大的也不超过十元的纸币，沈玉娘禁不住流下热泪。

汽笛声音渐渐响起，站台边扬起片片离愁。火车开始检票进站了，沈玉娘将李豆豆搂进怀里,大脸紧紧地贴着小脸,一下一下摩挲着。此刻，李豆豆的眼睛已经发潮，但她强忍着泪水，不断安慰着妈妈，挥手让妈妈进站。沈玉娘终于松开了那双满是老茧的手，缓缓走向入口。沈玉娘一步三回头，直到火车站值班人员提醒她拿出车票。

满载旅客的列车缓缓开动了，李豆豆小步快跑绕到栅栏外，扶着栅栏目送妈妈远去。

“三六九，往外走”，李豆豆回到村里时，发现村里的青壮劳力全走光了，只留下了一个个守望着家园的孤独身影。李豆豆绕着村子走了四圈，之后才回屋喂猪煮饭做作业，冻裂的小手、紧握的火棍，也掩饰不了她内心的挣扎。然而，就在李豆豆感到“压力山大”之时，省精准扶贫工作组和“让爱留守”志愿者来到了她的身边。此时，正值晌午，炽热的阳光从天上直白地照射下来，将屋子、村子照得通白。

（2017年4月22日）

海豚归来

龟头村不养龟，只养海豚。

龟头村村子不大，人口不多，但人人心中都有一份关于海豚的记忆。“老村长”庄宏清和村里2000多名渔民一样，在雷州湾“耕海”几十年，也和栖息在湾里的数百头中华白海豚相濡以沫几十年。

在庄宏清的眼里，海豚活着是吉祥物，死后就是守护神。

庄宏清记得，他从十岁那一年起，就开始与海豚结缘。那是一个风和日丽的季节，庄宏清跟随父亲出海打鱼。父子俩追随海鸥飞过的痕迹，驾船直插雷州湾。渔船途经干沙海域时，突然发现蔚蓝的海面上露出了一片灰色的背鳍。霎时，一群灰色的海豚，纵身跃出海面。它们昂着头，对着天空鸣叫了数声，接着又箭一般扎进了一片蔚蓝之中。紧接着，一群粉色的、白色的、海蓝色的海豚又腾跃而起，在半空里划出了一道道彩色的弧线。跃起，跌落；跌落，跃起……它们在云水之间跳起了“海上芭蕾”。

庄宏清惊呆了，眼睛直勾勾地盯着海豚。

“是‘白牛’，是咱渔家人的‘神鱼’！”父亲赶紧把引擎熄掉，任由渔船在波峰浪谷间摇晃、漂荡。转眼间，几只“随波逐浪”的海豚便浮现在船舷的尾侧。它们顺着海流在船边游成“S”形。一只宽吻海豚好像看懂了庄宏清父子的心思，“嗖”的一下跃出海面，翻腾，转体，倒立。庄宏清定睛一看，发现海豚长着一张笑脸，脸上嵌着一双水汪汪的大眼睛，忽闪忽闪的。

庄宏清与海豚四目相视虽然只有短短一瞬，感觉却仿佛长如一生。

一次无意中的眼神对视，让庄宏清与“白牛”结下了不解之缘。

长大后，庄宏清经常出海捕鱼，“白牛”也经常绕船游弋。“白牛”有时还会主动翘起头游到船的前方，给庄宏清引路。经过一段时间的“交会对接”，庄宏清终于知道父亲口中的“白牛”就是中华白海豚。经过一段时间的“出舱活动”，庄宏清与海豚最终结成了“拜把兄弟”。庄宏清不开心、闹情绪时，就用木棍敲打船舷呼叫“白牛”。“白牛”也会闻声而至，列队出水呼吸，然后尖嘴朝天，翩翩起舞。庄宏清赶紧挑些小鱼扔到海里，犒赏犒赏“白牛”。

风一程，水一程，走了一程又一程。庄宏清与“白牛”究竟蹚过多少水，绕过多少湾，连他自己也说不清，但他却十分明白，海豚就是大海无形的路标。

又是一个温暖的午后，庄宏清与村里一群小伙子相约到海边游泳。海面上波光粼粼，恰如千万条鱼儿在跳跃，在翻滚。小伙们呼啦啦地爬上渔船，然后“咕咚”一声跳进海里。小伙们在海里互相追逐、撩水、嬉闹，掀起了一阵阵欢乐的声浪。突然有一个“飞翔的影子”从蔚蓝深处游来，身后拖着一连串硕大的气泡。“白牛！”“白牛！”庄宏清兴奋地大叫起来。海豚一边绕庄宏清划圈一边使劲上下拍打尾鳍，激起一道道雪白的浪花。

龟头海岸浪花在飞。庄宏清忽然觉得手背痒痒的。转过头来但见海豚正用嘴轻轻地“吻”自己的手。海豚睁大圆眼睛，噘起弯嘴巴，似乎在笑。庄宏清大着胆子伸出左手抚摸海豚额前的隆起，然后，又用右手搔搔海豚宽短的吻和软软的下颌。海豚兴奋地发出“咯咯”的叫声。小伙们兴高采烈地围拢过来，与美丽的海豚贴身互动、共舞嬉戏。小伙们的笑声、歌声、呐喊声骤然响起，如雨点般溅落在蓝色的海面上。

庄宏清找来一个篮球，投给海豚。海豚嗖地跃出海面用尾巴横扫篮球。兴许是球太重，又或许是没经过专业训练，它根本就接不住篮球，也很快对“投球”失去了兴趣。海豚扭身潜进了海底。

“白牛！”“白牛！”小伙们齐声高喊，声音随风飘得很远很远。海豚猛地掉转头，在海中喷水、旋转、跳跃，与小伙们尽情地玩耍。

快乐的时光总是短暂的，不一会儿，天色就暗了下来。小伙们赶紧护送海豚到深水区，然后与它依依惜别。但海豚却总不情愿离去，每游一百米，就掉头折返一次，眼神中透出淡淡的忧伤。

多情空留恨，自古伤别离。庄宏清怎么也想不到，此次匆匆一别，却变成十年望石守望。十年来，庄宏清一直坐在海边的巨石上等待海豚出现，也一直站在时光的深处等待海豚归来。但海豚却一直杳无音信，不见踪影。很多人都说，海豚已被鱼雷炸跑了，被电棍电跑了，被围垦赶跑了，被污水“气”跑了。

长叹一声念海豚。在一个风雨交加的夜晚，庄宏清与村中几位小伙焚香礼拜，共同订立了守护中华白海豚的歃血之盟。在最酷热的盛夏，他们冒着太阳游走在乡镇，一路宣扬“海豚是个宝”；在最萧索的深秋，他们踏着恶浪巡查海况，一路劝说和驱赶炸鱼渔民；在最寒冷的严冬，他们顶着刺骨北风，一路筹款兴建海豚小庙。

小庙就建在村边。庙里现供奉着海豚的骨骸。平日里，庄宏清常到庙里上香，以祈求海豚归来，以祈求“耕海人”平安。庄宏清说，小庙里的每一炷香、每一刀黄纸、每一记响头，都寄托着村民对海豚的无限哀思，也表达了村民“敬海敬海豚”的信仰。

“我看不见你的眼泪，因为你在水里/我能感觉到你的眼泪，因为你在我心里。”那一年秋天，庄宏清含泪变卖了在镇上的房子、家什、家电，筹得50万元巨资回村兴建中华白海豚保护基地，续写海豚情缘。就在基地竣工之日，海面传来了“湛江市雷州湾中华白海豚自然保护区”获批的喜讯。庄宏清高兴得溢出眼泪。“快来吃，快来吃，免费的荔枝。”庄宏清将一粒粒“妃子笑”抛向天空，以示庆贺。夜里，他又和几位壮汉一起扛着中华白海豚模型沿村巡游。

“海豚回来了！海豚回来了！”一个夏日的早晨，渔民在村头北港发现了海豚的踪影。听到窗外惊喜的声音，庄宏清忽然从小板凳上弹起来，一个箭步冲出门外。“开船!”庄宏清大掌一挥，船夫迅速地摇橹前进。庄宏清站立在船头，两手拢成喇叭状朝海面吆喝：“海豚兄弟，海豚兄弟!”渔船向着东南方向驶去，船至雷州湾干沙海域时，海面上突然出现了腾跃的白影，庄宏清按下GPS记录确切地点，然后快速地举起“长炮”，唰唰唰按起快门来。海豚三五成群，时而追逐渔船，时而跃出海面，甚至还对庄宏清“抛媚眼”。“海豚兄弟，我想死你了!”庄宏清抓起鱼饵，大把大把地撒向大海。也许是跃得太高，抢得太猛，一只糙齿长吻海豚与赫氏海豚头部撞在一起。“赫氏”当即翻了跟头栽入水中。

抢救就是命令。庄宏清来不及脱掉身上的衣服，就纵身跃入水中。然后将“赫氏”拖到泡沫筏上进行外伤救助。很快，“赫氏”又快活地摆起尾巴。

船至北港时，已是晌午时分，午后的阳光，火辣辣地照在海面上。“啊！海豚兄弟。”庄宏清眼尖，远远就看见一条海豚在浅滩处“打转”：“不好，海豚搁浅了。”庄宏清跳下船来,涉水冲向浅滩。此时，一头长约1.6米、重约80千克，通体黝黑的海豚正躺在浅滩上，两眼紧闭，奄奄一息。庄宏清用手轻轻抚摸豚身，发现海豚背鳍受伤，全身脱水，生命体征较为微弱。庄宏清唤来同伴，将海豚身体扶正，清理呼吸道孔周围的杂物。随后，又脱下T恤，覆盖在海豚身上，并不断往它身上浇水。

见到海豚两眼依然紧闭，庄宏清心里有说不出的痛。危急关头，庄宏清向天空发射三颗信号弹。

转运路上，庄宏清半跪在水中，让海豚把下巴搁在他大腿上方便呼吸，不时抚摸它眼睛周围。海豚运抵保护区时，两眼已无法睁开，更加无法自主呼吸，生命危在旦夕。“立即抢救！”庄宏清跳进水池里蹲着，双手托举着海豚，配合兽医专家打消炎针。随后，兽医专家对海豚进行了人工帮助呼吸、喂养和注射抗生素、喂食护胃药品等治疗。

“最是情怀出本心”，海豚在救治期间，庄宏清日夜浸泡在救护池中，悉心护理海豚。

渐渐地，搁浅海豚慢慢恢复了元气，也具备放归大海的条件。又是一个温暖的午后，龟头村村民倾巢而出，齐齐涌向十里火山石滩，为搁浅海豚送行。“东海嫁歌”一唱响，奇异的一幕出现了：搁浅海豚眼中流出了眼泪，仿佛依依不舍。

正当搁浅海豚游向大海之时，大海却在酝酿一场惊天风暴。乙未年10月，强台风“彩虹”裹挟着暴雨正面袭击湛江。强台风过处，龙门吊被刮下海，大货车被吹翻，T形广告牌被拦腰折断，百年老树被连根拔起。处在风口上的中华白海豚保护基地更是被洗劫一空：科普馆被掀顶，海豚模型被击碎，木桥被折断……蹲在断桥处，庄宏清整整哭了一夜，但强台风过后，他又拭干眼泪，四处去向亲戚朋友借钱，重建白海豚保护基地。

“彩虹”过后见彩虹。昨日黄昏，一道绚烂的七色彩虹飞架在雷州湾之上，水里和天上两座彩桥相映，天上的七彩与海里的晶莹相衬，构成了童话般的海上世界。彩虹桥下，数百头海豚在追逐嬉戏，欢腾跳跃，凌空旋转。啊，多美的一幅海豚闹海图呀！

（2017年5月25日）

村村锣鼓声脆

从春唱到秋，从秋唱到冬，吴川一年四季都有“戏”。

从村唱到乡，从乡唱到县，吴川十里八乡皆流“韵”。

逢“年例”，必做大戏；逢“诞期”，必做大戏；逢办公楼竣工、文化楼落成、教学楼剪彩，也必做大戏，有的一做就是数天，甚至一做就是半个月。在吴川，做大戏即为演粤剧。有戏迷称，吴川虽然面积不大，人口不多，但已成为名副其实的粤剧“根据地”，境内1529条自然村，几乎每年都有七成村庄在演粤剧，场次高达5000场，观众高达800万人次。红线女、万蔼端、林家宝、郭凤女、丁凡等粤剧名伶都曾登上吴川乡村大舞台，都曾在宽阔的鉴江两岸引吭高歌。

很多人都说，吴川自古就是做大戏、演

粤剧的好地方。

《吴川县志》记载："明万历年间……黄坡、梅菉生意大盛，中逢元宵、中秋、重阳或种种神会，张灯结彩，还神演戏。"遥想当年，乡土吴川的弹唱之声是何等的密集。再看今朝，江海吴川的粤韵之声又是何等的悠扬。

"饭可以不吃，但大戏不能不做，粤剧不能不看。"在老戏迷眼里，看粤剧就是他们的生活，就是他们的方向。在老戏迷心中，粤剧就是他们寄托好恶、表达感情、人际交往的无形载体。

"锣鼓一响，脚板就痒"，那一年春天，兰石镇顿谷村请来了一个粤剧团，顿时，全村就欢腾起来了。村民们都把搭台唱戏当作村庄的荣耀，四处奔走相告，并广发口头"请帖"。方圆十几里的乡亲，或赶牛车，或骑三轮车，或踩自行车，或开拖拉机，浩浩荡荡，赶来看戏。

戏台搭在袂花江边，附近的空地堆满箱柜，箱柜旁搭起了演员"临时生活区"和露天化妆间，数盏煤油灯下，几个演员正对镜化妆，几个勤杂人员正在吃方便面。通往戏台的道路两旁支起了临时摊位，有小贩在卖地方小吃，也有人在玩扑克、打牌九、斗三公。

戏台早已被围得水泄不通，外三层，里三层，密密麻麻一眼望去全是人头。就连靠近戏台的树上、房顶都爬满了人。鞭炮声、叫唤声、欢笑声、蛙鸣声交织混合在一起，汇成了一股乡村欢乐巨流。

"啪、啪、啪"，三阵锣鼓敲过，戏便要开演了，台下顿时鸦雀无声，一片寂静。戏剧演员踩着鼓点，摆弄着台步上场。他们盛装于台前，操着一口纯正的粤音，深情地演唱《彩云追月》《迎春花》《荔枝颂》等粤曲小调，或幽怨婉转，或韵味悠长，或活泼俏皮。

台上"咿咿呀呀"的唱得十分卖力，台下摇头晃脑的也听得十分入迷。八十岁的春英婆婆眼睛闭着，嘴角微动，沉浸其中，连夹在手指间的烟都忘了吸，直到烫了手才记起。

孩子们欢快的笑声一会儿系在戏台上，一会儿拴在老黄牛的尾巴上，一会儿又飘飞到杨桃树上。

“镗、镗、镗——”在一片铿锵的锣鼓声中，花旦出场了。她扮相俊美，表演细腻传神，唱腔委婉，嗓音圆润，一下子就把乡亲们的思绪扯向了远方。

她一扭头，一转身，嘴角处便溢出袅袅清音。她一招一式，一颦一笑，活生生地把《昭君公主》演得淋漓尽致。透过婉转而悠扬的唱音，乡亲们仿佛看到昭君告别故土，踏上茫茫黄沙，登程北去的场景；仿佛听到昭君雕鞍危坐，拨动琴弦，奏起的悲壮之曲……唱着唱着，花旦想起自己的不幸身世，一阵酸楚，情致大发，假戏真唱，悲悲切切，声泪俱下，生生把台下唱得一片唏嘘，就连终日里与土地打交道的庄稼汉子，也禁不住泪湿眼底，泪溅衣襟。

铿铿锵锵的锣鼓熙攘声中，《帝女花》《情醉华清池》《绝情谷底侠侣情》等节目也是技惊四座。看到实在不能不击节处，众乡亲就高高举起“水烟筒”，齐声喝彩喊“好！”

演唱一结束，三四位乡村汉子纵身跃上戏台，将一条早已准备好的红绸带斜披于花旦身上。

曲终人未散，村民们纷纷举起火把照向戏台，照向袂花江。烟波江上粤韵飞，那饱含稻花香味的唱腔，唱响了江上的夜空，也唱醉了四邻八舍的乡亲。仿佛这一唱，乡村的日子就有了色彩，就有了味道，就有了奔头。

你方唱罢我登场，粤韵风华又一村。顿谷村的锣声刚停，庄艮村、庄容村、庄叉村、庄金村的鼓声又开始敲响；覃榜村、下岭村、琴旺村、高坡村、塘尾村、名利村的戏台又开始搭建；百官水村、白消塘村、梧桐岭村、鲤鱼头村、三星岭村、帝里口村的戏灯又开始点燃。

村村做大戏，寨寨锣鼓响。当大地陷入沉寂，激越的锣鼓声就从地下钻出来，从天上掉下来，从水里漂出来。

锣鼓声声震天响，粤调袅袅入云端。

激越雄壮的鼓声和悠扬婉转的唱腔不仅滋养着吴川的乡风、民风，更塑养着鉴江儿女的地域性格和人文艺术细胞。

粤韵流芳歌盛世，锣鼓咚咚贺佳期。20世纪80年代一个春天，吴川广发“英雄帖”，诚邀华南地区各路各派的戏班相聚南海之滨，搞了一场规模空前的“春班订戏会”。

请名班、选名角、订好戏！各村各寨都以戏为媒，以戏会友，纷纷与戏班签约。那些曾枕着歌声长大的吴川商贾大亨，也纷纷从外地赶回梅菉，出资订购名班名角。他们说，无论岁月如何变迁，都无法淡忘旧戏台，无法淡忘婉转悠扬的曲调，更无法淡忘乡亲的长期守望、殷殷期盼。结果，60多个戏班竟被抢订一空。更加令人惊叹的是，这个“春班订戏会”竟保持30年长盛不衰，30年经久不息。30年来，130多个来自广州、深圳、珠海、东莞、佛山、江门、惠州、肇庆、阳江、茂名、云浮、南宁、梧州、北海、玉林、钦州、海口的戏班一直在吴川“打转”。他们从东唱到西，又从西唱到东，把大地的丰稔、鉴江的情怀、乡村的新风，以及百姓的悲愁欢笑都搬到舞台之上，奏响了一场场世俗的盛宴。

吴川曲韵无淡季，万家灯火万家弦。很多人都说，不管何年何月，吴川总会有一座戏台在演戏，也总有一批乡亲在看戏。乡亲们的喜怒哀乐仿佛都在年复一年的唱念做打中流走；乡亲们的悲欢离合也仿佛在水磨般的唱腔中随风远去。丝竹弦笙漫流，锣鼓唢呐声脆。丁酉之秋，我应村长之邀到乌泥村看大戏。

“明月照海滨，万里流银，玉宇无尘，花香暗飘近……”远远地就听到一阵阵悠扬的粤曲，从戏台处飘来。

戏台用钢管、木板和席棚搭成。部分钢管直插在海边岩石上，远看十分稳固。戏台的左上方安装着一块电子显示屏，显示屏滚动播放着村民捐资数额以及演出节目单。二十年前，我曾到过乌泥村看戏。至今我依然清晰地记得当年正印花旦演唱的《柳毅传书》。时过二十多年，乌泥村人爱戏依然如故。村民们说，戏台一头连着乡亲的呼吸，一头连着乡村的气息。想搬也搬不走，想拆也拆不掉，戏台永远是最热闹的地方。

戏台周围人山人海、满坑满谷。每一位看戏人的脸上都溢满了幸福的笑意，缀满了对幸福日子的期盼。在人潮里，我遇见“老戏迷”黎发高。他拄着拐杖早早就来到了戏场。村里每次做大戏，他都要上台讲两句话：“多看戏，少呕气；多看名角，少动口角。”

我坐在渔船上，隔水观戏。戏台上正上演《孟姜女哭长城》。身着浅蓝色戏服的二帮花旦，在初秋的风里群袂飘飞。二帮花旦唱得情真意切、凄楚动人。

台上一台戏，台下也一台戏，乡亲们被台上的“孟姜女”引向了历史烟波浩渺处，禁不住为一群很远很远的人流泪。

《狄青闯三关》《梦会太湖》《七月七日长生殿》《易水送荆轲》等一曲曲耳熟能详的经典曲目轮番上阵，更让村民过足了戏瘾。

“咚咚咚、锵锵锵——”，随着一阵紧似一阵的锣鼓声，16名武戏演员纵身飞上戏台，展演“吐血”“呕酒”“喷火”“飞标”“吊鞭”“过三山”等南派粤剧武戏程式。很多人都说，南派粤剧是吴川土生土长的剧种。它吸鉴水之灵气，集南拳之刚勇，一招一式均展现当地的世俗风情、时代风貌和社会气象。

演员的武打动作点燃了观众的激情，也搅热了整个戏台、整条村子、整片海域。此时，天空忽然飘起了小雨，但丝毫没有减弱观众高涨的热情。“嚓嚓嚓、咣咣咣……”，戏台上锣鼓敲得震天响，演员踏着激昂的鼓点尽情演绎《草莽英风》。《草莽英风》选用了“结拜”“大审”“杀妻”“乱府”“西河会妻”“大战”“逼反”等排场，穿插“双照镜”“高台照镜”等濒临绝迹的高难动作，将南派把式打得险象环生，刚烈勇猛，扣人心弦……武戏演员的表演将演出推向高潮，全场起立鼓掌为之沸腾！

老戏迷黎发高望着台上翩若惊鸿的身影，激动得“拍烂手掌”。他说：“最是一曲解乡愁啊！”

渔火点点，人声沓沓，歌不尽的鉴水风情。站在余音缥缈的大戏台上，我临风怀想，假如吴川千条村庄的戏台同一时间开演，千锣万鼓同一时间敲响，想必会奏出气壮山河的乡村交响，想必会奏响气势磅礴的世俗盛宴。

（2017年7月10日）

拔『海』而起

钻塔直插云霄，钻柱直捣油宫！

“海洋石油981”钻井平台披国之雄风，拔“海”而起，虎踞南天，巍巍然，峻峻然。那四根矗立在滚滚波涛之上的擎天之柱，以一种力度沉雄的强悍和威武不屈，托起沉沉的船体，托起沉沉的星辰。

“惊涛来似雪，一座凛生寒。”一攀上平台，我感觉一股电流从脚底蹿到头顶，全身汗毛奓起。脚底下，风在吼、浪在叫、大海在咆哮。那充满激情的怒潮用摇动乾坤的大气魂，横扫千里，席卷沧海。

暴骇的惊涛一排排，一幢幢，汇成了气势汹汹的马队，接连不断地呐喊、冲锋，仿佛成吉思汗的森森铁骑，犹如秦王的浩浩战车；宛若朱日和阅兵场的滚滚铁流，有数不清的雷霆、弹火，在平台周围频频

炸响，震耳欲聋，气壮山河。

整座平台犹如一个变形金刚在风浪中摇晃，我顿觉天旋地转，呼吸急促。平台经理“战狼”即用大拇指按压我的内关穴，然后又用风油精涂擦我的额头。

风越刮越大，平台摇晃得也越来越剧烈。但“战狼”在剧烈晃动的甲板上仍行走自如。他笑着念道：“不管风吹浪打，胜似闲庭信步。”

“战狼”身穿红色连体工作服，头戴白色安全帽，脚穿黑色皮靴，健步走向钻台。钻台上排满了高耸的钻柱，仰视犹如钢铁森林。“战狼”说，“海洋石油981”乃国之重器。它的垂直高度为137米，相当于一座46层的楼房；它的作业排水为51624吨，相当于一艘中型航母；它的最大工作水深为3000米，相当于泰山海拔的两倍；它的钻井深度可达1万米，相当于珠穆朗玛峰的高度。

沿着天梯爬上平台的制高点，我仿佛看到“神舟”在飞天，“蛟龙”在探海；仿佛看到辽宁舰上的战鹰，正沿着14度角滑翔。

“大雨落幽燕，白浪滔天，秦皇岛外打鱼船。”远处，海警船、海监船、运输船、物探船、起重船和铁壳渔船首尾相连，成排成串，把海面铺得密密麻麻。铁壳渔船的呜呜声，钻井平台的隆隆声，直升机的嗡嗡声此起彼伏，汇成了南海雄壮的大合唱。

百舸争流，千灯齐放。海警船、海监船、运输船、物探船、起重船、铁壳渔船上的灯火骤然点亮。十盏、百盏、千盏、万盏，那漂浮在海面上的灯火，数也数不清，看也看不完，聚拢时像一团团翻腾的花簇，散落时如黎明前的星空。人影幢幢、船影幢幢、灯影幢幢，好一派千舟闹海的喧腾图景！平台、船只、海鸥已全笼罩在豪放炽热的光辉里，天上人间如同喝个半醉，红通通荡漾着青春的热血。

“向往大海，就背上行囊。”平台上话语喧阗，笑声朗朗。

“战狼”戏称自己从小就向往大海，热爱大海。他记得，早在1960年，父亲就驾着小船驶进莺歌海，钻了两眼20多米深的井，捞出150公斤的原油。闻着千年的油香长大，“战狼”的心里也早就播下了石油的种子。20年后，他拿起“铁人”精神之利器，披上“铁人”钻探之盔甲，来到北部湾，来到南海续写“降油龙、伏气虎”的传奇。20多年与海共舞的日子，他不知吃了多少苦，流了多少汗，更不知经历多少台风之艰险、坚守之孤独、思乡之苦楚。有一次，他差一点被海上龙卷风卷走，险些命丧北部湾，但他初心不改，内心依然豪情万丈。他说：“‘我为祖国献石油’，是我们对祖国的承诺！”20多年海上踏浪的日子，他见证了海洋石油从浅海走向深海，见证了“981”从一块钢板变成“国之重器”。

“981”周身都是铁，铁之身，铁之心，铁之人。在甲板、钻台、飞机坪上穿行，我看到的都是铁的汉子，听到的都是铁的号子，感受到的都是铁血青春。

卸立根、起下钻！钻台上吊杆因满负荷而“吱吱咯咯”作响，吊钩也因满负荷而绷得紧如弓弦。“战狼”说：“除极地之外，‘海洋石油981’可以在海上任何地方钻井。”

“嘭——”一阵轰轰隆隆的声音从燃烧臂喷出，霍然，一条沉睡了千万年的油龙卷着燃烧原始森林一样的大火，呼啸而出，直刺云天。火龙在翻滚，在跳动，喷出咄咄逼人的火焰，射出巨大的热流，支起黑压压的巨鳞尖甲，滚滚东去。“嘶嘶嘶”的尖啸声划破天空，震撼大海。火龙在蹿跳，铺展，火光照亮了天空，映红了大海。

风鼓起翅膀，冲突，撞击，撕裂了密密匝匝的夜色，陡然，一缕明亮的物体从宇宙的云层中透射出来，刹那间，红彤彤的火球已在一片燃烧声中升腾起来。太阳，太阳出来了。“太阳要升空，谁能阻挡光明的到来?”倏地，千万道光柱在飞迸，在抖动，泻满平台，映红了海上万千个浪头，千顷碧波宛若舞弄一条金龙，海上的所有船只也似变成了一簇霍霍抖动的火焰，闪耀着胜利的美。

太阳在升腾，万顷红光在燃烧，在这铺天盖地的红光之前，我的热情在发酵在骚动在澎湃，生命的狂流犹如黄河壶口的“虎啸”，恣意激荡。

“精神四飞扬，如出天地间。”望着霍霍燃烧的火焰，“战狼”的脸上也绽放出灿烂的笑容。他说，生命因为绽放而美丽，青春因为美丽而绽放。

生命要绽放，谁能阻挡其激情燃烧?

我点燃了心灵之火，举向平台，举向船只，举向苍茫的宇宙。

（2017年8月18日）

北部湾的星月

一坐上直升机，我心中的灯火就亮了，这是海上油田给我的先期抵达。

直升机裹挟着气流扶摇直上，向着美丽的北部湾飞去。

空中俯瞰，北部湾油田仿若一座“海上城堡”耸立在万顷碧波之上。

油井与油井之间，有数千只海鸥张着矫健的长翅掠空飞翔，不时发出清脆的鸣叫。

暮色在海鸥的鸣叫声中渐渐收拢，灯火也在海鸥的鸣叫声中渐次点燃。

涠洲12–1A平台、涠洲12–1B平台、涠洲6–1平台、涠洲6–8平台的灯亮了；涠10–3油田、涠洲11–4油田、涠洲12–1油田的灯也亮了。一盏、两盏、十盏、百盏、千盏，整座油田灯若星聚，星河灿烂。这千千万万亮透的光点，仿佛是无数的星星敲碎在大海的浪潮里，数不清，看不尽。那些灯火一眨一眨的，仿佛在无声述说一个又一个动人的故事。

无数的光柱从油井投射到海面上，折射出五彩的光影。清风过处，那些光和影又化作无数金灿灿的鳞片，铺满海面。

灯火越点越多，越点越密集。那灯火一簇簇、一排排、一串串，游龙一样向夜的天空铺去。灯火闪烁着、跳跃着、变幻着、明亮着，一直从油田蜿蜒至天上，犹如洒落凡尘的星空，美得让人心醉。更远处，海里的灯火与天上的星星融在一起，让人分不清哪是星星，哪是灯火。

赏北部湾上空的星星，品北部湾油田的灯火，一直是我的向往、我的追求。我的目光如舟子，在涠洲12-1A平台与涠洲6-8平台间划来划去；在涠洲10-3油田与涠洲11-4油田间划来划去；在海里的灯

火与天上的星星间划来划去。

星星，一颗挨着一颗，一串连着一串，密密麻麻，无穷无尽。那颗最明亮最耀眼的，应是北斗星了吧?！我的思绪一下子就被拉回到童年时代，想起儿时躺在竹床上数星星的情景。

外婆曾经说过：夜空中，有一颗最亮的星星叫“北斗”。它是晚上天空中最明亮的那一颗。假如有一天你在黑夜里迷了路，它就可以帮你找到要去的地方。

几十年来，我一直记住“北斗”古老动人的传说，也一直在寻找“北斗”的方向。真没想到，今晚能在北部湾的夜空，与“北斗”相逢，与“北斗”撞个满怀。

天上的北斗晶晶亮，海里的灯光通通明。那万万点灯火在星光的潮汐中，变得格外明亮，变得异常璀璨。

百里油田百里灯火。眺望这延绵的灯海，我的胸膛也不由自主地敞亮起来。一千多年前，一艘艘满载着丝绸、瓷器、茶叶等货物的商船，从这片水域扬帆远航。一千多年后，这片水域又神话般崛起座座井架，奇迹般地筑起座座油田。有人说，这里的每口井都承载着“兴海强国”的梦想，蕴含着“向海而生”的强大力量。

海鸥披着夜色在油田上空滑翔，洁白的翅膀“扑哧、扑哧”地拍打着七彩灯光。灯火如豆，灯火阑珊。我相信，每一盏灯光的背后都会有一户人家，每一户人家的背后都会有一段“中国故事”。我更相信，当我站在灯里看灯的时候，灯光下就有无数的故事正在发生、正在进行或正在结束。

“日月之行，若出其中；星汉灿烂，若出其里。”一轮明月从月宫里蹦出，像一只银盘挂在天边。皎洁的月光从银盘里抖落，洒在油井中、洒在钻台下，洒在我滴露的梦里。

北部湾的月，是油田今夜的新娘吧?！躺在涠洲12-1A平台上，我仿佛听到月宫里桂子轻轻滴落的声音，闻到月宫里桂树缓缓飘来的花香。银色的月光如清清的溪水，潺潺地流进油管，淌过我的心头。我揽一怀惬意，静静地享受这缕飘逸清丽的月光：星月在宇，星月在心，人生何以为忧?

月光、星光、灯光在天上交会，灯光、星光、月光在海里交融。天上，自上而下全是那么清亮；大海，自下而上全是那么碧绿。一切宛在月上，一切似在水中，一切仿佛在梦里。被月光洗过的空气，特别的甜润，特别的清新，特别的清冽。深深呼吸一口，瞬间有一股沁人的清气钻入肺腑之中。

月亮越升越高，穿过一缕一缕轻纱似的流云。流云、月亮、星星、华灯、绿水、白鸥构成了一幅美妙绝伦的图画从天宇垂挂下来。啊，这是一幅多么玄妙壮阔的天然巨画呀！“天上五颜六色的火花结成彩，海上千千万万的灯火一片红”，是谁把“天上街市”布置得如此精妙绝伦?又是谁把“海上油田”建设得如此美轮美奂?

“明月几时有?把酒问青天。不知天上宫阙，今夕是何年。”躺在飞机坪上，遥看这轮千古明月，遥看这幅直立于海面上的“油田风情”画卷，我的心情变得晴朗起来，思绪也随风飘远。

（2017年8月31日）

夜哭亲娘

春节到了，母亲却走了。

母亲是怎么走的，我一直没弄清。丁酉年廿九晚，我刚审完大样，大姐就在电话另一头哭泣："母亲不在了。"

接到这个噩耗，我的心脏好像被万箭穿过，又好像被一只冥冥之手狠狠握住使劲地朝外扯拽。我箭一般飞回南油，见到母亲已静静躺在床上，脸色煞白。妹妹说，医生刚来过，针打不进去，已证实死亡。妹妹说，打120近一个半小时，救护车都没来。我发疯似的怒吼："为何不及早给我打电话？"妹妹不应答，母亲也不应答。

"母亲，你醒醒，你醒醒，你不能说走就走啊！"我急切地摇着母亲的双肩，但母亲始终没有应答，始终没有任何反应。我紧紧握着母亲冰冷的双手，声嘶力竭呼唤着母亲，但母亲始终紧闭双眼，安然睡去。“母亲啊，你不是说好，等到高铁修通到茂名，修通到湛江，就坐上高铁去北京看天安门吗？你怎能说走就走呢？”我怔在那里，久久无语，大颗大颗的泪珠无声掉落。母亲啊，你就这样走了？你就这样驾鹤西去？你可曾知道，你留给儿孙们的却是无尽的哀思啊！

我浑身都在瑟瑟发抖，泪水像断线的珠子“哗哗”地往下流。

十月怀胎，当年，我就是从母亲的肚子里出来的。一辈子的情，一辈子的债都在母亲的肚子里呀。

村里人说，人走时不能哭，要让她静静地上路。

我只好跪趴在母亲身前，把泪水往肚子里咽。

“母亲，去天堂的路很黑，你要一路走好呀！”我一遍遍擦拭着母亲的脸，一遍遍梳理着母亲的白发，心里有说不出的痛。

我知道，母亲这缕缕白发，是无情的岁月风霜染白的，是不尽的操劳染白的。母亲嫁给父亲时，家徒四壁，贫穷落寞。结婚时，没钱置床，两人就翻出旧柜子，加两摞砖，铺上一块席子，就当婚床了。母亲生我时，就用唯一的床单包着我，自己竟然盖着个破衣裳。面对生活的重重压力，母亲从不自暴自弃，从不怨天尤人，总认为有手有脚，就没有蹚不过的河、迈不过的坎、越不过的山。在那个凭工分分口粮的年代，母亲除了忙家务、喂猪狗鸡鹅，还得到生产队里挣工分。挖河泥、挑大粪、盖猪圈、打麦场、耕田耙地，母亲样样都干。有一次，母亲累倒在草垛旁，是家里的狗唤大姐去才将她背回家的。

母亲虽然被“救”活了，但身体却落下了毛病。干农活时，再也没有以前那么利索。在生产队出工，常遭到个别村民的嘲笑和讽刺。20世纪60年代末，家里的泥坯房被秋风所破。“唉！”母亲抚着一棵苦楝树发出长长的叹息，但叹息声总是穿透不了家园破败的苍凉。在那风雨交加的日子，父亲母亲只有勒紧裤腰带，将泥坯房改建成泥砖房。动工那一天，却遭到邻里的无理阻挡、破坏。父亲砌砖一块，邻居就掀一块。母亲一边捣浆一边抹眼泪。

母亲虽然常遭村里人的白眼和欺压，但是好像睡完一觉就忘了。母亲说："被人欺负并不可怕，可怕的是自己看不起自己。"

母亲含着泪，忍着痛，牵着牛在晨雾里走向田野。在我记忆中，母亲每次放工回来，就一头奔向灶台，生火做饭。母亲麻利地从垛上撕下柴草，然后一把一把地填进灶膛。那熊熊燃烧的灶膛之火，烧的不仅仅是柴草，还有母亲的心血和年华。

虽然灶膛里的火烧得很旺，但因"孩多粥少"，我们经常饿肚子，有时还饿得睡不着。

曾有乡土诗人悲叹："剁开一粒泥土，半粒在喊渴，半粒在喊饿！"

"饿得慌呀……"我记得，那一年，大旱，村里闹饥荒，人人都吃不饱。我每天也是饥肠辘辘，靠野菜番薯度日。得知参加生产队夜间收割，就可分到一碗白饭的消息后，母亲荷起锄头、镰刀就向袂花江右岸奔去。当时，母亲患重感冒未愈，但为了这一碗白饭，母亲真的连命也拼上了。母亲衣着很单薄，一阵寒风吹来，禁不住一连打了几个喷嚏。母亲朝手心吐了两口唾沫，然后挥动镰刀，正式开割。

嚓，嚓，嚓，一丛低着头的稻子，刚好在母亲手里是盈盈的一把，割下几丛就是一摞。镰刃过处，大丛大丛的稻子纷纷倒下。稻茺上的镰痕，新鲜，平整，那拓展延伸的行数，是母亲俯身左右开镰的频率。百镰过后，地上尽是水稻。母亲扔下镰，俯下身，一只膝盖压在水稻上，用力一拉一扭一绞，速将水稻扎成一捆。随后，又提起了镰，往前赶割。尽管母亲累得直不起腰，我还是能够感觉到她和村里人一样，都有一种焦灼的幸福感。

月亮慢慢偏西了，但水稻断裂的响声，依然那么急促——深夜时分，母亲捧着一碗白饭来到我的床前："孩子，赶快起来吃饭，香喷喷的白饭!"母亲点燃煤油灯，一边打针线一边看着我吃。我打开这碗用铁锅蒸的大米饭，一时难以下咽，因为饭碗里滴着母亲的心血和汗水呀。看着灯影里的母亲，我禁不住潸然泪下。

那一年冬天，我到林道村探看外婆。归途上遇到寒风冷雨，我的脚冻僵了，母亲硬把我的脚塞进衣服里，一直用身体把我暖到家。到现在，只要一听到《世上只有妈妈好》这首歌，我就止不住流泪。

小时候，我比较顽皮，曾和村头的观洋仔打过架。当时只因一句口角，观洋就挥舞水烟筒向我砸来，因躲避不及被砸中头部，流血不止。母亲匆匆从家里赶来，撕掉衬衫为我止血，第二天又送我到医院治疗。二十多年过去，我依然忘不了这一耻辱。我多次想回乡找观洋仔报仇。但母亲说，船过就不问水路了。

"搴帷拜母河梁去，白发愁看泪眼枯。"去京城深造的那一年，母亲挑着沉重的书箱，硬是把我送到镇，送到县。母亲反复叮咛："读好书，做好人。"车子徐徐启动了，地下一片黄叶。透过车窗，我看见母亲正站在小山头上频频地朝我挥手，眼里是满目的沧桑。那一刻，我清晰地看到了母亲深邃的眼底那一抹深深的悲凉，忍不住怆然泪下。

母亲的心里总是惦记着儿女，装着儿女。但儿女却常常忘记母亲，忘记母亲生于何年，喜于何事，更忘了母亲是如何从一个怀抱柴草的少女变成了白发苍苍的老娘。很多人都说，母爱永远是最真的，它是唯一随时随地都在的爱！

试问母亲对儿女的恩情有多深有多长？岁月有多长就有多长，袂花江有多深就有多深呀！

而今，母亲真的走了，带着儿女、孙子孙女的无尽思念走了。从此，我们阴阳相隔。

母亲在，故乡就在。母亲走了，故乡就远了。母亲呀，你在时，我手中永远有一根线，现在你走了，手里线也就断了。

凌晨时分，母亲入殓了。望着躺在棺木里的母亲，我心如刀割。为了见母亲最后一面，华尧、桂林、美金、海成等亲朋戚友纷纷从各地赶回。他们个个哭得有一搭没一搭。雪英一边哭喊，一边将一万元欠款塞到母亲手里。

盖棺锁扣！斧头几起几落，母亲就给盖上了。斧头声声慢，声声重，每一下都重重地砸在我的心尖上，刀绞般的疼痛。我们簇拥着灵柩，向着殡仪馆走去。我每迈一步都好像踩着火红的烙铁，那疼痛感从脚底一直疼到眼珠，每迈一步都要使出极大的力量和狠心。

泥土纷纷扬扬，把一切都覆盖了起来。我跪在母亲的坟前，心像掏了一个洞，有锥心的痛。泪水如决堤的洪水一般打湿了膝下的土地，更打湿了我无尽的怀念。

母亲下葬时，天空布满了星星。

很多人说，人走了，便成了天上的星星，可以照亮我们回家的路。母亲呀！天上那颗最明亮最闪耀的星是你变的吗?！

（2017年2月4日）

『砸锅卖铁』只为木兰花开

“砸锅卖铁”为木兰，“抛家舍业”为木兰。

朱开甫与木兰结下了旷世情缘。

(一)

朱开甫是一位红土之子。他曾带着“滚滚红尘”到北京求学，又带着“京城气韵”回乡创业。在改革开放的大潮猛涨之时，他从琼州海峡出发，奋力“游”向深圳湾。在深圳打拼的日子，他起早贪黑，熬更守夜，日夜奋战在水泥营销第一线。天道酬勤，经过几年的奋斗，他实现了从“穷小子”到千万富翁的华丽转身。

2003年，朱开甫坐上了湖南株洲钢铁有限公司、广州洪德利有限公司等5家大公司的执行董事“宝座”，事业如日中天。

然而，谁都没想到，一次机缘巧合，成为他命运的转折点。

那是一个春暖花开的季节，朱开甫在贵州遇见了国家林业局野生动植物保护专家贾建生。

“被以樱梅，树以木兰。”贾建生侃侃而谈，“有一种植物全身都是宝。它的花蕾可入药，果子可煮汤，粗枝可成舟，叶子可散风寒——这就是国宝木兰。”

木兰全身都是宝？好奇心驱使朱开甫萌发了研究木兰的念头。

架起砧板切菜——说干就干！于是，他背起相机，带上睡袋，就随国家植物研究团队往深山老林跑，往人烟稀少的地方钻。

有人说，身体和灵魂总要有一个在路上，当身体上路后，自然会看到美丽的景，遇到有趣的人，碰到奇妙的事。

在通往滇南的路上，他真的遇见了“木兰奇人”——张茂钦。张茂钦是一位享受国务院特殊津贴的专家。三十年来，张茂钦把满腔热血都洒在木兰身上。

“庭前木兰花，皦皦扶春阳。”那一年春天，张茂钦的百亩木兰园在时光中盛开，朵朵木兰花傲立枝头，浓情绽放。满树满树的花朵千般圣洁、万般高雅。花朵形似倒挂的金钟，齐刷刷地向天而歌，意欲把自己的芬芳写在蓝天上，写在春光里。一进入木兰园，朱开甫即被美丽清新的木兰花深深吸引，全身竟有一种触电的感觉，麻麻的、酥酥的。就像是缘由天定，就是它了！

跟随张茂钦的脚步，朱开甫一次又一次深入深山野岭，去寻找野生木兰的“芳踪”。

2003年秋天，朱开甫开着皮卡车向云南富宁进发，途经狮子山路段时，突然遭遇泥石流，一块数百吨重的巨石连同大量土石从山顶滚滚而下。朱开甫大喊一声，一拽手挡，一脚将油门踩到底。皮卡车如一头红了眼的公牛，直飙山口。说时迟那时快，几块圆桌般大小的飞石从天而降，砸在车尾一二米处，巨大的轰鸣让“皮卡”陷入极度恐惧与惊慌之中。

“快逃——”朱开甫用尽了洪荒之力，死死踩着油门。

“皮卡”狂奔万里后，朱开甫才敢松口气，才敢放松油门。“皮卡”进入田蓬县城之时，朱开甫的身体好像被掏空似的，浑身无力。

回望狮子山，他们后怕不已——“皮卡”若慢行2分钟，必遭飞石，必然车毁人亡；而快行4分钟，必遭泥石流，必然葬身狮子山！险啊！悬啊！幸运啊！

朱开甫逃过一劫，不敢停留，继续上路。

在薄竹山，他终于见到了魂牵梦萦的野生香木莲。这株香木莲树干胸径2.6米、树高40米，树冠面积占地一亩多。“孤撑不抱恨，独木亦成荫。”朱开甫一见到野生香木莲，一种从未有过的快感油然而生,“泥石流恐惧症”也随之被抛到九霄云外。

经贵州、过广西、进云南、入西藏，一年多来，朱开甫足迹踏遍西南的荒山野岭、沟沟壑壑。

一路走来，朱开甫听到了木兰树的故事，闻到了木兰树的芳香，采到了木兰树的树种，也看到了木兰树面临的濒危处境。

受生态环境恶化等因素影响，全国木兰科植物仅存176种，其中有113个种属严重濒危。

“野生的华盖木，全球只剩下寥寥十几棵，如果不加保护，就可能被灭种。”

木兰树种的濒危处境，让朱开甫忧心忡忡。“我得保护它！”朱开甫与木兰私定了一份没有文字的契约，并发誓要用一生的时间去守护木兰。

起初，朋友圈的亲人个个都投反对票。决策的前夜，妻子董君提出要离婚。朱开甫头嗡的一声，身子像弹簧，从床上蹦起。“好好的日子怎能说离就离呢?”朱开甫黯然落泪。他与董君相遇在天山，也相爱在天山。1998年，他俩结束“南北爱情”长跑，步入了婚姻殿堂。但命运似乎给他开了个玩笑：结婚多年，妻子一直没有怀孕。医生诊断：免疫性不孕，十万分之一的受孕概率。

“婚不离，树要种。”朱开甫一边向妻子写保证书，一边向董事会递交辞职申请。

“相信木兰会带给我们好运的!”朱开甫毅然踏上了拯救“木兰”的漫漫征程。

(二)

孔子曾云：不知命，无以为君子。

2004年早春，朱开甫带着297公斤木兰种子，到湖南攸县安营扎寨，准备大干一场。但由于土地存在纠纷，种子一直无法落地。看着木兰种子陆陆续续发芽，朱开甫心急如焚。

一个月黑风高的晚上，他租来一辆巨型卡车把种子连夜迁回徐闻。随后，又在207国道旁找了一个临时安置点集中管养木兰种子。种子一下地，各路老鼠闻风而至，而且跟磕瓜子一样，将香木兰种子磕得干干净净。朱开甫赶紧播撒农药，才绝鼠患。为了给“木兰”一个“家”，朱开甫日夜外出相地，从徐闻到广州、从广州到惠州、从惠州到梅州。那段时间，他几乎每个晚上都睡在车上。

功夫不负有心人，他终于在徐闻县下桥镇南丰村租下了一块风水宝地。

2005年春天，他与南丰村办好了交地手续。那一天，朱开甫的脸上写满阳光。

朱开甫立即组织推土机、平地机、小钩机进场施工。

然而，要培育和管养好百万株、百个品种、百种禀性的木兰又谈何容易？况且，朱开甫之于“木兰”也是个门外汉，知之甚少。

“不懂就学，不懂就问，不会就练！梦想总是从学习开始的！”

“哪里有木兰，就走向哪里；哪里有木兰专家，就飞向哪里！”在拜师学艺的路上，他从一座山飞往另一座山，从一座城飞往另一座城。那一段时间，他简直成了“空中飞人”。

在空中飞行的日子，朱开甫摸清了“木兰”的脾气和习性，也琢磨出高温刺激、凉水冷却的育种方法。令人啧啧称奇的是，他的“高温育种法”竟顺利培育出两百多万株小苗。

“世上最难有一人温柔待之，其次温柔相待。”朱开甫说，“就算是‘倾家荡产’，我也要拯救国宝木兰。”

为了木兰，朱开甫花光了账户里的所有现金。随后，又近乎疯狂地卖掉了云南洪德铁合金厂，卖掉了贵阳4000多平方米的商铺，卖掉了珠海300多平方米的商品房。

为木兰而疯狂，为木兰而痴迷！在朋友和家人的眼里，朱开甫简直变成了一个“木兰痴”。

挖坑、扶苗、培土、拍实、浇水……朱开甫日日夜夜泡在木兰园里，用汗水泡浸木兰苗。一个夏日的中午，因在太阳底下劳作太久，导致中暑晕倒，被花农从工地抬出来，送进医院。等拔掉针头回到工地，他仍像母鸡抱窝，日夜守着木兰苗，天天盼着树苗长芽。

小苗在风中生长，朱开甫在太阳底下浇水。可一浇完水，村苗很快就枯萎死了。他蹲在树苗边，心里面像有一堆蚂蚁在没头绪地四处爬行，抓不到，撵不走，躁得很。

“时间可改为傍晚浇，设备可改为微灌系统。”朱开甫获得北京专家的“妙方”后转忧为喜。随后，他连夜组织劳力将喷灌改为滴灌，又将滴灌改为微灌。

浇灌难题破解后，野草与木兰争地盘的难题又从地里冒了出来。朱开甫发现，一给木兰浇水施肥，野草就蹭蹭地长得比苗快，比苗高。“施羊粪，种南瓜！”朱开甫立行立改，即从新疆调运羊粪。那段日子，朱开甫白天与民工一起挖树坑，施羊粪，种南瓜；晚上，与狼狗一起巡逻，查夜，看树。一百多个日日夜夜，他把荒地，变成了苗圃；荒地把他，变成了黧黑！

朱开甫就像照料襁褓里的婴儿一样护理着木兰苗。就在这个春花盼着春雨、春雨盼着春风的时刻，天山那边传来了喜讯：妻子董君为他生下一个6斤重的女儿。朱开甫高兴得手舞足蹈，将木兰种子

抛向天空：这是十万分之一的概率呀！我太幸运、太幸福了！干脆，孩子就取名为小木兰！

“家里的木兰，地里的木兰，都是我们的‘孩子’。”朱开甫给妻子董君寄去了一大包木兰种子，“你在天山照顾孩子，我在徐闻也是照顾‘孩子’……”

和风吹绿叶，细雨润新芽。木兰小苗在风中冒芽冒尖，向阳勃发。

正当木兰苗壮成长之时，一些鼠能之辈也悄悄地找上门来。他们偷树苗、偷水管、偷肥料甚至偷变压器。一个雨夜，“粉友”——“大碌竹”持刀闯进木兰园，洗劫一轮后，还留下一张纸条：“速打二十万元到我卡上，否则，砍光你的树，剃光你的头！”

朱开甫即刻报警。公安部门接警后以迅雷不及掩耳之势将“大碌竹”抓获。

两百万株的木兰苗一天一天长大，一千多亩的木兰园一年一年扩建。朱开甫开着拖拉机、加植苗机，以一往无前的气势向着荒野猛烈推进。

（三）

“要真正认识木兰，必须要到山上与木兰面对面。”朱开甫自从与木兰结缘之后，年年月月都往荒山里跑，往深山里钻。短短3年时间，就跑烂了两辆皮卡车，十双皮鞋。

2006年夏天，朱开甫背上行囊，跟随中国科学院华南植物园曾庆文研究员一行，向着云南省麻栗坡县老山进发。

老山海拔1442米，以大、陡、深、险而著称。进山的路蜿蜒曲折，路边茅草丛生，藤葛攀缠。朱开甫自告奋勇，走在队伍的前列，充当开路先锋。他一路披荆斩棘，终于辟出了一条羊肠小道。

行至一个小山坳处，朱开甫突然觉得腿痒，拉开裤管看，即发现一窝山蚂蟥正趴在腿上吸血。“拿烟头烫跑它！”曾庆文马上点燃一支香烟凑了过去，山蚂蟥闻烟即松开吸盘而掉落。

“有山蚂蟥，赶快跑——”大伙逃荒似的逃离小山坳。

当他们气喘吁吁地爬到半山腰的时候，突然发现前方路边爬出来一条长蛇。朱开甫眼疾手快，急忙拿起木棍前去驱赶长蛇。长蛇眼睛直直地瞪着朱开甫，并且张开大嘴，嘶嘶地吐着蛇信。朱开甫跨前一步，右臂一挥，木棍向着蛇的上半身横扫过去，长蛇迅速钻入杂灌草丛逃离。

朱开甫回手横扫，但万万没想到木棍回扫竟击中了藏于杂灌草下的马蜂窝。一大群马蜂腾空而起，发出“嗡嗡嗡”的轰鸣声。说时迟那时快，6只浑身乌黑的马蜂以迅雷不及掩耳之势，猛然间朝下飞来，瞄准着朱开甫头、颈、肩、手狠狠地蜇了下去。

“哎哟！”朱开甫突然感觉到左拇指一阵巨痛！朱开甫用力一甩，马蜂即被甩飞于空中。

马蜂越聚越多，黑压压的一片。那“嗡嗡嗡”的响声由远而近，由近而远，听起来就像直升机螺旋桨发出的轰鸣。“快跑！”朱开甫衣往左边扔，人往右边跑。但马蜂也兵分两路，一路追衣一路追人。数万马蜂狂追不舍，直勾勾地朝朱开甫扑去。

“跳！”朱开甫纵身跳进了一个洼陷的大水坑里。怎料大水坑的坑不深，水不足。他赶紧捏住鼻子，把身体龟潜在水里。憋了好一会儿，才敢探出头来。啊，马蜂终于撤了。

尽管逃过了马蜂的追击，但马蜂蜇下的伤口依然红肿。夜里，他徒步到附近一位乡村医生家里，用草药及时阻止了毒液的扩散。

医生说，再来迟一点，可能就没有命了。

次日，朱开甫等披着朝阳再次上山，再次向着主峰进发。主峰古树参天，竹林成海。登上峰顶，他终于见到了朝思暮想的野生华盖木。华盖木素有“植物中的大熊猫”之称。有一年，中国科学院华南植物园在广州对外展示华盖木，有外商提出以两架波音747飞机来换取一棵胸径仅11厘米的华盖木，但遭到拒绝。

朱开甫环抱着树干，大声疾呼：“华盖木，我来啦！”他弯下身子，把耳朵紧紧地贴在粗犷苍劲的树干上，谛听古树从大地之下传来的声息。

正当朱开甫在触摸千年古树的心跳之时，手机突然响了起来。

“爸爸听电话呀，爸爸听电话呀……”手机里发出的童音版铃声穿花绕树，随风飘扬。

曾庆文说：“这手机的铃声是小木兰的声音，这几年，开甫与妻女散多聚少，有时半年也见不上一面。他想念她们的时候，就打个电话，后来干脆将小木兰的声音录下来，放在手机里当铃声……”

“芳情香思知多少，恼得山僧悔出家。”几年来，朱开甫把满腔热血都洒在木兰树上，极少有时间回家照顾家庭。小木兰何时学说话？何时学走路？他一概不知，一概不晓。有一次，他回家推开门，小木兰看见门口站了一个“野人”，吓得赶紧去找妈妈。朱开甫声音颤抖：“我给你买的玩具。”

“我不要，不要！”小木兰的头摇得像拨浪鼓。小木兰不仅不认爹，还撵他走。2008年除夕夜，朱开甫在门外哭，董君在屋里哭，直到小木兰睡着他才敢进屋。

“我亏欠小木兰的实在是太多太多了。”朱开甫心酸地说，“我一上山就会想小木兰，一下山就会想‘大木兰’。小木兰不舒服是有声的，‘大木兰’不舒服是无声的啊!”

家里的小木兰一天天在长大，地里的大木兰一天天在长高。至2008年，木兰园的种植规模扩大至2600亩。看着荒岭变成园林，朱开甫有种说不出的高兴，但也有种说不出的压力。因为随着种植规模扩大，“用水难、用电难、用油难”等一连串的难题也逼到跟前。

2009年3月，朱开甫遇到了创园以来最大的困难，账户上出现严重亏空。百般无奈之下，他把手伸向新疆，伸向岳父。老岳父二话没说，就将60万元养老金汇进了他的账户。

然而，60万元“救济金”只是杯水车薪，不到两个月，“钱袋子”又开始“吃紧”。朱开甫禁不住倒抽一口冷气。

“变卖房产，转让股份!”朱开甫长歌当哭，壮士断腕，风萧萧兮易水寒。至此，朱开甫把工厂、房子、商铺全都卖光了；把湖南株洲钢铁有限公司、广州洪德利有限公司等5家企业的股份也全抛光了。

为了一份不成文的契约，他竟然用全副身家去壮烈地捍卫它。

因为向往，拯救国宝木兰的决心风雨无阻。

徐闻种植基地在风雨中“满血复活”。2010年，十万余株木兰吮吸着大地的乳汁，吮吸着大地甘露快速成长，蔚然成林。2011年初春，朱开甫将基地更名为“神州木兰园”。接着，神州木兰园被国家林业局批准为全国野生动植物保护及自然保护区建设工程木兰植物保育基地，被广东省评为省级木兰科种质资源库。再接着，神州木兰园又与北京大学、清华大学签订共建协议，共建产学研实践基地。

2011年，冬春交际，神州木兰园的木兰开花了。满树满树的花朵纯净、洁白、淡雅、粉紫。微风过处，便有一抹淡淡的清香在空气中荡漾。

但好景不长，接二连三的不幸与打击让朱开甫疲惫不堪：2011年9月，神州木兰园遭遇强台风“纳沙”的正面袭击，2000多株木兰树被拦腰折断。2012年9月，曾庆文爬上华盖木树顶进行授粉实验时，不幸坠亡，年仅48岁。朱开甫在广西十万大山接到噩耗后，当场跪地痛哭、伤心欲绝。

神州木兰园

“多情自古伤离别，更那堪冷落清秋节。”朱开甫迎着无边的秋风，带着无限的哀思，再一次向老山进发。他蹚过盘龙河，越过雷区，再一次登上峰顶。华盖木依然挺立在风中，像是守候故人的亡灵，又像是等待老友的回归。朱开甫扑通一声跪在古树面前痛哭：

“曾教授，我们来看你了。曾教授，去天堂的路很黑，你要一路走好！”

2014年7月，神州木兰园再次遭遇强台风“威马逊”的正面袭击，7万多棵木兰树被连根拔起。朱开甫眼睁睁地看着神州木兰园被风魔吞噬，禁不住失声痛哭。哭过之后，他又擦干眼泪，从头再来。

（四）

木兰虐他千百遍，他待木兰如初恋。2013年5月，朱开甫从湛江出发，又踏上寻找滇藏木兰的征程。他从湛江飞往成都，又从成都飞往西藏。由于碰上恶劣的天气，飞机连续折返了四次才能降落拉萨机场。刚下舷梯，朱开甫即感呼吸急促、头痛欲裂、心慌胸闷。他知道，这是高原反应对他的“温柔一击”。

“高原虽然缺氧，但我不缺精神！”朱开甫不顾强烈的高原反应，直奔林芝。一路上，他们遇上了雪崩，撞上了山体滑坡，碰上了河水暴涨。虽然多次与死神擦肩而过，朱开甫却始终坚信“无限风光在险峰”。

经过长途艰苦跋涉，他们终于抵达上察隅。翌日清晨，太阳还没有爬上山，他们就沿着峡谷中的贡日嘎布曲河逆流而上，向着鲁屯康山挺进。

进山的路很崎岖也很陡，不时有碎石砸在路中间。他们手牵手、肩并肩往上爬，饥饿、口渴和艰辛在考验着每一个人。突然，眼前出现了一段很陡的山脊路。向导在前面很陡很光滑的地方，用刀挖出几个勉强能踏脚的脚坎。朱开甫踩着脚坎奋力往上爬，突然一只离队的飞鸟从空中划过，发出了几声满含忧伤的鸣叫。朱开甫一慌神，相机就从腰间掉了下去。“稳住！”向导疾声惊呼。朱开甫倒抽一口冷气，手脚并用，终于跌跌撞撞走出了山脊谷。

不忘初心，继续前行。“快看啊，滇藏木兰！”人群中突然发出尖叫声。但见一株高30米、胸径达6米的滇藏木兰凌寒而立。据说这株千年滇藏木兰能预测庄稼丰歉，每年春天哪个方向先开花，哪个方向的庄稼便能丰收。

“天啊！我终于见到滇藏木兰了！”朱开甫激动得跳起来。他绕着树转了一圈又一圈，激动的眼泪也在眼眶中转了一圈又一圈。

朱开甫毕恭毕敬地站在树下，手放在胸前，双眼微闭，嘴里念念有词：“神树开花，神树开花！”然后，弯下腰捡起一片叶子，郑重地放在行李箱里。临别时，他向着大山的苍茫与雄浑，向着古树的根脉与体温，长拜，匍匐。他说：“敬畏一棵树，就是敬畏大山、敬畏大地。”乘飞机回到徐闻，他即在神州木兰园燃稻草，点香炉，隆重举行滇藏木兰嫁接仪式。但好事多磨，嫁接仪式刚搞完，天空就下起了滂沱大雨，百余芽条瞬间被感染，不幸夭折了。朱开甫捧着滇藏木兰的芽条痛哭流涕，久久不肯放手。

朱开甫哭过之后，又背起行囊，向西藏林芝进发。

2013年12月，他与昔日的向导、马帮在上察隅顺利会师。

“滇藏木兰！滇藏木兰！”朱开甫一路攀爬，一路谛听那份来自心灵深处的呼唤。“看到经幡啦，看到经幡啦，红、黄、白、蓝、绿。”朱开甫高兴得溢出眼泪，“啊，滇藏木兰，开啦；哎呀，开啦，开啦；哎呀，太好啦，太幸运啦！”只见滇藏木兰慢慢伸展花萼，接着“轻解罗裳”，然后用尽全身吃奶之力绽开卵状圆锥形的花蕾。滇藏木兰绽放时满树紫红，十分震撼。朱开甫一时兴奋得几乎跳起来。啊，多么震撼人心的绽放啊！

“滇藏木兰花期本在3月，做梦都想不到它会提前开放！”他从内心发出一阵爽朗的笑声。笑声穿破了重重叶子，直直戳入滇藏木兰的深处。

“怪得独饶脂粉态，木兰曾作女郎来。”朱开甫站在树下，凝神仰望这株千年古树，任由思绪在大树与大山之间、大山与大海之间穿梭。

（五）

朱开甫说，人生有时很奇妙，就像一个个起点和终点重叠的圈。在遇到木兰之前，他是个大富豪；在遇到木兰之后，他变成了“大花痴”。为拯救濒危“国宝”木兰，他卖掉工厂，卖掉房子，卖掉商铺；为寻找木兰野生种源，他翻过山，涉过水，溜过索，穿过雷区；为种好养好木兰，他丢公职而不理，抛下家庭而不顾，舍去事业而不管。14年来，他把全副身家、全副身心都投入木兰树上。

“人这一辈子总得做一件能让自己引以为自豪的事。对木兰，我是因为喜欢而选择，因为选择而坚持。”朱开甫用热血弹响了一阕木兰恋曲，“我一定要像对待女儿一样对待国宝木兰。”

有人说，果农种木兰是种在地上，而朱开甫种木兰却是种在心上。14年来，木兰的“喜怒哀乐”，总是牵动着他的神经。14年来，他先后投入1.6亿元建设“木兰之家”，先后建起了徐闻、广州、深圳、佛山、中山、高州木兰园，种植面积共达6600多亩，培植国内外木兰科珍稀濒危树种213种，其中属世界自然保护联盟（IUCN）全球木兰科红色保护名录的48种珍稀濒危树种的就有40种。

敢于含泪播种，必勇于含笑收获。14年来，朱开甫从一个一窍不通的门外汉变成了“闻香识树”的木兰专家。

2011年11月，朱开甫被华南农业大学聘为客座教授。

2014年6月，中国科学院华南植物园将一棵新发现的木兰新种，命名为“开甫木莲”。

蒲松龄说，有志者，事竟成，破釜沉舟，百二秦关终属楚；苦心人，天不负，卧薪尝胆，三千越甲可吞吴。捣鼓14年，徐闻神州木兰园终于从一棵树变成一片“海”，从一片荒岭变成世界上最大的木兰科种质资源保存基地。

神州木兰园四周长满了五味子、幌伞枫、小叶榕。园内高大的林木、矮小的灌丛、不知名的花草相互依托、映衬。欢快的鸟儿，在树与树之间嬉闹翻飞。

在这片醉人的木兰花林中，傲立枝头的花朵或含苞待放，或热烈盛开，微风过处，便有一抹淡淡的清香在空气中荡漾开来。

朱开甫指着一棵棵木兰树如数家珍："这棵是华盖木，那棵是滇藏木兰，这片是金花含笑，那片是荷花木莲。"

夕阳西下，百鸟投林。听着婉转的鸟语，闻着淡淡的花香，朱开甫陶醉了。

走出神州木兰园，海边传来曼妙的歌声："木兰花开哟，花开朵朵香，香了丛林香了山岗……"

（2017年6月6日）

里坡鸟欢啼

里坡没有坡，更没有山。但就是这样一个没坡没山的小村子却成了候鸟天堂。

里坡人多地少，房多树少，曾是一个鸟都飞不到的地方。像里坡如此普通平凡的村子，在湛江随手抓都可抓到上百条上千条。有人说，里坡村在湛江大地上显得过于平凡，甚至低于平凡。然而，里坡村人不甘于平凡，早些年，村民就在稻田里筑路筑渠筑梦想。前些日子，村民又在田垌边种草种树种春风。为了提升村子的“高度”，村民还在村西北建文化楼，种大王椰树。

“大王椰”在春风里生在春雨里长。不消二年的光景，“大王椰”就长满了绿叶，长满了花瓣，长满了村子的故事。

树大招风，树大也招鸟。2004年秋冬，“大王椰”招来了首批候鸟。这些候鸟嘴朱红色，脚橙黄色，刚飞进村子时，十分怕生，见人即飞。撒点碎食，它们边啄边望，随时准备“起飞”；给块面包，它们东瞧瞧，西望望，看见没人，就赶紧叼一口。起初，村民对这批“天上来客”比较陌生，不知从何处飞来，也不知要飞去何处。后来，村民渐渐发现这些候鸟早出晚归，很有规律，也很讲规矩。每天清晨，天刚蒙蒙亮，它们就跳上枝头，“叽叽喳喳”地把乡村唤醒。太阳一升起，它们就扑棱着翅膀，飞向菜园，飞向稻田。在金色的稻田里，它们时而腾空高飞，时而翩跹起舞，时而觅食嬉戏。村民们惊喜地发现，这些候鸟不仅不偷吃谷物，还觅食害虫，保护庄稼。尽管远处不断有吵闹声、嘈杂声、汽车喇叭声传来，但丝毫没有影响它们捕捉害虫的心情和劲头。

“是益鸟啊！”村民看在眼里，喜在心头。彼此间的距离渐渐在“叽叽喳喳”的叫声中拉近，感情也渐渐在稻田里升温。

黄昏将近鸟归巢，炊烟缥缈人思家。黄昏还没溶尽候鸟的翅膀，天就黑下了！“天黑得那么快，它们全都回窝了吗?”村民吴江荣不知从何时起，心里总是记挂着这批“天上来客”。他打着手电筒到村西巡查，突然，椰林里传来了候鸟凄厉的叫唤声。吴江荣立刻三步并作两步，急忙冲进椰林，但见一只候鸟耷拉着翅膀，趴在树叉上面不能动弹。吴江荣走近一看，原来候鸟翅膀已折断，正滴着血。吴江荣立即用消毒止血药给候鸟敷上。接着，他还用碗盛上一些小米及水给这只受伤的候鸟喂食……经过吴江荣的悉心护理，候鸟伤势渐渐好转。但是因为伤势过重，候鸟却始终无力站起来。于是，吴江荣便在自家屋顶为候鸟搭了一个窝，让它在窝里调养生息。“羁鸟恋旧林，池鱼思故渊”，为了让候鸟早日飞回蓝天，吴江荣还连夜驱车到镇上，接“候鸟医生”回村为候鸟治疗。

“候鸟医生”一“把脉”就诊断此鸟为丝光椋鸟。“候鸟医生”说，丝光椋鸟，俗名牛屎八哥，喜结群，喜食甲虫、蝗虫。那一夜，“候鸟医生”对“八哥”实施接骨治疗。立春过后，“八哥”伤势痊愈，吴江荣和“候鸟医生”抱着它到椰林放飞。然而，当吴江荣放手的那一刻，“八哥”并没有冲向蓝天，反而在空中盘旋了三圈后，又落在椰林里，绕着吴江荣低飞。

鸢飞草长季，候鸟北归时。唯恐“八哥”掉队，吴江荣狠下心来，挥动扫帚驱赶了半个小时，“八哥”才飞向蓝天。

一鸟飞起，众鸟奔腾。这批“天上来客”以一声声高空的齐鸣，来挥别如此温暖的里坡村。

“不驰于空想、不骛于虚声”，“八哥”飞走后，村民沿着它们飞行的线路广种树木。村道两旁和庭院两侧在一夜之间全都种上了细叶榄仁、秋枫、紫荆和杨桃树。紧接着，村民护鸟队又在候鸟归巢之处宣告成立。村民护鸟队队长说：“有安全感才有幸福感。候鸟对安全的向往，就是我们努力的方向。”

护鸟队在巡逻，杨桃树在生长，里坡村在召唤！2005年初秋，丝光椋鸟一接到“里坡来信”就立即吹响了南飞的集结号。它们“以老带新，以新促新”，沿着太阳和星辰的导航路径，结队南飞，飞向越冬圣地——里坡。一路上，它们扇动有力的翅膀飞越千山万水，克服艰难险阻，迤逦南下。一进入湛江境地，它们便不停地变换着队形，一会儿像水母在大海里漂浮，一会儿像龙卷风上下翻腾。飞入里坡村时，它们即刻排成队，整齐地唱响怀乡的歌谣。随后，它们集合在一起排成“人”字形，试图逐批飞进椰林。

“起飞，投林!”在一个无声的信号中，一小批先飞起来、再落下，第二批又飞起来、再落下，如此这般，此起彼伏。一时间，每棵树的树枝上都挤满了小鸟，“叽叽喳喳”之声此起彼伏。那“叽叽喳喳”的鸟声像透明的雨点，轻轻地滴进了里坡人的心里。

丝光椋鸟越聚越多，“叽叽喳喳”的叫声也越来越大。那清甜响亮的欢叫声引来了许多不知名的冬留鸟，也引来了一批又一批捕鸟者。

“宁食飞禽一两，莫食地下一斤”，在捕鸟者的眼中，万鸟归巢不是一幅美景而是一席“全鸟宴”。

乡村的夜来得很早，刚摸黑，狗就蜷缩进了稻草窝。很快，“八哥”睡去，乡村也睡去。梦醒时分，村边突然响起一阵刺耳的枪声。

“砰砰砰，扑扑扑……”飞翔中的鸟儿纷纷坠落，挂在树上，落在稻田里。“有人杀鸟!” 吴江荣从床上弹起，抡起锄头就往村外冲去。

村外的稻田被重重捕鸟网包裹着，鸟网网网相连，构成了一个

“工”字形网阵。网阵里都悬挂着饮料罐，堆放着录音机和扩音器。录音机正在播放各种“电子候鸟”的鸣叫声。录音与稻田边的鸟鸣混杂在一起，此起彼伏，难辨真假。吴江荣发现已经有鸟被网住了，在电筒光的照射下，被缚网中的鸟不停地挣扎，发出惊恐的叫声。吴江荣还看见一只“八哥”落在稻田的落叶杉树上，扑棱着翅膀，嘴角流出殷殷的血。

吴江荣内心憋了很久的火气迅速冒起来：“谁是杀鸟凶手?”他大喝一声，向着两个手持鸟枪的黑衣人冲去。“找死!”一名黑衣人怒吼一声，身影一闪，瞬间出现在吴江荣的身前。吴江荣旋身，飞架，肘击。

森林公安干警闻风而动，箭一般向里坡奔去。此时的里坡仍被云烟笼罩，不远处的稻田里，仍有候鸟发出一声声低沉的鸣叫。森林卫士利剑出鞘，直指捕鸟网，直指捕鸟黑衣人。黑衣人见势不妙，落荒而逃。

刀锋过处，千张鸟网应声而破。被网网住的候鸟重获新生，重返长空。

经过生死劫难之后，候鸟与村子贴得更近，连得更紧。“孟秋之月鸿雁来”，每年秋风乍起，丝光椋鸟都会成群结队，越过重重关山，穿过漫漫风雨，飞向万里之外的村子——湛江里坡村。

夕阳西下，里坡村升起袅袅炊烟。村里的土狗在田间奔跑，与鸟儿嬉戏。村里的劳力在地里播种、翻土、浇水、施肥，与鸟儿共筑家园。整条村呈现了人与鸟、鸟与狗和谐共处的生动场景。

年年相见欢，候鸟相与还。丝光椋鸟一年一度的造访，让里坡冬日生活摇曳着无限的惊喜和无比的欢欣。

有人说，人生的最高境界莫过于与内心好好相处，与外界好好相交。里坡村自打与丝光椋鸟“结亲”之日起，就把与候鸟好好相处、好好相交、好好相欢，写在蓝天白云上，写在芳草碧树里。让候鸟在里坡过得好、过得开心成了里坡村民的共同心愿和永远的追求。

丝光椋鸟在天上飞，村民们在地下跑。彼此之间似乎被一条无形的感情线牵着。为了让丝光椋鸟飞得高睡得香，村里还出台了“年例禁炮”“禁开年炮”的新规。“做年例”的习俗在里坡村已沿袭千年。“年例大过年”，在里坡人的眼里，“年例”比过年还重要。过去，一到农历正月十六，村里就锣鼓喧天，鞭炮齐鸣，家家户户都宰猪杀鸭，盛宴宾朋。开始时，有村民担心，“年例禁炮”会不会影响村子的人气？然而，让人意想不到的是，“年例禁炮”后，到村里做年例的人流、车流如潮水般涌来，而且一年比一年来得更猛烈。

“万鸟归巢庆年例，万车齐发贺年例”，外出乡贤吴荣登看到里坡村这一美景都禁不住暗自高兴。他自小在村里长大，对候鸟一直怀着特别的感情。后来，他到珠海打拼创业，成了一位企业家。但不管走多远，他仍念念不忘村中的“八哥”。他不仅关心丝光椋鸟飞得高不高，还关心丝光椋鸟飞得累不累。为了让丝光椋鸟在里坡过得开心，他除了捐资修建村道，开挖水渠外，还认种认养3棵“大王椰”。2017年深秋，他回乡为儿子吴楚基主持婚礼。当婚车徐徐开进里坡村时，他突然宣布一条新家规：“迎亲不放炮！”婚礼在“静音模式”中进行。婚礼现场不时传来“叽叽喳喳”的鸟语声，似乎在告诉人们，今天是个好日子。婚礼仪式刚开始，十万丝光椋鸟便从层层叠叠的翠绿中钻出来，凌空翱翔，嘎嘎呼唤。

它们时分时合、忽高忽低，环绕着婚车翻飞，随后，又在空中不断变换飞行形状，一会儿排成“人”字形，一会儿飞成“V”字形，让八方来宾目不暇接，也让四海宾朋发出一阵阵惊呼。它们一路飞一路唱，撒下了一串串婉转动听的鸣叫声，犹如叮咚的山泉流水泻入新郎新娘的心田。新郎新娘就在一片清脆的鸟声中参拜天地。是时，天上候鸟在飞，人间新娘在笑，好美的一幅人鸟共庆的婚礼图！

很多人都说，里坡是一条因候鸟而兴、因候鸟而旺的村子，也是一条敢为候鸟而改千年村规、破百年家规的村子。

朝夕和平处，相看两不厌。2018年初春，里坡将“乡村振兴战略”写在了村子发展的旗帜上，也将“爱鸟护鸟”的村规刻在旗杆里。

孟子云：“爱人者，人恒爱之；敬人者，人恒敬之。”里坡村自从推行“尊鸟”新政后，丝光椋鸟几乎每天都在空中举行一次“飞行表演”，掀起了一轮又一轮的观鸟热潮。

黄昏时分，太阳慢慢地从西边落了下去，晚霞染红了整个里坡村。此时，成千上万的丝光椋鸟就呼啦啦地从四面八方飞了回来。它们如云影掠过，停留在村外的木麻黄树梢上，“叽叽喳喳”。它们在木麻黄树上盘旋打转，婉转鸣叫，好像在呼爹喊娘，呼朋唤友，集体归巢。鸟儿越聚越多，感觉木麻黄的树枝都快被压弯了。“啾啾，唧唧”，木麻黄林突然传出一阵鸣叫声，那是头鸟呼唤同伴起飞的号令，果然，十万只丝光椋鸟应声腾空而起，齐刷刷地冲向天空。它们如风如云如浪，仿佛一片不断变换形状的漏斗云，遮住了半边天空。

它们在空中高速移动，时而如游龙翱翔，时而如万箭齐发，时而如彩缎飞舞。也许因飞行的速度太快，人们根本无法看清候鸟的

样子，只感觉到一大片黑压压的乌云，从头顶掠过，从心头掠过。

暮色渐合，十万只丝光椋鸟又整合成一个庞大的飞行编队箭一样向“大王椰”飞去。它们先环绕“大王椰”飞翔几圈，似有遮蔽天空的气势，并在空中变换各种飞行姿态。随后它们群起而落，齐刷刷地降落到树林里。它们在树上盘旋舞蹈，游弋嬉戏，雀跃啼叫。其“叽叽喳喳”的叫声就像山中瀑布的轰鸣音，传得很远很远。

（2018年1月19日）

『洋媳妇』

春节里最深沉的呼唤是回家。只要前方是家，再深的海再远的洋也阻止不了回家步伐。趁新年的钟声还没有响起，“洋媳妇”杰茜卡就从美国西部一个小城镇起程，飞越太平洋，飞越大峡谷，飞向湛江。

好风凭借力，送我至海岛。杰茜卡以“飞一般的速度”，直抵东海岛。

岛内挖掘机、推土机、压路机来回穿梭，打桩机、钻孔机、卷扬机飞速旋转，整座海岛铁蹄生风，铁流滚滚，到处晃动着建设者火红的身影，到处都飞扬着建设者青春的活力。伴着奋斗的号子，一排排厂房，一座座高炉，一条条烟囱，一个个奇迹，拔地而起；随着飞溅的焊花，一块块钢板，一台台机器，一卷卷白纸，一片片产业园区，横空出世。

杰茜卡记得，她在嫁到东海岛之前，东海岛仍是一个沉寂荒凉的地方。那时，整座海岛没有一个红绿灯，没有一条斑马线，没有一根独杆路灯，没有一间规模超市，没有一家有实力的工厂，也没有诗和远方。然而，杰茜卡做梦都没有想到，海岛在短短数年间竟“长”出了三艘“工业航母”。

宝钢湛江钢铁巍然屹立在海岛之上。杰茜卡看着这艘体量大、吨位重、技术先进的“钢铁航母”，心里有说不出的高兴。

钢铁是炽热的。一进入热轧车间，火红的板坯正在快速通过热轧轧机，发出巨大的轰鸣声。即使站在4米高的参观天桥上，杰茜卡还是感受到了“火龙飞蹿”时散发出的灼人温度。

火龙过处，释放出巨大的烟雾，仿佛这就是火龙的云朵。此刻，整个热轧车间钢水奔流，钢花飞舞，远远似有一种排山倒海的气势在起伏，如有一种雷霆万钧的力量在激荡。

杰茜卡瞪大惊恐的眼睛，直直地盯着飞蹿的火龙，心绪随着红红的炉火一起沸腾。

火龙裹挟着中国钢铁的咆哮力量滚滚向前，时不时吐出大量高热的火焰，灼烧得整片空间叭叭作响。杰茜卡站在高炉下，深切地感受到炼钢蒸腾的热力，感受到东海岛滚烫的热血。

杰茜卡说，东海岛自从有了高炉，就有新的高度。的确，宝钢湛江钢铁一号高炉不仅提升了东海岛的新高度，还书写了东海岛新的传奇。

很多人都说，在一个海岛建起“钢铁航母”“造纸航母”“石化航母”三艘工业航母不仅仅是一个传奇，更是一个奇迹。

然而，更令杰茜卡称奇的是，“钢铁航母”与“石化航母”仅有一墙之隔，而且首尾相连。

红云覆海岛，望之心神开。“石化航母”现已浮出水面。待东方破晓，即可与“钢铁航母”“造纸航母”形成“航母编队”，扬帆远航！

杰茜卡伫立在“钢铁航母”的最高处举目远眺，远远就看见一条工业巨龙在龙水岭腾跃而起。中海油二期、双林医药、冠豪高新、一诺重工、宝钢发展、华南联合、建树石化等“工业之星”争相从海边升起来。曾经荒无人烟的海滩涂已被拔地而起的高炉、烟囱、厂房所覆盖。

这一刻，她仿佛看到了龙水岭外的那片大海已经燃烧起来，而且将整个海岛烧得通红通红。

杰茜卡啧啧惊叹：“完全认不出来了。”

“天堑变通途，沧海变桑田。”杰茜卡一路走，一路看，一路感叹，不知不觉之中便进入了盐灶村。光滑平坦的水泥村道犹如银蛇般蜿蜒曲折，路旁站立着一排排璀璨的中华灯，高挂着一枚枚喜庆的中国结，似父亲的迎迓，像母亲的微笑。

车子还没进村，锣鼓声、鞭炮声、欢笑声便钻进耳朵里。

村子里面的泥巴路已变成水泥路；泥砖房已变成楼房；葵扇已变成电风扇；自行车已

变成小汽车。村子里满眼尽是中国红，红红的灯笼，红红的对联，红红的爆竹，红红的福字。那一抹贯穿时空的中国红，拉近了村子和城市的距离；拉近了村子与“春天”的距离。

车子一进村，孩子们便呼啦啦地围拢过来，朝杰茜卡咯咯大笑。大人们也纷纷放下手中的活计，从屋子里迎出来。

村民们清楚地记得，杰茜卡第一次回村时，村子一夜之间就热闹了起来！十里八乡的乡亲都抢着过来看稀奇，大伙都想看看“洋妞”到底长啥样！

乡亲们上下打量着这位从美国俄亥俄州“漂”来的姑娘：白皮肤、大眼睛、高鼻梁、身材高挑。“哗！显显娘子！（雷州话：漂亮姑娘之意）”乡亲们都暗自为吴家高兴。乡亲们几乎每天都会三五成群去吴家看热闹。一时间，吴家的门槛都快被踩烂了。面对这些不速之客，杰茜卡总是操着生硬的汉语打招呼：“你好！”

杰茜卡生在美国也长在美国，但她自小十分喜欢中国文化，也十分迷恋中国武术。她能把峨眉青龙剑剑谱倒背如流。彼时，从盐灶村走出去的“功夫小子”吴明杰正在北京执武术教鞭。后来，二人因武术而结缘。仗剑走天涯，感情在路上。很快，两人双双坠入爱河。

在杰茜卡的眼里，盐灶是一个很穷的村庄。她记得，第一次进村时，看到村上到处是烂土墙、烂家具、烂泥路。一遇下雨天，村道上全是烂泥巴，一脚踏下去，鞋子就陷进去难以自拔。吴明杰家的房子低矮、潮湿，陈设也很简陋，窄窄的厨房里仅有一口水缸和一口大锅。杰茜卡不知道大锅是做什么用的，以为是洗衣服的，后来才知道是用来烧饭的。第一个夜晚，她望着窗外，一夜没有合眼。但这口大锅并没有吓退杰茜卡，也丝毫没有影响他俩之间的感情。

杰茜卡说："有时候，一个人想要的只是一双温暖的手和一颗火热的心。"

在盐灶村的日子，杰茜卡与家人一起放牛、杀鸡、帮厨、祭祖、祈福、贴春联、放鞭炮、吃年饭。闲暇之余，杰茜卡还和吴明杰坐船到南屏岛，抓螃蟹、挖沙虫、敲牡蛎，捕鱼摸虾。傍晚时分，两人脚踩黄沙，一起听微风海浪，看星空月光，让感情在海岛上持续发酵。

杰茜卡的性格耿直，说话直接，不拐弯，不抹角，累就是累，饿就是饿。邻居家一只猫被绑在门口，杰茜卡发现后，每天都会去看它，喂它鱼虾。离开村子时，她特地给猫准备了一大兜子吃的。看着猫咪"大快朵颐"，杰茜卡的眼神越发柔和。

忘不了那只猫，忘不了那把剑，也忘不了那片海！杰茜卡在离开盐灶村的前夜，毅然作出了"嫁给东海岛"的惊人决定。

"流水如有意，暮禽相与还。"从此，杰茜卡年年都回村里过年，回村感受别样的年华和年味。

"每一次回村，我都能看到村子新的变化，感受到村子新的脉动。"杰茜卡兴高采烈地拉着孩子们的手往家里走。此时，正午的阳光正透过云层洒落在吴家的院子里。吴家的近亲远戚三姑六婆兄弟妯娌全都聚齐了。厅堂里，鸡毛蒜皮、家长里短，大伙儿有说有笑；厨房里，煎炒烹炸、切削拍剁，忙得叮叮咣咣。

"你好!""吃饭没?""吃饱了吗?"杰茜卡的雷州话说得好溜，惹得笑声不断。

午饭前，杰茜卡到村小卖部买年货分发给五保老人。然而她连想也没想到，小卖部竟可以使用微信和支付宝付款。她在小卖部的微店里看中几瓶法国进口红酒，可苦于国外的手机卡没法上网，无法微信支付。小卖部的小姑娘却爽快地说：“那好办，我帮你开个热点就行了。”“‘扫一扫’买遍全球！”杰茜卡爽朗地笑了。

午饭后，杰茜卡马上抬梯扛凳去刷糨糊、贴春联。插科打诨过去了，春联也贴好了。“美德同怀，家国长盈瑞气；初心不忘，乾坤永灼春光”，红彤彤喜洋洋的春联，将小院渲染出一派馥郁喧腾的年味。仿佛，春联上的愿景与祝福已经在门庭里落地生根、开花结果。

天一摸黑，家家户户的灯笼都亮了起来，红红火火一片。就在新年的钟声即将敲响之际，杰茜卡将一挂长长的鞭炮点燃，噼里啪啦火星四溅。少顷，家家户户都燃起鞭炮，“噼噼啪啪”的爆竹声

响彻全村。

“盐灶村年年在变，岁岁在变。但村子的年味没变，真情也没变。”杰茜卡在爆竹声中弹奏一阕心曲，“家是我的方向”“盐灶村是我的方向”。

门门喜气，户户春风。大年初二晚，盐灶村晚在原创歌舞《乡村美　幸福年》中拉开了帷幕。60多名农村演员一起登上舞台，用歌声歌唱新时代，用人龙舞、小品、雷剧歌颂新生活。

“咚咚锵，咚咚锵，咚咚咚咚咚锵。”在一片喧天的锣鼓声中，杰茜卡“飘”到舞台中央。她衣袂飘飘，仗剑而立，周身剑气微荡。她玉手一扬，数道宛如白光般的凌厉剑气从袖中飞出。蓦地，她身形一侧，身剑合一向前一冲，寒芒电闪，剑气纵横，那木麻黄树之上竟隐隐泛出离合紫光。

杰茜卡一收势，全场爆发出如潮般的掌声。杰茜卡朝着舞台下深深地鞠了一躬。踩着七彩炫光，杰茜卡还与丈夫吴明杰即兴合唱了一首《在我生命中的每一天》。美妙的歌声随风飘荡，飘至大海，飘向远方。

（2018年2月6日）

哑巴河长

河弯弯水弯弯路弯弯。

天刚蒙蒙亮，哑巴柯浩南提着一块写字板，骑上电动车，像往常一样出门，赶往小东江巡河。数年来，柯浩南早晚巡河雷打不动，风雨不改。有人说，巡河不仅成了他的一种生活习惯，还成了他的一种生活态度。

踏着熹微的晨光，他绕着梅菉水闸转了三圈，随后在“水上人家”微信群里写下巡河日志：“江水变清了。”

在柯浩南的记忆深处，小东江曾是一条碧绿的河流。她从神奇的高州官庄岭里弯弯曲曲地流出，流过稀疏的月影，流过寥落的星辰，流过逶迤延绵的高凉之地，一路流向吴川，流入大海。小东江虽然“小”，但她却用永不停歇的流淌，滋养大地，孕育文脉。

秀水天来，那一江碧水不知流走了多少个春秋、不知浮载过多少个梦想，也不知滋养了多少代父老乡亲。很多人都说，吴川人的一天是从小东江一尾鱼轻轻吐出的涟漪中荡开的。小东江既是他们生活开始的地方，也是他们梦想开始的地方。

柯浩南自幼在江边长大，靠水为生。40年前，他拿起船桨，划开小东江江水，开始了自己的摆渡人生。水里来，水里去，他不消三年光景就成了浪里白条。后来，他带着满江的春光、满江的彩云离开了小东江。

他走后的第二年，小东江就突发洪水，滚滚浊流裹挟着大量的泥沙奔腾而下，声若奔雷，气势磅礴。风仗雨势，雨借风威，那雨像翻江倒海似的下了起来。“轰轰轰——”伴随着轰隆的巨响，小东江在雨中溃堤。凶猛的河水瞬间冲毁房舍，淹没稻田，吞噬村庄。洪灾过后，留下的是满目疮痍，一江死寂。

河堤缺堤后，苍蝇、蚊虫、蟑螂飞了进来；脏水、污水、废水涌了进来；建筑垃圾、工业垃圾、生活垃圾也冲了进来。然而，更令小东江苦不堪言的是，沿岸小型炼油厂的油膜直接泄入。那时，每天直接泄入小东江的废油就有100多吨。很快，小东江就变成了一条“火水河”，大块大块的油膜罩着江面，江上四处泛着或白或黄的泡沫，只要划根火柴丢进去就能点燃。很多人都清楚地记得，浅水镇河段曾经被点着烧过。后来，有村民不小心跌入曾被火烧过的水坑中，皮肤马上过敏，手脚立刻长满红色成片疹子。而跌落坑中的牛则全身发黑，牛毛脱尽，很长时间都没法下地犁田。

一江污水向东流，载不动许多愁！那年夏天，小东江水质严重恶化，吴川境内32公里江水全变成棕褐色，江面呈油膜状和泡状。

长岐镇岭头村村民因抽河水养鱼，结果所有鱼都被毒死。浅水镇杨梅村的十几头耕牛，曾因饮了江水而全部中毒身亡。

“50年代淘米洗菜，60年代洗衣灌溉，70年代水质变坏，80年代鱼虾绝代，90年代身心受害。”小东江水质恶化速度之快，超乎人们的想象。

“誓把清流还人间!”湛江、茂名两地政府痛定思痛，联合打出了治理“火水河”的“组合拳”，联合打响了小东江的保卫战。

柯浩南主动请缨，回乡加入战团。柯浩南和许多百姓一样，对于小东江，始终有种难以割舍的情愫。他说：“水被污染了，但江不能被污染。”一闻到小东江保卫战的“战火味”，他即辞去深圳一建筑集团董事长之职，策马回乡“参战”。

战火一直从高州蔓延至茂南，又从茂南蔓延至化州，再从化州蔓延至吴川。整条小东江流域战火纷飞，硝烟弥漫。

不负时光，一心向战。柯浩南很快就被任命为民间河长。

癸巳年端阳节中午时分，柯浩南溯江而上，巡至下隔海河段时，突然听到有人在喊:“救命啊！救命啊!”情急之下，柯浩南奋不顾身地跳江救人。柯浩南抓住女子手臂后拼命往岸边拖，但该女子一直挣扎，一直往深水区扎。柯浩南解开身上的绳子，意欲把女子绑到一起游，说时迟那时快，女子情绪突然失控，并把头扎到水里。由于浪高水急，女子瞬间被旋涡卷进桥洞。最后，柯浩南在桥洞边捞了一个多小时也没有捞到，体力严重透支后只好上岸。上岸后，他难过得痛哭起来。哭完后，他却突然得了一场怪病，后进行了喉部切除手术后才保住性命。喉部切除后，他完全变哑了。妻子吴香秀悲痛不已，强烈要求他辞去民间河长之职。一说到辞职，柯浩南就要跟她翻脸、生气。他说：“绝不能让一江污水‘流’给子孙后代。”

小东江流淌的不仅仅是水，还有乡愁。甲午年谷雨时节，小东江一项承载着百姓乡愁的生态河道示范工程全面动工。柯浩南每天都准点到达工地，察看工程进展。见到河道上堆满工程垃圾，他即向施工队提建议。

因手术后不能正常讲话，他只能在写字板上写字，但施工人员对他不理不睬，还冷嘲热讽。他不依不饶，并在现场拍摄视频、照片，直送河道监管部门。

江水流日夜。柯浩南自变成哑巴河长后，早晚巡河依然风雨不改，早晚巡河依然雷打不动。每天清晨，他都会带上雨鞋、铁钩、网罩、铲刀、垃圾钳、塑料桶从梅菉水闸出发，逆流而上。

他骑一路拍一路，骑骑停停，停停照照。车至小东江永红河滩，江面上漂浮着成片成片的水浮莲，水浮莲中间夹杂着许多白色垃圾，水体散发着淡淡的臭味。

哑巴河长奋力挥动七齿耙，将水浮莲往清捞船上“赶”，不一会儿，就装了满满一船。

巡逻车沿着弯弯的河堤行驶，碰到有人在河里电鱼、洗衣服，他就赶紧上前，靠着写字板劝阻别人，虽是无声的交流，但所有的含义都在彼此心照不宣中。

小东江夏日的天气，瞬息万变，三天两头一场大雨，混浊不堪的黄泥水，以雷霆万钧之势，向下游急奔而去。为了实时报告雨情、水情、工情及灾情，他常常冒雨巡河。那天，他在永红河段发现有头小牛掉进河里，他就一个筋斗跳进水里救小牛，结果牛被救上了，但挂在腰间的手机却被洪水冲走了。

巡逻车在风雨中行进，车至长岐镇岭头村河段，他发现数十

座养猪场已夷为平地。河边十个面积超半亩的排污池，也已闻不到臭味。

哑巴河长清楚地记得，这里曾是小东江污染最严重的地方，有连片九大养殖户。“生猪养殖污染治理百日会战”打响时，曾遭遇个别生猪养殖户顽强抵抗。养殖户说，拆除养猪场，就是断财路。

为了说服猪养殖动迁，哑巴河长踏破铁鞋、踩破门槛，可养殖户还是“外甥打灯笼——照旧(舅)”。

秋天过后，哑巴河长不再劝说养殖户，而是天天带着工具，上门为拒绝拆场的养殖户清理畜禽粪便，不让污水流入小东江。哑巴河长天天顶着超过40℃的高温，在异味刺鼻的畜禽粪池里挥汗如雨，默默地坚持清理畜禽粪便。

一天中午，由于气温过高，加之过度劳累，哑巴河长突然眼前一黑，双腿发软，跌进了粪池里。拒拆户听到响声，马上冲过来将哑巴河长抬出粪池，急送到吴川人民医院抢救。哑巴河长苏醒过来后说的第一句话是：“污水有没有流进江里？”“没有！”拒拆户含泪作答。几天后，康复出院的哑巴河长又带着工具来到养殖场，准备清理畜禽粪便。然而，在到达目的地后，却发现养殖场已“不翼而飞”。

傍晚时分，哑巴河长弃车登船，沿江而下。木橹在弯弯的河面上悠然搅动，倒映在水中的石桥、青竹、树影，还有天上的云彩和飞鸟，都被这不慌不忙的木橹搅碎，碎成斑斓的光点……

不知不觉中，船已开至大屯闸段，见到江面漂浮着几块红色塑料袋，他手臂一挥，网兜一钩，红色塑料袋及袋里的垃圾旋即被兜起。

“风里来、雨里走、水上捞、岸上巡”，数年来，他和数万治污大军一起不知打捞了多少吨垃圾，也不知打了多少场治污战役，但他清楚地记得经过数年浴血奋战，全流域先后关闭规模化畜禽养殖场数千户，封堵排污口数千个，拆除村民自建屋棚数千幢，关停小油厂、小纸厂、洗涤厂、皮革厂、印染厂、造纸厂、电镀厂等重污染企业数千家。

“问渠哪得清如许，为有源头活水来。”经过“战火”的洗礼，这条灾难深重的“火水河”现已变成了一条“拥一泓碧水，抱一片绿洲”的生态江。

如今，小东江正以“一江碧水流日月”的气度，唱响人水共亲、人江共融的时代乐章。

小船沿江而下，两岸茂林修竹，江水碧绿。江边高高耸起的小洋楼似在诉说悠悠岁月和江河的变迁。

小船划至瓦窑村河段时，水已变得十分清澈。哑巴河长缓缓地抬起头，一行白鹭正从他头上飞过，一路啼啭，仿佛在歌颂江水的碧绿。

（2018年4月18日）

替父站岗

父亲倒下，儿子“顶”上。

清晨，一缕阳光射进病房。夏开虎“啪”地立正，举起右手，向躺在病床上的父亲敬了一个神圣的军礼。然后，挥泪告别了父亲，奔赴黄坡镇沙岗义务消防队，替父站岗。

站在父亲曾经战斗生活过的地方，夏开虎思绪万千，心情久久不能平静。夏开虎清楚地记得，父亲夏银龙自从成了一名义务消防队员后，就把家里一辆手扶拖拉机改装成消防车。后来，又在一辆旧式吉普车上加装先进的消防设备，使“路虎”变成了“水龙”。数十年来，父亲一直围着“水龙”转，绕着“火海”跑。但“水龙”究竟喷过多少吨水，降伏过多少只“火魔”，夏银龙业已记不清。

“水龙”至今仍静静伏在营地里，虽然已喷不出水，但却在无声诉说着一个又一个水与火的故事。

那一年冬天，湛江一辆白色小轿车不慎落入鉴江，驾驶员被困车内。夏银龙驾“水龙”火线出击，抵达鉴江边时，车辆正在慢慢下沉。危急时刻，夏银龙跳入冰冷江水中：“坚持住！我来救你！”

夏银龙费了九牛二虎之力才将驾驶员从车内拽出。但为了避免驾驶员二次受伤，夏银龙用自己的身体当肉垫，将驾驶员托举出水面。

那一年春天，黄坡镇供销社家属楼突然失火，殷红的火苗“噌噌噌”地往上冒，待夏银龙驾“水龙”赶到现场时，夹层已被大火烧塌，一楼楼梯间已全被大火覆盖。

夏银龙背起氧气瓶，戴好呼吸器，就往火海里冲。火海深处，哭声、泣声、叫声、喊声汇成了洪大的悲号声浪。夏银龙用铁锹砸开窗户，迅速将一名已处于半昏迷状的小孩救出。

火势越来越大，浓烟越来越多，空气中的焦煳味也越来越重。“冲呀！”夏银龙拿着水枪，又一次冲进浓烟滚滚的火场，在短短10分钟内，迅速救出两名老人和两名儿童，还抱出一个滚烫的煤气罐。

“呜呜呜……”此时，一阵嘶哑的哭声从楼上传来。夏银龙戴上氧气面罩，再一次冲进火场。楼房内爆炸声此起彼伏，一个一个小火球蹿至空中。穿过火海，夏银龙终在墙角处发现一位昏迷妇人。夏银龙立即蹲下身，背起妇人就往外冲。快要冲出大门时，他们却被一团火焰热浪给逼退了。“撤！”夏银龙背起妇人从浓烈呛人的烟火中拼争出来。

爬到3层楼梯时，夏银龙已感觉头晕目眩。又是一个瓦斯罐爆炸了，楼层内外尽是呛人的浓烟。夏银龙取下自己的面罩，为妇人戴上，背着她穿过浓烟，一层层往下冲。

由于吸入大量有毒烟气，夏银龙后撤途中不停地咳嗽。但他不畏难不气馁，硬凭一股韧劲，直冲后门。一跨过“鬼门关”，夏银龙就瘫坐在地，不到一分钟就吐了。

很快，夏银龙被抬上了救护车。

在父亲出事后的第二天，夏开虎毅然辞掉上海稳定的计算机工作，独自扛起照顾父亲的重担。

“父亲在哪儿，家就在哪儿。”夏开虎在父亲的病床旁支起了小床，日夜照料父亲，把病房变成了新家。在夏开虎眼里，父亲的安好，就是他最大的幸福。

孟子曰：“惟孝顺父母，可以解忧。”2011年10月，夏开虎决定以父之名设立“消防基金”。随后，夏开虎提起父亲曾用的水枪，奔赴沙岗营地，去续写父亲的风火传奇。

营地里摆满了云梯消防车、水罐消防车和排烟消防车。夏开虎努力地从这些车的身上寻找父亲的影子。更憧憬着有朝一日也能像父亲一样，手握银枪，冲向火场，救人于危难。

“冬练三九、夏练三伏”，夏开虎牢牢记住了父亲的嘱托，而且这一记就是8年。钻火圈，跳深坑，攀高墙……8年来，夏开虎起五更，睡半夜，战酷暑，斗严寒，反复锤炼临阵不慌、临危不惧的心理素质；反复锤炼敢冲、敢打，练为战、战必胜的血性。

那一年秋天，强台风“彩虹”正面袭击港城，“半岛液化”3个球形储罐罐体发生严重泄漏，“嗤嗤”刺耳翁鸣声响彻港区上空。

那刺耳的翁鸣声如同来自地狱，穿透耳膜，摄人心魄。而更让人恐惧的是，储罐罐体的周边分布着10多家危化品工厂。泄漏罐体一旦发生爆炸，势必引发连环爆炸，届时爆炸的威力堪比一颗巨型炸弹，半个港区的建筑物都将被彻底摧毁、夷为平地。

危难时刻，夏开虎以父之名，星夜奔赴灾区。路上，风在吼，雷在响，大海在咆哮。沿途的铁皮屋、广告牌像纸片一般被“风魔”撕碎，漫天飞舞。夏开虎咬紧牙关，风雨中负重前行。

远远地，夏开虎就听到“嗤嗤”的泄漏声音，闻到浓烈刺鼻的天然气的泄漏味道。夏开虎心头一紧，暗叫“大势不妙!”

整个港区已被一片浓重的恐怖气氛所笼罩。灾区里飞沙走石，房倒屋塌，3个罐体的检查铁梯已全被吹断，3个罐体的顶部全出现气相泄漏，3个罐体的底部全冒出大量积液。

夏开虎倒抽了一口气，背脊一阵发凉。他深知，稍有不慎就会引火烧身，万劫不复。十多万条鲜活生命也会随之葬身火海。

时间一分一秒地过去了，死神正一步一步向人们逼近!

乱云飞渡仍从容，赴汤蹈火而不辞。夏开虎与四名敢死队员手挽手、肩并肩，筑起一道血肉长城。夏开虎穿上防静电内衣，戴上救援头盔，率先踏上竹梯，并向3号罐顶攀爬。3号存罐是一个近似的圆柱，高25米，底面半径为20米。夏开虎仰着身体，拽着喷淋管，艰难地向上爬。刚爬到一半，夏开虎的手心就攥出了汗水。

风仍在吼，雨仍在啸，他以惊人的毅力，与风魔进行生死较量。

罐顶血雨腥风，烽烟狼卷。夏开虎猫着腰靠近漏泄口，虽然使劲按压木塞，但木塞压得越低弹出的速度就越快。

夏开虎临危不惧，风中决定在木塞上加绑一条横杆进行外力加压。

压横杆，捶木塞，封喷口……夏开虎等人用血肉之躯成功堵住了直径约60毫米的漏泄口。随后，他们一鼓作气，成功转移泄漏罐体内残余的400余吨液化石油气。

雨停了，天亮了，但是风还在呼啸，海仍在咆哮。

（2018年5月15日）

成二狗

每到三华李花开的季节，我们就会想起成二狗。

成二狗出生在云开大山脚下的一个贫困农民家庭，父亲身残，母亲多病。平时一家七口人的吃穿用度，全靠一头母猪、两只母鸡和三亩薄田。

那三亩薄田原本是村里最贫瘠的一块土地，可在成家人的手中却日益丰厚起来。一株株挺拔俊俏的三华李树在地里茁壮成长，叶片青翠而油亮。

尽管三华李种植面积不大，品种不多，但却寄托着全家人的希望。平时放学后，成二狗都会跑到山上给“银妃”三华李浇水、施肥、修剪。

一阵春风过后，似乎在一夜之间，“银妃”就次第盛开出一大片圣洁如雪的李花来。那一树一树的李花，如风韵雅致的白衣女子静立于天地之间。成二狗紧紧地盯着“银妃”，目光里写满了深情。心心不停，念念不住。在“银妃”扬花的日子，成二狗整天都上山给“银妃”整形、修剪、搭架……有人说，成二狗把心都掏给了“银妃”。然而，一场春雨袭来，“银妃”却花落满地。“只开花，不结果”的流言像长了翅膀似的传遍了云开大山。土专家闻风而动，并在风中断定：都是假种子惹的祸！

站在李树下，成二狗的心有种说不出的痛。

细风剪碎一地落花。成二狗折断一枝带花的小树枝，毅然踏上了漫长的打工征途。

在佛山一家砖窑里，成二狗用汗水浸透时光。打坯，晾坯，上窑，封窑，烧窑，成二狗每天都在砖窑里“烤”八个小时。每次出窑，他身上的衣服都可以拧出水来。

为了帮助补家计，成二狗晚上还骑三轮车走街串巷收破烂。

“收破烂嘞……收破烂嘞……收烂铜烂铁，烂电脑，烂显示器嘞……”成二狗扯起嗓子喊。家里有破烂的早就准备好了，楼道里响起咚咚咚的脚步声。每一个晚上，成二狗总能拉回满满当当的一车子。

“人生气象，既可测又不可测。”正当成二狗骑三轮车满街跑之时，却接到父亲去世的噩耗。

父亲一走，债主纷纷上门讨债。有的债主跑到山上去圈地，有的债主赶到田里去封林，有的债主干脆拉走母猪抵债。

成二狗强忍丧父之痛，灵前承诺“父债子还”。

看着父亲生前写下的欠条，成二狗心如刀割。他强撑着快要跌倒的身体，在父亲生前写下的欠条上摁上手印。

成二狗跪在父亲的坟前哭得呼天抢地，泪水砸在地面上，溅湿了一抔黄土。

“人死债不烂！”成二狗擦干眼泪，再一次远行。走在通往城市的道路上，他坚持运红砖、捡破烂，一分一分地攒钱，一笔一笔地还债。

那段日子，他蹬着三轮车走街串巷，挨家挨户地收破烂。有一天他突发奇想：将收回来的易拉罐熔化，再作为金属材料卖，岂不是变废为宝？果不其然，他的想法很快便得到了应验。从拾易拉罐到炼易拉罐，虽然只有一字之差，但却改变了他的人生轨迹。

言忠信，行笃敬。仅仅三年，他不仅还清了欠款，还积累了人脉和信心。

“苦心人天不负，卧薪尝胆，三千越甲可吞吴。”历经战火的洗礼，成二狗终成了“破烂大王”，“麾下”的废品回收站已由最初的一间，壮大至60间。

那一年秋天，他花重金从国外一客商手上购进80吨废铜，然后转卖给江苏一电解铜厂。废铜从俄罗斯起运，经黑龙江，穿吉林，过辽宁，最终运抵江苏。开箱验货时，厂方发现废铜含有大量水垢、油污、涂层、筛网和印刷线路板。惊悉废铜货不对板，成二狗即取消赴美行程，并取道香港，折返南京。在电解铜厂，成二狗现场拍板，原价赎回“掺假”废铜。

成二狗说：人靠诚信走天下，也靠诚信立天下。

后来，成二狗的生意如滚雪球般越做越大，朋友圈的好友也越来越多。然而，不管生意有多大，门路有多广，他却始终忘不了云开大山，忘不了从大山走出来时的初心。

2017年8月上旬，成二狗与20多名留守儿童一起寻梦九寨沟，共唱“高原红”。

8月的九寨沟，迎来了一年中最好的丰水季节。景区内大大小小的山塘、湖泊、溪流、深潭水光潋滟，碧波荡漾。一路碧水仿佛被赋予了无尽的生命，在山峦间盘旋，在丛林里欢唱。蓝天、白云、雪峰、彩林、山花、飞鸟，浓缩在清澈透明的水中，呈现出鱼在天上游，鸟在水里飞的奇观。

在琼楼瑶池旁，成二狗与留守儿童大快朵颐，开怀畅饮，把酒言欢。酒至半酣，忽阴云漠漠，天雷滚滚。突然，地面晃动起来，吊灯也跟着摇晃。地震了！霎时间，房屋倒塌，山体滑坡，大地咆哮！

“地震来了，快跑！”九寨沟“天堂”酒店的食客发疯地往楼下跑，游客也像离弦的箭一样往前冲。“孩子们，跟我走！”成二狗一边吼，一边拉着两个孩子就往外逃。

桥梁断裂，公路断道，电网断电，通信断绝。成二狗拽着孩子，使劲地往前跑，像只母鸡一样张开翅膀想把所有的孩子都抱在怀里往外冲！

一气跑了十里地，成二狗才敢停住脚喘口气。宽阔的山谷地带，已聚满逃避地震的人们。现场的空气仿佛凝固了，让人们感到窒息。

成二狗站在风中，拼命地呼喊孩子的名字。孩子们惊魂未定，眼里充满惊恐。“天气冷，我们抱在一起，生火取暖。”成二狗与孩子们紧紧抱成一团，彼此依靠，彼此温暖。

余震不断，震荡不止。这一夜，成二狗用生命守护着孩子们的生命，书写了一个“破烂大王”的责任与担当。

生命至上，分秒必争。寒夜里，一条条用血肉之躯筑起的生命通道被打通。很快，九寨县城恢复供电、供水、供油，黄龙机场也恢复通航。

9日清晨，天刚蒙蒙亮，成二狗就赤脚走回酒店，补交餐费。在收银台前，成二狗向收银员一一说清昨晚消费时间、房号、费用项目和金额。核对菜单后，成二狗付清了2199元的餐费。

高原金色的朝阳洒在通往黄龙机场的大道上。成二狗和孩子们坐上了南航的飞机，飞向蓝天。

（2018年8月26日）

『湛江蓝』

湛江的天很蓝，蓝得像海；湛江的海也很蓝，蓝得似天。

平时，我总是低头赶路，极少抬头看天。夏季六月，我走到海边，猛然抬头一看，发现湛江的天空是那么的空，那么的蓝。不同于其他钢铁城市灰暗的天空，湛江的天空是一片渺无边际的湛蓝，如同一匹蓝色的锦缎铺散在空中，似乎轻轻一拧，就能拧出一泓水来。偶尔有几朵彩云飘过，那分明是给蓝色锦缎刺绣印花。绣了花的锦缎一直从海里铺至天上，又从天上卷回海里，将天空与大海连成一片，融为一体，让人无法分清哪是海，哪是天。

天是海的倒影，海是天的模样。一时间，我在天与海之间迷路。海风拂来，我发现眼前的雾是蓝色的，潮声是蓝色的，还有我的气息也是蓝色的。我深深地呼吸，呼吸，呼吸……渐渐地，蓝色的空气渗透进我身体的每一部分，朦朦胧胧中，我感觉自己已融化在这蓝色的海天之间。我抬起手，食指轻轻划过蓝天。然而，就在我举手投足一瞬间，指尖竟然也被染成了蓝色。

沉浸在蓝色梦幻里，我终于相信大海是被天空的眼泪染蓝的。

成群的海鸥在天空中“嘎嘎”地叫着，时而敛翅滑翔，时而展翅高飞，似乎在述说着湛江与鸟的故事、湛江与天的故事、湛江与海的故事。

很多人都说，湛江与海的故事，“一千零一夜”都说不清道不完。

的确，湛江有千年海港、千年海岛，还有千年的传说。湛江之所以有这么多的海岛、这么多的故事、这么多的传说，皆因湛江一

出生就属于海。湛江的海很大很宽，硇洲海、乌石海、新寮海，片片相接；湛江的海岸线很长很细，东海岸、西海岸，岸岸相连；湛江的海岛很沉很重，东海岛、南三岛、特呈岛，岛岛相望；湛江的海湾很多很美，湛江湾、雷州湾、吉兆湾，湾湾相扣。

“一湾多岸”“一岸多桥”“一桥多岛”。在世人眼中，湛江是一座由海风、海浪、海岛雕刻而成的海湾城市。湛江的每一棵树、每一根草、每一片灯火都沾染着海的气息。湛江的每一条街、每一道巷、每一幢房子都散发着海的气味。居住在湛江，一打开窗就能闻到腥咸的海风，一打开门就可看到浩瀚的大海，一打开心锁就能触摸到飞溅的浪花。

俗话说“靠山吃山，靠海吃海”。远在8000年前，雷州半岛远古人类就在遂溪鲤鱼墩里留下“吃海鲜”的痕迹。早在2000多年前，湛江先民就在海田乡的英楼岭、梅菉镇的梧山岭、塘尾镇的南蛇岭等遗址上刻下吃海耕海的印记。

捕鱼、采珠、晒盐、行船。千百年来，湛江先民们傍海而生，一直在用真情和责任记录“吃海”的历史，一直在用智慧和汗水书写各自咸甜交织的人生。

靠海吃海，风生水起。2000多年前，汉武帝就派遣船队，从湛江这片海起航，经越南，过印度，绕缅甸，直抵斯里兰卡，开辟了“海上丝绸之路”，推动了中华文明与世界交流互鉴的历史进程。

东汉史学家班固的《汉书·地理志》有云：“自日南障塞，徐闻、合浦船行可五月，有都元国，又船行可四月，有邑卢没国……”

一片大海，几多收获。千百年来，靠海吃海的湛江从海里获取了丰厚的物质馈赠，也获得了丰富的精神滋养。大海除了给湛江带来客船、货船、炼厂、钢厂外，还给湛江带来澎湃的激情和无穷的力量。然而，在那段“吃”海的日子里，湛江人也发现大海是有生命的，有呼吸的，有性格的，有底线的。

“海可以‘吃’但不能‘天天吃’。”

“如果我们一味地‘吃’海，迟早也会被海‘吃’掉。”

曾几何时，湛江的一个海岛就因“吃海太深”“啃海太狠”，而致海岛无鱼，渔歌不欢。曾几何时，湛江一个渔港也曾因过度开发，重度污染而引发赤潮，鱼死虾亡。

“欲吃海先养海！”湛江人深刻地意识到，要想“吃”海，就得先敬海、养海、护海。

黎明时分，一场声势浩大的蓝天碧水保卫战在湛江湾打响。

湛江湾水深湾阔，口小腹大，终年不冻不淤。20世纪80年代，湛江渔民在湛江湾进行“见缝插针”式的养殖。那时，整个湛江湾

几乎被浮吊式贝排、浮筏式贝排、棚架式贝排等非法养殖设施所占领，港湾一度出现“船塞”和“鼻塞”现象。

海湾清碍行动雷霆万钧。很快，6万余个深水网箱、浮球吊式贝排以及2万亩蚝桩全被清空。

“不见渔排塞港湾，但见一片海蓝蓝！”百姓为之欢呼，大海为之鼓舞。

“我们要像敬畏海龙王一样，敬畏大海。”听惯了艄公的号子的湛江人发出了时代最强音。踏着时代的节拍，湛江人在海里建起9座人工鱼礁，建成22个海洋渔业自然保护区。迎着改革的春潮，湛江人在海边增殖放流优质鱼虾苗2.8万尾、贝苗480万粒、梭子蟹苗155万只、中国鲎72.6万只。

龙三水是一位增殖放流志愿者，也是一位地地道道的老渔民。

他从小在渔船上长大，10岁就跟父亲出海打鱼。一辈子究竟从海里捕起多少鱼，他早已记不清，但他清楚地记得，自己生存的基础和家底全是大海给的。他对大海一直怀着深厚的感情，这情感像血液一样黏稠。在过去那段日子里，他出海打鱼不分季节，不分大小，见鱼就抓，见鱼就吃，后来，渐渐发现鱼的个头越来越小，鱼的种类也是越来越少了。

“江海虽广，池泽虽博，鱼鳖虽多，网罟必有正，船网不可一财而成也。”一个漆黑的夜晚，他将祖传的“绝户网”全付之一炬。

“不仅要烧掉‘绝户网’，更要增殖放流。”每一次增殖放流，龙三水都活跃在最前线。他说：“增殖放流也是‘还债’。”

后来，龙三水又加入“护鱼”战队，日夜出海“护鱼”。

这些年，龙三水越护越起劲，护鱼船也越换越新。

清晨，湛江在“叽叽喳喳”的鸟叫声中醒来。披着朝阳，我跳上龙三水的护鱼船，随船出海。

晨光中，我似乎听到古老的东海岛渔歌从云霞间传来。

东海岛像只神奇的蝴蝶，从歌声中飞来。海岛之上，宝钢湛江钢铁224座硕大的烟囱拔地而起，直刺蓝天。让人惊奇的是，这些烟囱里并没有想象中的浓烟和刺鼻的味道。蓝天白云下，高耸的烟囱上方，只有一缕细微的轻烟若隐若现。

龙三水说：“前些日子，湛江出台了‘大气十条’，湛江钢铁、湛江发电、湛江造纸、湛江水泥、湛江啤酒等厂的烟囱，都不冒黑烟了。”

东海岛的深水岸线外停泊着一艘30万吨远洋货轮。货轮仿若一个钢铁巨人稳稳地将整座城市锚定在蓝天白云之下。

船离东海岛越来越远了，海水也越变越蓝。那无边无际的蓝，仿佛一块蓝宝石，一直从海上蓝至天边，蓝至天外。那种蓝，蓝得明亮，蓝得透彻，蓝得干净，蓝得可以熄了心火。我躺在船舱上，让蓝锦缎盖过身体，淹没呼吸，淹没辽远。起伏之间，我感受到五脏六腑的微妙变化，感觉到自己离海很近，离天很近，也离梦很近。

弃舟登岸，我飞上了蓝天。天上，风是蓝色的，鸟也是蓝色的。在万米高空，我触摸到湛江天空特有的蓝，这种“湛江蓝”，蓝得深邃悠远，蓝得透彻心扉。这种“湛江蓝”，一直从天边蓝到海上，又从海上蓝进我的心里。此时此刻，我真切地感受到，唯有飞到一定的高度，才能真正触摸到“湛江蓝”，才能真正触摸到这种没心没肺、随心所欲、歇斯底里的蓝。

天是高度，海是深度，蓝是宽度。在如此高、如此深、如此宽的海天之间飞翔，我潮湿的心被吸干了，也被染蓝了。

（2018年9月16日）

红墙别墅赠乡亲

家家住别墅，户户能通车！萦绕千年的小康梦想，正照进杨赤里村的现实。

杨赤里地处丘陵，人多地少，全村共42户，216人，是一个革命老区村庄。数十年来，全村人畜饮水全靠一方露天水塘，人畜行走也全靠一条凹凸不平的泥土路。泥土路晴天硬如刀、雨天黏似糕。有一次，一位外来媳妇的脚陷进泥潭里，想拔都拔不出来，后来干脆把鞋子脱掉，用鞋带系在一起，搭在肩上，赤着脚走，边走边埋怨。然而，谁也没想到，这个曾经凹凸不平的穷山村却发生了“改天换地”的精彩蝶变。

通往村子的道路已全部实现硬底化。道路两旁种满樟树。极目望去，但见一排排色调统一、样式新颖的别墅齐刷刷矗立在蓝天下，就像等待检阅的士兵。别墅红墙白顶，内设四厅八房，外附一露台、一天台、一汽车库和一鸡舍。别墅内墙贴高档彩釉砖，外墙贴高级烧结砖，门窗安高端铝合金，散发出浓郁的现代气息。

村内，忠武亭与四知亭相依；杨时文化广场与“立雪”文化广场相通；垃圾处理站与污水处理厂相连；排水管网与电气管线相搭；明珠观光水塔与后山绿地公园相融；村史展览馆与村民图书室相望。

村史展览馆内陈列着铁锹、镰刀、锄头。村史展览馆外悬挂着中国民间艺术之乡、中国建筑装饰之乡、中国羽绒之乡、中国塑料鞋之乡、中国月饼之乡、中国诗词之乡等牌匾。

村文化中心外墙雕刻着“五位一体总体布局”“四个全面战略

布局”几个金色大字；村文化中心内墙刻有孔子、孟子、庄子、老子的名言警句。

墙里墙外皆为诗风诗雨，屋里屋外尽是欢声笑语。

“天上掉别墅这样的好事真是从来没想过。”村民们聚集在观光塔下边抽边聊。“吧嗒——吧嗒——吧嗒——”他们共用一根水烟筒，二叔抽一口递给三婶，三婶抽一口又递给七公，此起彼伏轮番地吐着烟圈，好像一辈子的劳累就随着嘴里喷出的烟雾缭缭消散。

入夜，杨赤里家家户户灯火通明，蛙声、歌声、流水声、欢笑声，声声入耳。

“五星红旗迎风飘扬，胜利歌声多么响亮；歌唱我们亲爱的祖国，从今走向繁荣富强——”村民杨锡余在家里大展歌喉，唱了一遍又一遍。他兴奋地说：“别墅亮堂堂，道路亮堂堂，我的心里也亮堂堂。”

杨锡余本是村里的困难户。以前，他一家6口人，一直住在3间土坯房里，因年久失修，一到雨天，便是“外面下大雨、里面下小雨”。去年腊月廿八，他们一家住进了400多平方米的红墙别墅。

“住在别墅里睡觉都是香的，有时睡到半夜也会笑醒。”杨锡余喜滋滋地说，“没花一分钱，没操一份心，就能住上大别墅，这全是托了党的福，受了杨松董事长的恩啊!”

(一)

杨松是土生土长的杨赤里人。他出生时，家里非常穷，穷得米缸常常见底。为了一家人不断炊，父母不得不去向邻居借粮。每年腊月，全家总是上顿不接下顿，幼小的杨松只能替父去向村民借。村里的好心人知道他家的难处，硬是将自家省下的口粮，借给杨松。

那时，杨松家几乎借遍了全村。有一年做年例，家里买不起鸡，按照村里的习俗，招待亲戚又不能没有鸡，就只好用木头刻一只鸡放在餐盆里，算个大菜，图个彩头。很多村民都说：“杨松是生在塘缀镇最穷的村，长在杨赤里最穷的户。”

“穷人的孩子早当家”，从六岁开始，杨松就开始割草、砍柴、放牛、喂猪。春耕时节，杨松还帮母亲在田间犁地，母亲在前面拉犁，自己在后边扶犁。杨松和母亲深一脚，浅一脚在地里艰难地爬行。犁完一垄田，杨松累得直不起腰。看着儿子的胳膊被磕得青一块紫一块，母亲心疼得直掉眼泪。

为了减轻父母的负担，杨松常在学习之余步行到廉江、化州打零工，挣点小钱补贴家用。有一次，杨松还翻山越岭，到广西玉林摆地摊，贩卖猪崽。

20世纪80年代初，改革开放的春风吹绿了神州大地，也吹绿了吴川塘缀的山山水水。镇里一大批青壮劳力乘着改革开放的春风，卷起铺盖，背起行囊，踌躇满志地走出山村，走向珠三角，走向全国。他们就像一群候鸟，纷纷飞出树窝，飞到陌生的城市，寻找各自的生活和前程。

“不想认命，就要拼命。”杨松牢记舅父临别时的一句赠言。望着舅父远行的背影，杨松心中有说不出的滋味。“究竟是跟着舅父走出去？还是留在村里照顾弟妹呢？”杨松辗转反侧，一时拿不定主意。一个温暖的午后，他坐在树下苦思冥想，最终觉得“走”方为上策。于是，他鼓起勇气向父亲说：“我要出去闯一闯！”

“儿子出去能闯出个名堂吗？”父亲心中没底。临行前，父亲本应多给儿子一点路费，但是这没有可能。因为他手里一分钱也没有，家里唯有一头母猪和几只老鸭。

“长子出门总不能两手空空吧？！”父亲蹲在屋檐下不停地抽闷烟。

后来，父亲把心一横，卖掉几只老鸭。母亲也步行十里，到亲戚家借回了20元。1980年7月12日，杨松小心翼翼地捏住27元钱，转身走出家门。离别时，父亲反复叮嘱：“人什么都可以丢，但脸不能丢；人什么都可以失，但信不能失。”

“儿行千里母担忧”，母亲提着箱子一直把杨松送到村口。望着杨松远去的背影，母亲忍不住潸然泪下。

杨松穿着破旧的T恤，趿着废旧的拖鞋，进了深圳。

初到深圳，因人生地不熟，杨松只好到深圳市吴川建安公司建筑工地上运沙子、搬红砖、捣水泥浆。那时，因没有户口，只能待在石棉瓦搭的工棚里，不敢出门。如果出门一给派出所“逮”住就要“遣返”樟木头。半年时间里，杨松一直待在工地里做小工。没活干时，他就跑去看砖匠师傅砌墙。

砖匠师傅是个“光头强”，满脸扎里扎爹的胡须，好像无数根横七竖八的银针。砌墙时，“光头强”挥动泥水刀，斜斜地往水泥桶一挑，唰唰唰地往砖上一抹，接着，“叮叮当当”把砖一敲，一块砖就砌好了。到了墙角，“光头强”又操起泥水刀，“咣咣咣”将多余的碎砖剁掉，随后挑泥、抹缝、抹灰、码正，墙角切口一下子就咬合了。

砌完墙后，“光头强”跳下竹棚，拿起啤酒瓶就喝。在酒力的燃烧下，他在工地里忘情地跳起了舞，嘴里不断地哼着《故乡的云》《北方的狼》，那破嗓子听起来竟也是那么粗犷动听。

打那刻起，杨松就暗下决心要当个砖匠师傅。为能早点摸到泥水刀，杨松专拣苦活、重活、脏活、累活干，在气温高达三十八摄氏度的酷暑日子里，他仍然坚持在毒花花的太阳底下搬红砖，捣水泥，扎钢筋。工地收工后，他自掏腰包买来一把砖刀，一捆棉线，一个铁坠和一千块砖，在工棚外练习砌墙。从取砖、选砖到砌砖，从砌大墙到砌墙角，从砌门口到砌墙垛，杨松一项项苦练。墙体砌好了测量，量完了推倒，推倒了再砌。春去秋来，那面墙被推倒至少一千次，坚硬的红砖最后都被磨成圆角，杨松的双手也被磨出厚厚的老茧。

“砖要封得实在，墙要行得平直！”“光头强”终于被杨松勤学苦练的劲头所感动，决定收其为徒，“人依墙斜站，脚往墙斜靠，左脚距墙跟30到40厘米。”

看着杨松的技艺一天天熟练起来，“光头强”满心欢喜。几经周折，杨松终于拿到了砌墙师傅的上岗证。

杨松提起泥浆斑斑的水泥刀爬上脚手架。然而，当杨松睁眼往下看时，突感头脑发晕、腿部发软、手脚发麻，地下的景象也大幅度缩小，一切都变得遥不可及。

“这是恐高症！”“光头强”说，“松仔呀，你有恐高症恐怕是端不起‘师傅’这碗饭了……”

“光头强”的话犹如晴天霹雳，一下子就把杨松震蒙了。被工友扶下来后，杨松一直待在工棚里，不吃饭也不说话，只是默默地流眼泪。

然而，深圳不相信眼泪。杨松唯有擦干眼泪，从做泥水工转向做炊事。第一次上灶台，杨松将刚煮好的一锅稀饭从炉灶上端起，锅儿突然掉落到地上，煮沸的稀饭溅起烫伤了脚。吃了那次亏，杨松开始潜心研究锅碗瓢勺的性能，苦练烹饪、炊事技能。

淘米、生火、烧水、下米、做饭、洗菜、切菜、炒菜，杨松每天都在热气腾腾的灶台前忙前忙后。那时，柴草“啪啪”的燃烧声，锅铲“哧哧”的翻炒声，汤水“咕嘟咕嘟”的沸腾声，成了他的“主旋律”。每逢节假日，杨松还使出十八般武艺，蒸煮卤炖，煎炒烹炸，整出几桌色香味俱全的大锅菜，温暖那些贫瘠的岁月。

围着三尺灶台，想着柴米油盐。杨松一头扎入菜市场鱼龙混杂的人潮，学着与市场上形形色色的人打交道。慢慢地，杨松发现市场中处处隐藏着商机，于是悄悄做起“白花油、红花油、雨伞、尼龙布料、花旗参”买卖。

有一次，杨松到市场采购猪肉，无意中听到档主都在议论红砖价格。有档主预判，红砖价格会比猪肉价格涨得快！

“红砖价涨，不正是商机吗？”翌日，天刚蒙蒙亮，杨松就骑自行车到工地去走访老乡，查探实情。

1981年夏天，杨松毅然辞去了工地上后勤主管一职，开始着手创办自己的红砖厂。杨松去职能部门咨询清了办砖厂的规矩，正儿八经办了执照，然后在深圳福永开窑烧砖。在那段烧砖的日子里，沉重的拉砖车子、滚烫的拉车皮带、灼热的橡胶护手成了杨松形影不离的伙伴。打坯、码坯、晾坯、装窑、封窑、出窑，杨松每天都在砖窑里“烤”八小时。苦干半个月后，杨松发现身上突然长了好多疹子，痒得十分难受。杨松怕花钱，一直不敢去看医生。然而，让杨松更加难受的是，第一次出窑的每一块砖，都有不规则的煤烧黑块。杨松一下子就蒙了，紧张得连路都走不了了。后来，杨松足足在床上躺了一个星期才缓过气来。

为了维持生计，杨松不得不去给宝安农民割禾、晒谷、砌灶台、修猪圈。远在家乡的杨父，听说儿子创业遇到了困难，挂念不已，抛下家里的农活赶来深圳“打下手”，工余时间还编制簸箕、竹篓去卖，以补贴砖厂的开支。

走在割禾的路上，杨松发现宝安黄田有个机械化的砖厂，于是赶紧跑去取经。后来，这家有技术、缺市场的机械化的砖厂成了杨松的合作伙伴。

本以为通过技术改造，砖厂就可起死回生，可让杨松万万没想到的是，新生产的砖仍然达不到客户要求，卖不上价钱，更难以打开销路。杨松很纳闷，他跟合伙人一个因素一个因素地排查，最后发现，根源就是土质问题。

杨松急得像热锅上的蚂蚁，到处找解决土质问题的办法。有一天，杨松骑车去深圳南头找土专家。路经南头检查站时，见到一辆大货车半路抛锚，司机正手忙脚乱地换轮胎。杨松问：“师傅，需不需要帮忙?”“不用不用，多谢了。”杨松正欲离开，却意外看到，车厢里垒得规整的砖非常漂亮，“师傅，这些砖是哪里来的?”“从码头来的。”“哪个码头?”“码头很多，最大的还是蛇口码头。”来不及跟司机告别，杨松飞车直奔蛇口。

看着一车车砖色赤红，砖身细密，硬而有韧性的红砖，杨松暗自高兴。

好说歹说，杨松与一位中山的供应商谈到了最低价。紧接着，他带着样品砖，找到自己熟悉的客户洽谈。客户一看，“哇，这个砖不错！价格怎么样?”“跟原来谈的一样。”二话没说，客户下了订单。就这样，杨松迈出了从烧砖到销砖的第一步。后来，杨松又在蛇口码头揽下东莞石材厂、顺德水泥厂的沙石、水泥订单。自此，杨松的命运就在蛇口码头发生了转折。

赚到第一桶金后，杨松马上坐车回杨赤里村，给父母添新衣，还旧债。随后，又在塘缀镇中心地段买地皮建楼房。

（二）

“雄关漫道真如铁，而今迈步从头越。”杨松在蛇口码头获取了成长力量后，又把目光投向广州。1985年6月，杨松独资的广州红雁海鲜酒楼在一片锣鼓声中开张。开业第一个月，生意冷清。但仅仅一个月后，“红雁”就像细火慢炖出来的“鲍鱼汤”香气渐渐四溢。一时间，酒楼顾客盈门、生意兴隆。但奇怪的是，每到月底结算，利润却微乎其微。

杨松对进货、后厨、财务进行一一倒查，竟发现了诸多的管理漏洞。他意识到，如果管理漏洞多，酒楼生意再红火也只能赚吆喝不赚钱。

自此，杨松除了加强对酒楼方方面面的监督管理，还特地从深圳高薪挖来2位经理人主管运营。自此，酒楼的生意越做越红火，利润也越来越高。

人生无常。就在后厨的大锅天天滚烫之时，酒楼接到了一道“停业”的通知书——业主要收回该楼房改建为电子市场。

1988年初，酒楼所在的大楼如期被收回了。杨松又一次走到了人生的十字路口。

杨松擦干眼泪扛起行李再次踏上开往深圳的列车。一下车，杨松行装未卸，即驱车前往深圳市蔡屋围金塘公司，向当年办酒楼时结识的蔡总“求救”。未见其人，先闻其声。“工程做成这样，整改还要花这么多钱?”站在蔡总办公室外的走廊上，杨松心里直打鼓。

坐下来细聊，杨松得知金塘公司所建设的厂房，地面被承建商做砸了。蔡总要求承建商整改，承建商却坐地起价。

“行到水穷处，坐看云起时。”杨松从“金塘公司”身上看到了自己生的希望。随后，杨松拉上懂业务的项目经理去了厂房现场，实地测量，研究整改之策。夜里，杨松又搭摩托车到金塘公司，敲开蔡总的门，强烈表达承包装修工程的意愿。蔡总拿出一沓厚厚的图纸给杨松：“先回去，打出预算。预算出来后，我再去看看、考察你的施工能力。”杨松拿着图纸漏夜折返工地，请项目经理帮忙打预算。

这一夜，杨松激动得一晚没有合眼，希望天快点亮起来。次日清晨，蔡总来到工地实地考察。一路上，蔡总总是眯着一双眼，用怀疑的眼光打量着周围。杨松举起右手立下誓言：“保证一个月完成任务，不完成不收钱。”

不久，杨松就接到了“金塘公司”发来的中标通知书。合同签订后，杨松抑制不住内心的狂喜，在大街上飞奔起来。

“三分天注定，七分靠打拼。”开工当天，杨松情不自禁地唱起了《爱拼才会赢》。之后，杨松吃在工地、住在工地、指挥在工地，就连睡觉做梦都出不了工地。凭着一股拼劲、干劲，杨松终于拿下了人生中第一个中标项目。厂房装修工程提前完工，让蔡总对杨松刮目相看。很快，杨松又接到了蔡屋围金塘大厦项目的中标通知书。那段时间，杨松的BP机响个不停，有兜售建材的，有推销水泥的，甚至有出价50万元，希望买下施工承包权的。

“不负时光，不负蔡屋围!”杨松抵制住各种诱惑，毅然组建出一支专业团队，紧锣密鼓地干了起来。

为不负重托，杨松日夜盯控施工现场，风雨不住，高温不停。施工人员实行双班倒，而他则是“连轴转”，吃住都在工程车上。在短短的3个月时间里，他跑坏了4双鞋子，体重下降了5公斤。一分耕耘一分收获，金塘大厦项目最终获得了深圳市优质样板工程的称号。

“金塘大厦项目”的成功不仅抚平了杨松的伤痛，更激发了他在传奇的深圳书写传奇的干劲和力量。1990年，杨松又揽下了深圳华日汽车维修大厦项目。杨松深知，“华日”是深圳市重点工程，如果建不好是要坐牢的。杨松把心一横，卷起铺盖，住进工地。“华日”工期短，地质结构复杂，施工难度很大。最让杨松头痛的是，要挖8米深的大坑建地下停车场。

为了攻克这个最大的难关，杨松请来了土专家、洋专家，反复商讨，反复做方案，研究对策。不到一个月，专家们就拿出了36个方案。经反复比对，一份详细又细致的解决方案终于落地。

进入施工阶段。杨松日夜蹲在地，挖地基，打深桩。虽然身上贴满了止痛膏，但他全然不顾。有一次，地下出现管涌，杨松二话没说就跳下去用身子堵住涌口。之后，组织力量运来绿豆砂进行封堵，并对坑中土进行抢挖。

“施工如同走钢丝，每步都要小心翼翼。”杨松深知施工的难，但那不服输的性格使他天生爱和困难较劲。模板支撑间距差几厘米都不行、钢筋绑法稍有点瑕疵重来、工地施工现场的防火设备少一样都不可以。

“人生没有白走的路，每一步都算数。”“华日”最终拿下了国家建筑工程最高奖——鲁班奖。这是湛江人拿下的第一个鲁班奖。一个半路出家的“包工头”竟然也能拿下鲁班奖？杨松一时轰动业界，震撼鹏城。杨松将鲁班金像高高举过头顶："我要用一生的心血去打造最好的建筑!"

"东风吹来满眼春。"1992年，邓小平同志南方谈话，犹如声声春雷，起于南海之滨，响彻神州大地。杨松"顺春风而动"，一举拿下了深圳市蔡屋围发展大厦项目，并再次获得了鲁班奖!

1995年2月24日，由杨松独资的深圳首家民营建筑企业——深圳市广胜达建设有限公司在深圳市市场监督管理局罗湖局登记成立。自此，"广胜达"踏上了时代列车，融入了改革开放大潮。

公司成立之初，杨松就把"以质为命，以信为本""严抓过程管理，工作不留手尾""没有回头客就是我们失败"等口号贴在墙上，刻在心里。

杨松深知，做建筑企业要创一二宗优质工程并不难，但要把"以质为命"的理念融入员工的血液、植入企业的肌体恐怕就不是件容易之事。对此，杨松天天讲"以质为命"，月月讲"以质为命"，年年讲"以质为命"。杨松边说、边查、边议、边制定措施：凡经检验不合格的材料一律不用，凡质量验收不达标的工程一律返工。随后，公司大力推行的图纸标准化、施工工厂化、管理可视化、现场整洁化的"工程四化管理"，把"以质为命"的理念融入公司的每一个环节，每一段流程。

反复提，提反复。杨松还在公司早班会上反复讲"以质为命"，年中总结会上反复提"以质为命"，年底表彰会也反复说"以质为命"。在公司成立一周年的表彰会上，杨松还专门讲了海尔集团首席执行官张瑞敏砸冰箱的故事。

渐渐地，"以质为命"的意识渗透到公司的每个角落。"以质为命"也成为公司上下的思想自觉和行动自觉。

1996年夏天，深圳市蔡屋围发展大厦项目进入竣工验收阶段，相关部门按程序进行了基础验收、钢筋隐蔽验收、主体结构验收以及节能、防雷、消防等各项验收，结论：全部合格。但“广胜达”进行交叉检查时，发现保温材料达不到最高标准，施工工艺达不到最高要求，马上下令返工。甲方代表看到返工通知书后，大感惊讶：“我们对施工质量已非常满意，无须再返工。”深圳市蔡屋围发展大厦董事长蔡鸿亮还出面替施工员求情。

“质量没人情可讲，公司交叉检查不达标绝对要返工！”“广胜达”责令施工员马上返工。为了保证质量，为了保证工期，杨松毅然决然地把铺盖搬到工地，日夜监工，虽然他的家就在千米之内。

1998年秋天，“广胜达”承建的深圳塘镇后山工程进入收尾阶段。杨松发现一层楼梯有道很小的裂缝，认为质量不过关，当即要求员工砸掉，重新砌上水泥。项目进行自检时，杨松发现大堂铺设的大理石有色差，马上叫停，并敲掉大理石重新铺。这一敲一铺，成本就是100万元。

“质量就是效益，质量就是生命。”20多年来，“广胜达”始终坚持不转包、不挂靠的经营模式，所承建项目先后获鲁班奖、詹天佑奖和广东金匠奖，工程优良率（评优）达97%以上。

（三）

在深圳打拼的日子，杨松一直谨记父母的教诲——答应别人的事就一定要做到。

小时候，父亲经常给他讲曾子杀猪的故事。

曾子杀猪取信于子的故事，对杨松启发很大。杨松说，生命不可能从谎言中结出果实。

2004年，“广胜达”承建深圳市得润电子股份有限公司工程项目。按合约规定，得润电子股份有限公司必须在4月底前完成清表、交地工作。由于受天气、地势等因素影响，净地直至8月底才能交出。时过4个月，钢材的价格已从3800元/吨升至6200元/吨；水泥也从290元/吨升至320元/吨。明眼人一算，就知道工程如做下去必亏无疑，仅钢材一项就会亏1000多万元。当时，家人、朋友都力劝杨松弃约，但杨松把“信用当押金”，硬将砂浆泵、泥浆泵、灰浆泵、喷涂泵和卷扬机、升降机、钢筋切断机拖进工地，硬将这一“亏本工程”做成了“明星工程”。为了“守信”二字，杨松付出了沉重的代价。最后，经工程结算，“广胜达”共亏1200多万元。杨松那种“牙齿当金使”的契约精神深深感动了业主。得润电子股份有限公司千方百计挤出350万元补贴给“广胜达”。即便如此，“广胜达”仍亏800多万元。

亏了800多万元后，杨松资金周转出现困难。但为了兑现给村民修路的诺言，杨松又毅然把推土机、挖掘机、装载机运回塘缀，免费为乡亲修路。稍微上点年纪的人都记得，杨赤里过去是一个穷得出名的村庄，村里没一栋像样的房子，没有一家小卖铺，也没有一条好路。村里通往外界的唯一一条泥土路，坑坑洼洼，而且非常狭窄。把泥土路修成水泥路，一直是杨赤里村人的梦想和最殷切的企盼。

1994年，杨松回村过节时曾许下诺言，十年后一定帮村里修条硬底化水泥路。

见到杨松把推土机、挖掘机拉进村，大伙都很兴奋，而且都站出来热烈鼓掌；但修路要占地，摊到谁家谁都摇头。2004年6月，杨松第6次来到村民杨春家，好不容易说服他同意让出山林和田地。当晚，杨松就留宿在杨春家，一边拉家常，一边帮着做家务。深夜，杨松疲倦地睡下，杨春将崭新的毛巾被轻轻盖在他身上，喃喃道：“这样的乡贤咱不服不行。”

一个多月里，杨松先后召开大小协调会16次，沿线100多家农户的门槛都被他踏了个遍，直到阻力全部排除。

2004年10月，杨赤里至塘缀的乡道在一片锣鼓声中开建了！这喜讯使杨赤里村及沿线村庄的男女老少，浑身蒸腾起热力，好像眼前出现了彩虹。看着两台重型推土机一起推土的热闹场面，村民个个浑身是劲，个个眼里充满企盼。

道路原本规划是四车道，但考虑沿线群众出行方便，杨松决定改成八车道。施工过程中，建设资金遇到了困难。杨松除了卖掉地处塘缀镇黄金地段的房产外，还毅然向银行借贷，然后捐赠给村里修路。经过2年的奋战，一条宽5米、长5公里的水泥路终于修通了。为感谢杨松的善举，村民自发建造“杨松大道”纪念碑以表敬意，更有乡贤作诗：“慷慨捐资赞杨松，通衢铺就气恢宏；造福桑梓功劳大，百世流芳众敬崇！”

20多年来，“广胜达”一诺千金，说到做到，承建的数百项建

筑工程，履约率为100%。因“广胜达”以质为命，以信为本，富士康集团、万科集团、碧桂园集团、天安集团、宝安集团等都纷纷上门，结成战略合作伙伴。

(四)

创新是一个国家的灵魂，也是一个企业的灵魂。20多年来，创新之潮一直在“广胜达”奔腾激荡，从未止歇。

1999年，“广胜达”就在工程管理上下功夫，独创了“鹰爪式项目管理”模式和“智慧工地”施工管理模式。

2000年，“广胜达”广揽天下英才，成立建筑工程管理和建筑科技创新开发团队。之后，又与天津大学、华南理工大学、深圳信息技术学院等开展产学研紧密合作，建立了校企新型战略联盟。

很快，“广胜达”就推出了强弱电箱一次预埋新工艺；线盒一次预埋新工艺；空调洞精准预埋新工艺；管道成品支架创新工艺；套管预埋创新工艺；水表组合创新安装创新；桥架安装创新工艺；电气井防火封堵与接地创新工艺；外墙排水立管安装创新工艺；空调立管吊装新工艺；预埋止水节新工艺；铝合金门窗一次性安装新工艺；高精度砌体薄浆干砌法施工新工艺；轻质砂浆薄抹灰施工新工艺；高精度地坪施工新工艺；外墙窗框留置企口新工法；全现浇外墙免抹灰施工新工法；BIM全专业深化设计新技术、PC构件生产与安装新技术、BIM与施工一体化管理新技术和各专业穿插施工新技术。

“苟日新，日日新，又日新。”“广胜达”在发展的道路上，一直高擎创新的旗帜。2009年，杨松在一次行业技术交流中，听加拿大的建筑老专家介绍一个已在国外运用非常成熟的建筑新技术——

铝合金模板体系。通过主动咨询，杨松了解到，铝合金建筑模板体系是标准化设计、工厂化制造，模板及所有构配件均可重复使用，且不产生建筑垃圾，低碳环保。

2011年6月，杨松马上成立PC构件科研团队，对各类PC构件的设计进行研究或创新。不到半年，“广胜达”第一代铝合金模板体系研发成功。2012年4月，第一批铝合金模板成品在东莞常平工厂面世。随即，杨松邀请老客户前往工厂观摩。香港恒裕地产的老板在看到现代化的铝模板生产线后，当即拍板决定在其新项目上应用。2015年，占地10万平方米，集铝合金模板体系研发生产配送中心、钢筋加工配送中心、建筑PC构件设计生产配送中心于一身的广胜达建筑科技工业园已经正式开工建设。2016年，铝合金模板绿色建筑技术在景华春天家园项目成功应用。铝模体系绿色建筑技术不仅可以缩短45%以上的工期，还可以减少人工成本和材料使用成本，其核心构件获国家发明专利和科技进步奖。

时光在变，唯对品质、创新和梦想的坚持从未改变。20多年来，“广胜达”走过了风雨，战胜了困难，洒尽了汗水，也尝尽了辛酸！20多年来，广胜达冲出了低谷，走出了彷徨，突破了险关，收获了希望。

一砖一瓦都是牵挂，一心一意筑梦天下。如今，广胜达已发展成为以广胜达建筑为基础，以胜德建筑科技为龙头，融景华地产投资、广胜达贸易、广胜达基础、广胜达装饰为一体的创新型产业集成商，形成了绿色建筑航母战斗群。

（五）

坐而言有道，起而行有序。集团董事长杨松虽早已变成“建筑大亨”，但依然保留着淳朴、踏实等鲜明的个性。他不止在一个场合讲过，不管做人还是做企业都要尽心尽责。杨松说：“尽大责任得大快乐，尽小责任得小快乐。”为了尽责两个字，杨松付出的却是无比的艰辛。但无论路上有多艰辛，杨松都用坚实的行动报答家乡的养育之恩、守望之情。2004年以来，杨松先后捐资800多万元建设塘赤公路、白腾公路、高岭公路，捐资600多万元建设张炎纪念中学、杨屋中学、赤里村小学、娜良小学、冷水小学和合山小学。2015年，杨松发起成立广胜达建设慈善基金会，投资超亿元，用于无偿资助农村现代化建设和企业员工子女、杨赤里子女读书。杨松对村中老人特别关爱，每年都拿出大笔资金进行慰问。村里人有困难，杨松几乎有求必应。很多村民都说：“杨松是个大好人！”

“不要问我到哪里去，我的心依着你；不要问我到哪里去，我的情牵着你。我是你的一片绿叶，我的根在你的土地……这是绿叶对根的情意。”杨松说，“这是我最喜欢的一首歌，也是我对家乡一往情深的最好诠释。”2016年，儿子杨聪与加拿大籍儿媳康惠敏结婚。在结婚典礼上，杨松对杨聪说：“无论你今后走到哪里，去到哪个国家，都要永远记住自己是个中国人，是个吴川人，是个杨赤里村人。”

故园情深，桑梓难忘。早在5年前，杨松就萌生了回乡建农民别墅的想法，由于湛江国际机场的征地红线没划定，迟迟不敢动工。

2017年10月19日清晨，天刚蒙蒙亮，杨松就驱车从深圳赶回塘缀，推动乡村振兴战略在杨赤里村落地生根。

村子里，那些熟悉的泥砖房仍站在原地，只是少了柴火烟熏；那些铁锁还是十年前那个形状，只是挂满了蜘蛛网。杨松一路走一路看，始终听不到狗吠，闻不到饭香，也看不到人影，只有一把把或深或浅锈迹斑斑的大锁锁住茂密的野草。

村长感叹道：杨赤里村房子旧了，年轻人走了，田丢荒了。

“杨赤里要实现乡村振兴，最重要是拴住村子的魂，留住村子的根，把失散的人心拢回来!”这一夜，杨松与村干部挑灯夜谈。

“我想整村拆旧建新，给每户捐建一幢别墅!”杨松在雄鸡报晓之时，把计划和盘托出：“之后，再捐建两幢高层公寓和一幢综合文化群楼，让村子今后能生钱!”

杨松的话像长了翅膀一样，迅速向村镇传去，整条村子顿时沸腾了。

“对于乡村建设，我们必须怀有谦卑之心——对传统的谦卑、对生活的谦卑、对环境的谦卑，对乡亲的谦卑。”杨松披星戴月走访农户，逐一征求意见。

“见人、见物、见生活，是乡村振兴的应有面貌!”十天之后，杨松即把华南理工大学的设计师请到村里来。

别墅设计方案出来，全村张贴，广泛征求群众意见。工程开工后，杨松几乎每个星期都回到村里，帮助施工队运沙子、搬红砖、和水泥、种果树。每次回村，杨松都到地里去，用力攥一把温润的泥土，用劲攥一把泥土的芳香。

村民们说，杨赤里的一草一木都凝聚着杨松的心血，但杨松却不多占杨赤里的一草一木。

2018年2月，杨松获得了广东省首届“南粤新乡贤”荣誉称号。杨松在表彰仪式上吐露心曲：“只有乡亲都富起来了，我才富得心安。”

2018年秋天，包括四十五幢别墅、一座综合文化群楼、一座村门楼、一座明珠塔、一条村背生态林带、一个污水处理池，以及一口生态风景塘在内的杨赤里“乡村振兴”工程全面建成。

一池碧水，照映着红墙别墅；四周樟树，护卫着秀丽山村。走进杨赤里村，如同进入一座世外桃源。晌午时分，猛烈阳光正灼烤着杨赤里村。几位长者坐在树下，喝着茶，摇着扇，笑眯眯地看着红墙别墅，那种家园怡然坦荡的自得、心底无忧的从容，尽在脸上映现。杨时广场外，村里少男少女围在一起，拍视频，发微信，玩QQ。“倚东风、豪兴徜徉。”见杨松带着客人进村，村民格外热情友好。一村童拧开自来水龙头，往宾客头顶撩水，喊：“来，给你们降降温!”水花飞溅，笑声飞扬，那朴实、爽朗的笑声飘进了绿野深处，飘进了时光深处，也飘进了历史深处。

（2018年12月6日）

『狗不咬』镇长

黑黢黢的敞口碗，热腾腾的番薯粥，鳌角镇库古坑村孤寡老人张玉兰颤巍巍地推开了镇长的车门："娃呀，天气冷，喝碗粥。"镇长赵四虎不禁眼睛一热，"咕咚咕咚"把粥喝了下去。热粥下肚，赵四虎顿感浑身暖烘烘的，各个毛孔无一不熨帖通泰。

赵四虎牵着张玉兰的手，一步步地往村里走。嗅到赵四虎的气味，一只土狗飞奔上去，使劲地摇尾巴，并伸出宽大的舌头狂舔赵四虎的手背。赵四虎感到丝丝热气，全身麻酥酥的。赵四虎边走边与碰见的乡亲打招呼、唠家常。土狗异常兴奋，上下扑腾。它那有节奏的狗吠声还引起了全村狗狗们的"大合唱"。

库古坑村是一条狗比人还多的移民村

庄。全村160多户，几乎户户都养狗，而且一养就是一窝。如果没有熟人带，陌生人根本进不了村。很多人都说，库古坑村是一条养狗成风的村子，也是一条告状成风的村子。

20世纪80年代，全村有一半村民夹着“瓦煲仔”，卷着“烂烂被”上访，赴省进京上访人数高居全镇之首。

“上山下海问渔樵，欲知民事问民谣。”赵四虎当选镇长后，首站调研地就选库古坑村。进村的路是一条杂草丛生的羊肠小道。赵四虎当时骑摩托车进村拐弯时，辗住个石头，最后造成车翻人受伤。赵四虎爬起来继续上路，路旁有百余幢破旧的土坯房，高高低低地排列在一起，有些房子的土坯墙已经开裂，似在述说着村子的前世今生。

刚摸到村口，远远地就看见一位手拄拐杖的白发老人，迷茫地望着远方，呆呆地站着……赵四虎欠欠身，上前和老人打招呼。突然，一条大黄狗从稻草堆里蹿出来，呜呜地龇着牙。还没等回过神，狗就叼住了赵四虎的裤管，白发老人厉声断喝：“黄毛！”大黄狗仰头看看主人，似乎明白了什么，立马松了口。随后，讪讪地走远了。

赵四虎牵着白发老人的手走进屋里，屋内空空如也，只有一张床、一张桌子和一把椅子。那张床其实也算不上床，只是在几摞砖上垫块破木板，破木板上铺张草席而已。草席旁放着一张缺腿木桌，桌上摆着一口缺角的碗和两根缺芯的蜡烛。

另一间土坯房挂着一口铁锅，铁锅锅底结满了厚厚的污垢，铁锅的右侧圈养着一只鸡、两只鸭、三只鹅，整间房粪便满地，臭味满天，几乎没有落脚的地方。村干部介绍，老人名叫张玉兰，20世纪60年代嫁到库古坑村。在这两间土坯房里，她生下了两个女娃。后来，老伴走了，两个女儿出嫁了，就连那陪了她几十年的土坯房也裂了缝、漏了顶。下雨的时候，张玉兰总是感觉害怕，害怕房子会突然塌下来。有时候，她甚至会想，塌了就塌了吧，这样的日子早就过够了。

赵四虎二话没说，拿起扫帚就开始收拾屋子。锅上的污垢清洗不掉，赵四虎就拿着铲子一层一层地铲，一层一层地刮，直到刮干净为止。

夕阳西下，大黄狗向着库边的落日狂吠，顽强而固执。

回到镇里，赵四虎被大黄狗的影子扰得无法入眠。次日清晨，赵四虎又骑上摩托车，再一次向村子进发。从村头走到村尾，赵四虎发现村里的年轻人大部分都已出外打工，只剩下老人、孩子和狗。老人、小孩和狗凑在一起就成了村里最具烟火味的生活图景。村里的狗有黑、有白，还有黄……这些狗一般都趴在土坯墙根下，如果有熟人经过，就翘起尾巴，向右摇一摇；如果有陌生人经过，便嗖的一声站起来，汪汪大叫，做出一副凶猛的样子。

赵四虎一边走，一边给狗喂食，也一边记录狗主人的家庭情况、上访诉求。

很快，镇里出台了农村泥坯房改造计划。新政出笼后，赵四虎组织村民开会，宣讲“房改”的重要性，会开到一半，人走了一半，狗也走了一半，原因是一些百姓和狗都听不懂普通话。

赵四虎只好找来帮手，登门逐户发宣传单，逐户派天然狗粮。为帮张玉兰一把，赵四虎几乎天天到张玉兰家“报到”，并与张玉兰一起挑泥、搬砖、砌墙。

“初见生，再见熟”，因见面的次数多，赵四虎与张家的狗慢慢熟络起来。赵四虎每次在墙上抹灰，张家的狗就在墙角下摇尾巴，哼哼唧唧。有一天，张玉兰在搬砖时不慎摔伤，不能动弹，赵四虎二话没说蹲下身子，背起张玉兰就往镇卫生院走去。大黄狗也叼起根骨头紧跟其后。

张玉兰的伤治好后，新房子也盖好了。入伙的那天，全村的村民都前来道贺，全村的土狗也乐颠颠地东奔西跑。伴着狗的叫声，赵四虎又卷起被盖住进村民罗广杰家。

罗广杰号称“罗大胆”，是十里八乡闻名的“上访专业户”。每次上省上访，罗广杰都会带上狼青犬。罗家的狼青犬长得很像狼，性情十分凶猛，嗅觉也特别灵敏。第一次看见赵四虎进门，狼青犬便“汪、汪、汪”地狂叫个不停。赵四虎一惊，赶紧躲避，但越是躲避，狼青犬吠得越凶。赵四虎想进门，狼青犬即龇牙咧嘴，作出凶相。

罗大胆一声训斥，狗才夹起尾巴，眯起眼睛，低下头颅。

住进罗家后，赵四虎天天跟着罗广杰“转”，绕着狼青犬走。有一天，赵四虎和罗广杰走向荒山，光秃秃的荒山了无生机，一阵紧似一阵的阴风在枯树败草间穿行游荡，发出沙沙的声响。

掌灯时分，赵四虎感到很困但就是睡不着。夜里，院子外不断传来“汪汪，汪汪汪——”的狗叫声，赵四虎“噌”地从床上跳起，披上衣，去找罗广杰谈心。借着煤油灯微弱的光亮，他俩一起谈“上访”和“下访”；一起谈村子的困境和出路；一起侃精准扶贫和精准脱贫。

哥俩越谈越兴奋，越谈越投机。煤油灯换了一盏又一盏，一直到曙光初露。

时隔半个月，镇委、镇政府又推出新政：开发山岭。

镇的公告一出，罗广杰就抢包了30亩荒山。

初冬，罗广杰租来了一台推土机开进山岭，打响鳌角开山种果第一炮。“隆隆”的机械声震醒了沉寂千年的狮子岭，也震醒了沉睡百年的库古坑村。那段日子，赵四虎与罗广杰手把手，肩并肩，硬硬把几万株荔枝苗种在山上，把希望种在山上。

一场春雨过后，荔枝新梢抽发。但荔枝树长得越高，罗广杰的心就越烦。因为他的钱包早已被掏空，根本没钱追肥。就在罗广杰心烦意乱之时，赵四虎毅然拿出房产证给他做抵押贷款。

时间如白驹过隙。荔枝很快进入试产期。就在罗广杰充满期待的时刻，却发现荔枝树只开花不结果。

“罗大胆”心慌了，村民们心慌了，库古坑村的“心”也慌了。

赵四虎漏夜坐车到广州，请省荔枝专家到库古坑“把脉”“会诊”“开药方”，传授保花控花技术。

“功夫不负苦心人。”荔枝终于开花结果了。那一年夏天，狮子岭红荔似海，漫山红遍，岭上岭下都弥漫着清冽的甘甜，一点一滴，一丝一缕，沁人心脾。

从“枝头”甜到“心头”，正当红荔上演“一骑红尘”之时，狮子岭却燃起了村斗之火。同住在狮子岭岭下的库古坑与南木江为争夺山岭的使用权而大动干戈。库古坑村与南木江村本是同宗同族的兄弟村。过去，两村血脉相连、亲情不断。但自从狮子岭种下“摇钱树”后，两村开始反目成仇，最终演变成宗亲之间的械斗。那一年清明节，南木江村一伙青年持刀冲上狮子岭欲砍荔枝树，库古坑村一伙青年则持枪严防死守，并高呼“树在人在!”

说时迟，那时快，南木江村青年手起刀落，一棵荔枝树即被拦腰斩断。库古坑村也即向天鸣枪警告。赵四虎接报后，火速扑向狮子岭。至半山腰，赵四虎远远就看见一个黄色的小影子飞奔过来，啊，是大黄狗。大黄狗见到赵四虎极度兴奋，嗓子里呜呜地叫着。

赵四虎用力把脚一挥，鞋子呈抛物线飞到了大黄狗面前。大黄狗叼起鞋子就往山上跑。“鞋到人到！”赵四虎一边跑一边喊：“别开枪，别开枪！”此时，双方剑拔弩张，一场火拼一触即发。赵四虎如流星般冲入人群，高声喝道：“住手！”话音未落，赵四虎已左右开弓，瞬间夺下2支火药枪。有人大叫：“快走，是黄狗镇长！”两伙亡命之徒先是一愣，继而作鸟兽散。

械斗的硝烟散尽后，乡村的天空变得明亮了。然而，乡村的天空，总是说变就变。刚才还十分晴朗的天空霎时间布满大块大块的乌云，那乌云像赶集似的一个劲地压向低空。忽然，一道粗大的闪电划破天际，发出巨大的轰鸣，不一会儿就下起了瓢泼大雨。瓢泼大雨哗哗地倾盆而下，就像银河决了堤。风一阵紧似一阵，雨也一阵紧似一阵，那滂沱大雨好像憋足了劲，哗啦啦地下了三天三夜。子夜时分，库古坑村山洪暴发，水库决堤。

赵四虎猛地一颤，拉开门，冲出去，直奔库古坑水库。“咔嚓”，一个炸雷突然在车顶炸响，车旁的那棵“大王椰”即被生生劈为两半，巨大的树冠砸在车前正好挡住了去路。赵四虎冒雨跳下车，使劲搬开“拦路虎”。

狂风追着暴雨，暴雨赶着狂风，整个天地都处在风雨雷电之中。赵四虎加大油门，“的士头”轰轰咆哮着如发狂的公牛，坚强地顶着狂风暴雨。

狂风夹着暴雨像恶魔一样横扫大坝。村支书急报：库古坑水库右坝已出现管涌并形成宽约14米、高约18米的决口。“投料护堤！”赵四虎抬起沙包就往右坝冲。谁知浪高水急，投进水里的沙包没能溅起一抹水花，就被滔滔的洪水冲走了。

决口越来越大，洪水也越来越猛。

“用汽车挡决口！”赵四虎一个箭步冲到“的士头”前，跳上驾驶室。那一刻，赵四虎心里有一种说不出的痛。把“的士头”扔到水里，对得起妻子吗？毕竟“的士头”是妻子的嫁妆呀！但险情之下，顾不得再多，赵四虎驾“的士头”便朝决口冲去。

“快跳车！”“快跳车！”在场的抢险人员齐声高呼。但为了让“的士头”“卡”在决口的最关键处，赵四虎迟迟不肯跳车，直到最后一刻。

决口终于堵住了，库古坑村和南木江村也保住了，但由于跳车用力过猛，赵四虎的左脚后跟却遭遇粉碎性骨折。

赵四虎被紧急送往医院。但他人在医院，心却在堤坝。他躺在病床上打点滴，仍不断地打电话给村支书询问灾情，指导抗灾。风雨过后，全村老幼纷纷前去看望。张玉兰含泪送来鸡蛋、薯粉和红江橙，还坚持留下来当陪护。无论早晚，张玉兰总是按时给赵四虎洗脸擦身、喂饭喂药。

出院后，赵四虎仍是习性不改、初心不变，一有时间就往村里走，与村民一起筹划乡村振兴、筹划田畴绿野、筹划鱼水稻香，还有绿蕉红荔。也许是进村的次数多，村里的路熟了，人熟了，狗也熟了。每次进村遇见狗，狗都会摇尾巴。

很多人都说：“村里的狗都已把镇长当‘亲戚’了，亲着呐！”

（2018年12月19日）

二次从军

一腔热血，二次从军。表弟罗五箭再次戴上光荣花，奔赴火热的军营。

车越开越快，故乡越来越远，窗外的景物也越来越模糊。忽然，一道闪电划过天空，“哗”的一声，滂沱大雨就如同瀑布一般从天而降。

望着窗外不断坠下的雨珠，罗五箭的思绪一瞬间就飘向了那个让他常常梦起的绿色军营。

罗五箭记得，第一次应征入伍时，是父亲用那辆“永久”牌自行车将自已送至县城的。坐在自行车的后椅架上，罗五箭流泪了。罗五箭深知，自己一走父亲的担子就更重了。

刚入营，罗五箭就埋头练长跑、扛圆木、翻轮胎、攀障碍。后来，罗五箭又一头扎进训练场苦练战车驾驶。

盛夏的海岛热浪袭人，一踩进滚烫的沙砾上，罗五箭即感觉有一团火从脚底板蹿起，直上脊梁。

战车内更是酷暑难耐，进舱不到一分钟，头上的汗珠就啪啪啪地往下掉。但罗五箭就是硬硬用“血肉之躯”在热浪中上演着“铁板烧”。一天，罗五箭驾车爬陡坡，不慎碾到海边巨石，咣的一声，差点翻车。班长打来电话：“不是这块料，就给你换岗位!”罗五箭一听急哭了。

罗五箭重返车舱，含泪苦练。练紧急登车，一练就是上千次；练爬坡过坎，一练就是一下午。有几次练到身体脱水，罗五箭仍咬紧牙关继续练。

踩实、打火、爬坡、转角、制动……罗五箭驾着战车在海岛奔驰、迂回。最终以6科全优成绩拿下驾驶特级证书。

战车呼啸，声驱千骑疾；炮声隆隆，气卷万山来。滚滚波涛中，罗五箭驾实兵对抗演习战车第一个下舰。战车在6米波峰浪谷间颠簸起伏，罗五箭操纵油门，减小俯仰角，尽力延长瞄准时间。“发射!”就在战车驶抵波峰的一瞬间，罗五箭果断出手。然而，就在炮弹飞出炮口的瞬间，罗五箭却被巨大的射击后坐力砸到视镜上。罗五箭瞬间感到嘴里一阵疼痛，原来一颗虎牙已被强大的撞击撞松了。情急之下，罗五箭右手抓住松脱的虎牙，顺势向下一拨，一阵钻心的痛疼遍全身。他撕下三角帖止住血，继续水中射击。最后，他终于成功抢滩登陆，为先遣突击群打通海上通路。

海上通路打通后，婚姻的大门也打开了。罗五箭与高月丽湖相识于回乡探亲的途中。罗五箭记得，那天回乡探亲，公交车上遇小混混欺负高月丽湖，于是出手把小混混都打趴！自此，爱情的种子便在公交车上生根发芽。但是军人的爱情注定没有花前月下的浪漫，没有长相厮守的缠绵。相识两年多，两人只见过三次面，大多数时间都是通过书信互诉衷肠。每次收到回信，他们俩都按老规矩，把信从中间撕开，一人一半保存。“云中谁寄锦书来，雁字回时，月满西楼。”一封小小信笺传递着两人身隔天涯、心距咫尺的绵绵情意。“用最初的心，陪你走最远的路。”在回家探亲的路上，他俩订下了婚期。

结婚当天，唢呐声在村内嘀嘀嗒嗒地吹起来，劈柴在炉膛里噼噼啪啪地烧起来，整个村子红红火火，热热闹闹，就像过大年一样。

一遍锣声，二遍鼓响，三遍锣鼓吉时到！身穿红色嫁衣的高月丽湖，在媒婆的牵引下莲步轻移，一步步地越过门栏，一脚一脚踩进婚礼现场。“掀盖头、拜天地……”就在夫妻对拜的那一刻，村民却惊奇地发现“拜堂成亲”的是两个女人！

原来，在迎亲的前夜，新郎罗五箭接到了部队的紧急通知，要求他火速归营。军令如山，罗五箭收拾行囊，立刻出发！路上，罗五箭作出了一个惊人的决定：让堂妹替自己去迎亲。

踩着欢快的鼓点，堂妹替兄与新娘拜天地，交换戒指，喝交杯酒。喜酒下肚，新娘满脸绯红，就连雪白的玉颈也布满了粉红。趁着酒意，新娘双膝下跪给父母敬茶。“媳妇，委屈你了！”公公婆婆端起茶杯，一饮而尽。新娘邀公公婆婆共同举起酒杯，与远在亚丁湾护航的新郎隔空互敬：“你用青春守军营，我用青春守家庭！”

亚丁湾海域，风平浪静。“左舵十！”“左舵十”“把定！”沉浸在甜蜜幸福中的罗五箭一边喊口令，一边转舵盘。“十度左！”在他的熟练操作下，微山湖舰在深蓝上划出了一条洁白的弧线。

突然，雷达显示12海里处有一小船回波。“有情况”，罗五箭顿时警觉起来，并密切跟踪雷达上的回波动向。傍晚时分，三条“黑不溜秋”的小艇全速向一艘希腊籍货船靠拢。说此时、那时快，小艇上一个首领模样的刀疤男纵身一跃，就跳上货船的甲板。船长发现海盗后，惊慌地拉响了警报。一时之间，船上所有人都陷入恐慌之中。海盗挥动太平斧四处敲砸门窗，活捉船员。

危难时刻，微山湖舰高速机动，反潜直升机紧急起飞。刚抵达事发海域，一艘海盗快艇突然高速向舰尾部冲过来，罗五箭全副武装，携枪快速就位。小艇在海上横冲直撞。微山湖舰立即发射信号弹和爆震弹进行驱离。海盗不但不听警告，反而越来越猖狂。

“哒哒哒!”海盗猖狂地朝着微山湖舰上方鸣枪扫射!

“嗒嗒嗒……”罗五箭使用重机枪进行拦阻射击。

“开炮!”舰长果断下令。

“轰轰轰!”四门礼炮同时鸣放怒吼，巨大的炮声打破夜的宁静。海盗见势不妙，丢弃火箭筒，仓皇逃离……劫后余生的船员们自发在甲板列队，向微山湖舰致敬，向新郎罗五箭致敬。

海盗在前，家庭在后。罗五箭一次又一次随编队拔锚启航。7次征战，1200多天海上漂泊，亚丁湾几乎成了罗五箭的第二个家。

子弹呼啸而过，岁月也呼啸而过。转眼间又到了一年退伍季。那一年秋天，刚从亚丁湾返回三亚母港的微山湖舰专门为罗五箭一个人举办一场退伍仪式，看着即将离别的战友和战舰，罗五箭两行热泪顺颊而下。

戎装虽脱，但血性未变，亚丁湾仍激励他在大海岸边踏浪而行。然而，在耕海的日子里，他总是想起亚丁湾护航的点点滴滴。昼夜起降、高速掠海、低空悬停、着舰救助、海上补给……多少次梦回亚丁湾，那一艘艘战舰、一架架战鹰和一抹抹蔚蓝，时时萦绕在他心间。

“我还想当一次兵！”怀着一腔热血，罗五箭应征二次入伍，加入了空军航空兵某部。

送兵车辆缓缓驶入军营，罗五箭睁开惺忪的睡眼，开始了二次入伍的别样军旅。

千里飞越即刻出击！一场跨昼夜海上实弹射击演练在南国半岛悄然打响。

“计时起飞……”罗五箭驾战鹰呼啸而起。然而，战鹰起飞不到一分钟就与鸟群迎面相撞，造成左侧发动机起火。战机空中着火，是飞行中最高等级警报，稍有差池就会酿成重大事故，罗五箭极力控制着战机着陆姿态，尝试着关闭左侧发动机。左发动机虽然成功关闭，但火势不减。灼人的热浪迅速蔓延整个机舱，飞机随时有爆炸的危险。

危急关头，罗五箭沉着应对，稳稳地握住操纵杆，使飞机保持在300公里／小时左右的速度下降，并在几秒钟的时间内，完成数十个动作，上演了“绝地求生”的飞行绝技。

此时，机场黑云压顶，暴雨倾盆，能见度不足1000米，跑道一片水雾。罗五箭冷静判断、沉着处置，使出“低高度单发迫降”绝技，驾机备降。在战机触地的一刹那，罗五箭马上减速，放前轮，放伞、刹车、关右发，有惊无险地完成了战机迫降，创造夜间驾驶着火飞机着陆的壮举。

（2019年1月8日）

杨主编

此刻的东半球正是子夜时分，杨六顺独自坐在窗前，两眼直勾勾盯着刚刚“出炉”的报纸大样。这是《江海晨报》最后一张大样，也是他在报业生涯里要签发的最后一张大样。他抬起右手正准备签印，可手突然僵在了半空中，像是被冻住了。半晌，又怯怯地收回去，垂着头，捏着笔。咸湿黏腻的海风，紧一阵慢一阵地吹着，让人生出丝丝的惆怅。他关上窗子，走回书桌，几次提起笔来又沉沉地放下，凌乱的思绪在白纸黑字间飘飞。

27年前，他怀着一腔热血和好奇心撞开了报社的大门，成了一名“摩托记者”。初到江海市，人生地不熟，他每天就骑着摩托车，拿着地图走街串巷，进村入户。凡是有新闻的地方，就有他和这辆摩托车的身影。多年来，他带着火一样的热情，奔走在街巷、活跃在乡村、忙碌在现场。烟台海难、南丹矿难、开县井喷、合江沉船、汶川地震、克拉玛依大火等事故现场都留下他的镜头。

“现场是距离真相最近的地方!”为了揭示真相、追寻真相，他乔装打份，当起了卧底记者。

1990年深秋，杨六顺从群众的口中得知，横山镇一个14岁的农家孩子被骗进了一家黑砖窑做工，受尽非人虐待后又被遗弃……杨六顺几乎彻夜未眠，翌日一早便带上设备出门了。在遂廉火车站，他假扮农民工扫地、洒水、倒垃圾、拣烟头，最终蒙混过关，被人贩子以300元的价格卖进黑砖窑。

一进窑，杨六顺就被监工搜身。唯恐身份被戳穿，杨六顺佯装摔倒路边，偷偷把录音设备扔到杂草里。

工棚里，昏暗嘈杂，燥热难耐。杨六顺蜷缩着身子，倚在墙角，度过了人生第一个砖窑黑夜。清晨，杨六顺就被监工用皮鞭赶进了窑洞。窑洞里尘土飞扬，热浪滚滚。杨六顺还没拿起铁钳，就已大汗淋漓。监工用手指着杨六顺道：“小广东，搬砖装车。”杨六顺挥动铁钳，将红砖钳到车上堆叠整齐。

烧透的红砖炙热无比，尽管戴着双层手套手依然烙得生疼。拆砖，搬运，装车，杨六顺的衣服湿了又干，干了又湿。也许是用力过猛，灰斗车撞到窑柱，刹时间窑灰簌簌落下，掉到眼里，一阵火烧火燎的痛。装到第十车，杨六顺已累得精疲力竭，胳膊酸得抬不起来。实在太累了！杨六顺在洞外小憩了一会儿，后被监工发现，惨遭一顿毒打。

傍晚时分，杨六顺以拉肚子为由想伺机逃走，但被监工喝止。晚上9时许，砖窑依旧没有收工的迹象。最后，码坯机传送带断了，杨六顺才有机会出窑。

杨六顺一溜烟似的跑向伙房，舀起水就喝。一瓢水下肚后，杨六顺赶紧扔下手里的铁钳，快速跑到砖窑水泥围墙边，用力一跃，翻过围墙，冲到河边，跳进河里。

杨六顺顺利逃出黑砖窑后，即以《卧底黑砖窑》为题，报道了横山黑砖窑事件。报道见报后，警方雷霆出击，一举端掉了黑砖窑。

“记者，记着！用生命去采访，用生命去做报道！”杨六顺将生命融入到记者卧底调查的事业，新闻也就成了一种信仰。

2007年初冬，杨六顺乔装卧底暗访黑势力横行乡里、鱼肉百姓的事实，结果被黑社会搜出暗访微型录音笔。霎时，一只黑枪、两把菜刀架在他的脖子上要“灭口”。紧急关头，杨六顺大喊一声：“警察来了！”随后一跃跳下三楼，逃出生天。杨六顺虽逃过一劫，但却因此惹上了黑社会，被人叫价30万元买人头。之后，亲人和朋友不断接到匿名恐吓电话。一天深夜，杨六顺还接到了一封信，信是匿名的，没有任何字，只有一颗铮亮的子弹。曾在陆战旅服役过的杨六顺并没有被子弹吓退，而是挺起胸膛，向着黑暗的角落冲锋。《黑恶势力横行乡里无恶不做》《调石村民被袭事件调查》《江海疫苗乱象调查》《十婴儿疑喝毒奶粉致肾病》等重磅报道如一记记惊雷，在江海上空炸响。

“笔下有财产万千，笔下有人命关天，笔下有是非曲直，笔下有毁誉忠奸。”4年的体验式卧底生涯，让他看到了不一样的卧底人生。

辛苦伴着艰苦，艰苦伴着艰险，艰险也伴着欢笑。1994年底，杨六顺被委以主编之职，领衔创办《江海晨报》。

创刊之难，难在没钱没人。为了找钱找人，他挨家挨户敲门“化缘”。原本不胜酒力的他，每每端起盛满洋酒的大酒杯，都是英雄般气壮山河：“来，我干了！”

走过无数的桥，看过无数的花，喝过无数品种的酒后，《江海晨报》完成了最初的资本积累。每每拉到赞助，杨六顺总爱说：“这喝的哪是酒啊，是报纸，是生命！”1995年元旦，当第一缕阳光照耀在江海这块热土之时，《江海晨报》呱呱坠地了。《江海晨报》出版的前夜，杨六顺一直守在印刷车间，与印刷人员一起排版、照相、胶印、折页、裁切，打捆。杨六顺还记得，捧着火红的创刊号，有一种“十月怀胎，一朝分娩”的喜悦。当天中午，杨六顺就顶着烈日跑到街头去卖报纸。那一行行飘馨浓郁的铅字，那一帧帧清幽绝尘的水墨丹青，那一张张题材重大、现场感强、形象直观的新闻照片不仅传递着江海最本真的新闻信息，还传递着这座城市的温度和深度。

市民们说，《江海晨报》捧出的是一份新闻早点，更是一道城市风景。

人生要有斗志，办报要有热血！为了激发编辑记者的新闻热情，《江海晨报》专门给记者配发了BB机，摩托车。同时，也开通了市民热线电话。杨六顺除了接听读者热线外，还带着热点问题搞调研搞策划。《椒农拷问：欺行霸市何日了！》《一条人命5万元》《未婚青年被镇计生办关押7天》《“咸湿”校长涉嫌强奸小学女学生》《江海艾滋病报告》等一连串有影响力的独家新闻，像山野上奇异的花，开得那么灿烂，惹人。

一路走来，杨六顺始终把坚毅写在脸上，把新闻理想和承诺烙印在字里行间。一路走来，杨六顺始终恪守“关注国计民生，守望市井百态”的理念，砥砺前行，笔底风云现，缕缕清风来。

然而，天有不测之风云，那一年秋天，杨六顺因一条稿件出现重大差错而受处分。杨六顺“败走麦城”之日，正是信息技术革命浪潮风起云涌之时。新兴媒体横空出世，搅得都市类媒体周天寒彻。很快《江海晨报》就陷入了“寒冬”，广告减少、发行下滑、读者流失、人才流走。这张红极一时的都市类媒体似乎突然失去血液和动力，陷入“红海”困局。

“让无力者有力，让悲观者前行。”2017年，杨六顺再次受命于危难之际，重回主编之位。“报业自己不改变，就会被改变！”杨六顺重整行装，重振纲纪，重造流程，决战“红海”，但因错过转战新媒体的战机，《江海晨报》最终难逃停刊的厄运。

停刊词已签发上封面版，那一个蓝色的大大的逗号告诉读者：“虽芳华已逝，但初心如斯！”

采集稿件、撰写稿件、投送稿件、修改稿件、编排版面、组版出样……编辑部里诸位同仁一如继往地紧张和忙碌，丝毫没有收手之意、疲惫之感。走廊里已围满读者网友，感觉像是医院手术室外面的情景，或者像是某种特殊场合的场景。读者网友们静静地站着，含泪目送这张报纸“最后一程”。

只剩下最后封面版还没有盖章付印的时候，杨六顺终于绷不住了，藏了半天的泪水刷刷流了下来。23年呀，说长也不长，说短也不短！可以说，杨六顺已将人生最好的年华献给了《江海晨报》。也可以说，《江海晨报》就是他的前半生。

杨六顺提起笔叹口气又放下，零乱的心情，从指尖滑落笔端，又从笔端渗进纸端。抬起笔，抬起笔，抬起笔，杨六顺最终还是提起笔在封面力透纸背地写道：“明天，从‘融’开始，向云出发！”

（2019年1月19日）

习太极

一轮明月沾着草木的清香，悬浮在碧空之上，月光在南国花园里流动，一切都那么安静，安静到可以听见自己的心跳和呼吸。

两脚分开，两腿微屈，两手自然下垂……我在月色下站桩。“松腰、松胯、松膝！”我松松散散地站着，任由露珠凝立，任由花瓣零落，任由蛙声唱和，任由月色弥漫周身。渐渐地，我感觉到浑身充盈、通透，微风可以穿身而过。微风吹来，“南国”腾起薄薄的水雾，眼前的景致如梦幻般存在。

“把心安在脚底板下！”站着站着，周身的劲气渐渐松落至涌泉，身上越站越空，越站越轻。不知不觉，我那颗躁动的心慢慢地沉静下来。心一静，就通透，一通透，烦心的事就没了。那一刻，我仿佛听到了花开的声音；那一刻，我似乎感受到了大自然的气息；那一刻，我见自己见天地见众生；那一刻，我就是太极！

“一个西瓜，一切两半，你一半，我一半。”过去，我对太极拳一直持有偏见，认为太极拳是老人拳、老头拳。

后因得“肋间神经痛”才遇上太极。我清楚地记得，2008年夏天，在参加鉴江水利工程劳动时，因用力过猛，结果造成肋间劳损，急性腰扭伤。那段日子，肋骨下缘常出现针刺样或者撕裂样的疼痛，并伴有胸闷。虽吃了一大堆中药西药，但肋间仍阵发性疼痛。

“去练练太极拳吧！”一位文学泰斗在北京给我指路。

一个夜色朦胧的夜晚，我来到湛江渔港公园，但见一位体格健壮，精神矍铄，气色红润的师傅在打太极拳。师傅姓苏，乃陈式太极拳第十二代传人。他舞起太极拳来气定神闲，轻灵飘逸，一招一式似行云流水，轻松自如；一伸一缩如白鹤展翅，舒展自然。我的眼球一下子就被吸引住了。苏师傅说，太极拳的每个套路、每招每式都在演化着阴阳调和，动静平衡。

向太极而生。据说，苏师傅对太极拳的热爱已到痴恋的程度，坚持天天练拳，日日练拳。每当晨曦微露，他都会将自己长长的剪影投射在湛江第一抹霞光里。

因太极而相遇，因太极而结缘！入门的第一天，苏师傅就教我“陈式太极心意混元入门功法”：头正项竖，下颈内收，舌贴上腭，两目平视，脚尖朝前，两膝微屈，脚趾自然抓地，就像晒衣服一样，衣架吊上，衣服自然下坠。

站桩、晃腰、走步、画太极圈。画太极圈看似简单，但要画圆画好，却非易事。起初，我两手张牙舞爪，太极圈老画不好。后来，我以腰椎为轴，左右旋转，带动两臂和两手，在体前左右、上下交替画圆。

任凭朝露沾衣袖，笑迎微风乱长发。画了四个月的“圈”后，苏师傅便开始教授陈氏太极拳新架一路：金刚捣碓、懒扎衣、六封四闭、单鞭……

也许天生就不是练武的料，苏师傅一再要求沉肩坠肘，我却总是耸肩架肘。在那段练拳的日子里，我战战兢兢，诚惶诚恐。欣然，也曾茫然；惊喜，也曾惊叹。

“金刚捣碓双手起，重心右移往后捋。”我感觉到自己像木偶一样，一切是那样的生涩和笨拙。

晨曦微露，闻鸡起舞。那时，我天天都到渔港公园苦练，但越练膝盖越疼，甚至连上楼都感到吃力。

“膝盖不过脚尖!”苏师傅一遍遍地纠正我的动作。“拳练人，人练拳”，我跟关苏师傅一遍又一遍地“练套路”“盘拳架”。

“以柔克刚，以静待动，以圆化直，以小胜大。”渐渐地，我找到了“太极的感觉”，原来像机器人一样僵硬笨拙的身体，变得越来越松柔了。之前的病症也慢慢消失了。

沉浸在太极的时光里，我慢慢懂得，练拳即练心，心诚则拳开。

有人说，一个人的练拳史，就是他的心灵成长史。在追求成长的太极路上，我又遇到了“南国”的陈师傅、“北桥”的高师傅、“御唐府”的王师傅。高师傅演绎的混元太极拳静如山岳，动若江河，飘逸轻盈，洒脱中还透着妩媚和些许女性特有的俏皮。王师傅展演的杨式老六路动中有静，动静相兼，绵绵柔柔，圆圆润润，灵如山涧流水，绵如水中月影，润如柳畔细雨，松而不散，慢而不滞，流淌着无限生机与活力，洋溢着无限胸襟与情怀。

王师傅说，太极是国粹，是瑰宝。它柔软在形，从容在心，沉稳在势，典雅在味，飘逸在韵，悠长在魂！一招一式皆显东方智慧，一起一落，皆显处世哲学。有人说，太极拳看起来套路多，招数也多，但归结起来只有起式和收式两个动作，然而就这两个看似简单的动作却足可让人苦练一辈子，琢磨一辈子。

“拳到自然始为真!”追随众多太极名师的脚步，我一头扎进了太极的世界里。十年来，我练太极拳、太极刀、太极剑从未间断，然而，越练，越生敬畏；越练，越感觉离不开。如今，太极不仅成了我生活的一部分，也成了我生命的一部分。

月亮渐渐地升高了，皎洁的月光在《阳关三叠》的古琴弦上流淌。

踏着《阳关三叠》的节拍，我拔剑起舞。心随曲动，剑随心挥，身随剑舞，影随身飘，龙泉剑在月下如白蛇吐信，嘶嘶破风。

仙人指路、青龙出水、燕子啄泥、犀牛望月，我将尘世喧嚣化作剑里的一阴一阳，任时光一点点淡去。舞毕，风平雷息，喧嚣、浮华如潮水般地退去。

一拳一世界，一生一太极。站在月下，我仿佛听见了太极的无声呼唤，仿佛听见了月光叩击太极门窗的声响，仿佛听见了太极血液在血管中潺潺流动的声音。那一刻，拳与剑、剑与人是如此地默契；那一刻，我见明月见飞鸟见盛世太极。

（2019年2月16日）

斗南花香

沿着时间的隧道，我们走向滇池，走向斗南。

一路鲜花，一路芬芳。一进入斗南，就像是掉进了花的海洋。这里的每一寸光阴都沾染着鲜花的气息，每一个角落都弥漫着鲜花的芬芳，每一个脚印都洋溢着鲜花的馨香。

从“乡野花街”到“亚洲花都”，斗南不是传说，更像传奇。斗南的传奇，是“一把剑兰”栽出世界花都的传奇，是“三分花田”树立昆明城市精神地标的传奇。

很多人都说，斗南从一个村庄蝶变成一座国际花都，就是从“一把剑兰，三分花田”开始的。起初，斗南人并没有种花的概念，那时的斗南还是昆明的蔬菜基地。跟中国其他地方的农民兄弟一样，长期居住在这里的人们以种菜种粮为生，过着清贫的日子。1983年，村民化忠义抱着“碰碰运气”的想法在自家地里种了三分田的剑兰。

茭瓜成熟，剑兰开花，待到收获的季节，化忠义挑着茭瓜和剑兰到集市上去卖，出人意料的是，剑兰卖的价钱比茭瓜还好。

剑兰试种成功，让化忠义对未来充满想象。1984年，化忠义又在自家的地里种上了晚香玉和小石竹，结果比预期好很多。然而,化忠义的鲜花道路并非总是铺满鲜花。1998年冬天，一夜大雪，几十亩花卉大棚全被压垮。清早站在田埂上，化忠义抱头痛哭。大雪过后，化忠义擦干眼泪，撸起袖子，拆掉竹架，扯开薄膜，刨开泥土，重新种下了红玫瑰与白玫瑰。

羞答答的玫瑰静悄悄地开！闻着玫瑰的花香，村民纷纷加入种花的行列。种花、卖花成了斗南的新潮流。不到6年时间，斗南的茭瓜地、蔬菜地全种上了鲜花。一时间，斗南阡陌纵横，沃野飘香，种花大棚一眼望去就像“银海雪原”。一批有技术特长的“护花使者”也应约来到田间地头，与花农一起把鲜花酿成财富。一筐满天星可以换回一台彩电！鲜花浓郁的芬芳不知熏醉多少乡亲。人人种花，家家卖花，斗南很快就成了滇池边上一个鲜花盛开的村庄，全村四处都是花开花落花满地。

沉醉花海，迷醉花香。斗南农民又办起了鲜花种植、包装、交易、冷链物流、科技研发、人才培训、花卉工业等经济实体。这些敢闯敢干的斗南农民还以花之名，打造中国西南的“鲜花港”。很快，亚洲最大的鲜花交易市场便拔地而起。

斗转星移，沧海桑田。如今，化忠义原先的茭瓜地早已建起高楼大厦。大厦四周人头攒动，车水马龙，霓虹闪烁，红尘的喧闹和繁华在我们眼底渐次流过。看着眼前的繁荣景象，很难想象这里曾经是一个穷乡僻壤的小村庄。

站在这片充满希望的土地上，我们发现斗南不仅有花海，有花语，还有花香。这里的人们每天都在用花语连接世界，每天都在用花香酿造甜蜜的生活。

斗南无处不飞花。日落时分，人们就拿起手机，拎起背包去追赶一场灿烂的花事。一批又一批花农、花商、花客从四面八方汇集到弯弯曲曲的“鲜花大道”上，形成一条奔流的人河。一辆又一辆小型货车、面包车、平板拖车从东南西北汇入昆明国际花卉拍卖交易中心，串成一条游动的火龙。

夜幕下的昆明国际花卉拍卖交易中心，人流如潮，鲜花似海。800多万枝鲜花把这座亚洲最大的鲜切花交易市场挤得满满当当。望花色，五彩缤纷；观花态，千娇百媚；嗅花味，芳香扑鼻。交易大厅内更是人声鼎沸，来自不同地方的花商都端坐在椅子上，目不转睛地盯着拍卖大钟。拍卖大钟很大，时针很长，里面还藏着一串串密码，深深地锁住“鲜花王国”的大门。9时许，交易大厅6块交易大屏齐齐点亮，现场顿时安静了下来。偌大的拍卖场里只听见蜂鸣声、

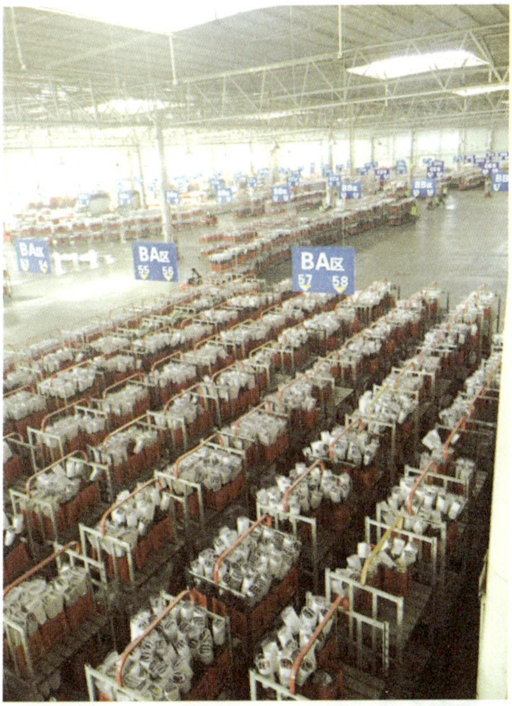

电流声和呼吸声，气氛紧张而有序。花商们全神贯注地盯着大屏幕，眼睛都不敢眨一下，生怕错过任何一个细节。

“好，注意，A级玫瑰，1.8元/枝……”拍卖师的声音短而急促。话音甫落，六个大钟上的光标就立刻闪动，数字从起拍价急速下落。“这是一场时间和美丽赛跑的拍卖！”坐在900个交易席位上的花商直勾勾地盯着交易钟，以平均0.001秒的手速，拍下他们看中的鲜花。花商们说：“拍花的时候心都要跳出来了，一旦有‘好花’出现，慢一秒钟花就不见了。”的确，这里每分每秒都在上演鲜花变现钱的戏码。一筐价值超百万的鲜花，可在短短4秒钟内就完成交易。拍卖钟上的红色光点在屏幕上转动半周就让300万枝花朵发往全国。也就是说，斗南鲜花的馥郁芬芳可在一夜之间溢满全国。

一方唱罢一方登场。凌晨1时，拍卖交易中心刚收槌，斗南传统花市又火红开锣。

香石兰、勿忘我、非洲菊、满天星、香水百合、热带蝴蝶兰……这些刚刚采摘的鲜花沾着泥土的芬芳，香气四溢。从里向外看，整个花市里一排排绿色的鲜花枝叶整齐地排列，色彩各不相同的花朵夹在其中。

“这捆不错！”

“这捆更好，我要了！”

……卖花的推着三轮车，吸着水烟，跟花商唠嗑。花商人手一个手电筒，在昏暗的环境中检视花束。

虽然天气有点寒冷，但寒冷并没有阻止人们购买鲜花的热情。

夜越来越深，三轮车、面包车、小货车来得越来越多，打开车厢，后面塞满了红的、粉的、黄的、白的……各式各样的鲜花。花满仓，夜未央。凌晨四点，整个交易市场依然熙熙攘攘，人声鼎沸，买花的人和卖花的人进进出出，来来往往，形成一幅独具昆明市井风情的“清明上河图”。

叫卖声车流声还价声声声入耳，但是置身其中，却一点也不觉得刺耳。在花间穿梭，我们发现，这里不仅有鲜花，还有斗南农民的时代印记和对美好生活的向往。

卖花的人在尽力叫卖，买花的人在尽情赏花。买花者和卖花者的脸上都挂满笑容，很暖，眼神透露出的疲倦全被笑容掩盖。

天渐渐亮了，喧闹了一夜的斗南花卉交易市场也渐渐平静下来。不过，斗南人奋斗的脚步并没有因此而停歇。他们披着晨光早早就来到田间地头，用心灵和鲜花对话。斗南人说：“花卉是我们与自然交流的一种方式。我们一天也离不开鲜花。”的确，斗南人每天所做的每一件事似乎都与鲜花相关，相联。他们那干劲满满的身影不仅印在花田间，还刻在岁月里。“与春天一起耕耘，同梦想一起奔跑！”那一道忙碌身影的背后，是一条隐形的“鲜花大道”，一条从滇池延伸至远方的“鲜花大道”。

（2019年3月28日）

作者与冰心先生的女儿吴青在一起

作者在遂溪县银榜村种下桂花树。